KB087880

# 누아르
## 레버넌트 1

# 누아르
# 레버넌트 1

**아사쿠라 아키나리** 장편소설  |  **양지윤** 옮김

BOOK PLAZA

# 차례

그건 당신께 맡기겠습니다.

그러니 그날까지 마음껏 사용해주세요.

다만 혹여나 그날이 오면 제게 협력하셔야 합니다.


그날이 왔는데 협력을 거부한다면 당신은……

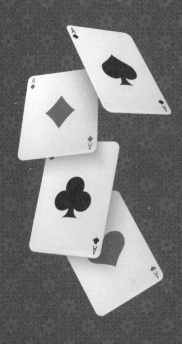

# 조금 긴 프롤로그

...

더블 에스프레소와 쇼팽과 명언,
그리고 등 뒤의 숫자 '85'

**일러두기**

––––––

본문의 각주는 모두 옮긴이 주입니다.

# 오스가 슌

완전히 방심하고 있었다.

그건 주전자를 불에 올려놓고 문도 잠그지 않은 채 꿈으로 여행을 떠나는 것과 다를 바 없었다.

몇 개쯤 짚이는 부분은 있었다. 우선 이 찌는 듯한 더위가 원인이었던 것 같다. 에어컨도 없는 싸구려 연립주택의 맹렬한 찜통더위에, 분명 나도 모르게 영민함이나 생기 따위를 빼앗기고 있었던 거다. 밥을 먹는 젓가락질부터 교복으로 갈아입고 양치질을 하기까지의 모든 동작이 다소 둔해진 상태였다. 지금 생각하니 그런 기분이 든다.

더군다나 오늘이 종업식이라는 게 문제였다. 아무래도 나는 여느 때의 수업에 비해 종업식이라는 행사를 몇 단계 덜 중요하게 여겼던 모양이다. 일단 체육관에 모여 통지표를 받은 뒤 울고 웃기를 반복하다 귀가하는 날. 그 정도쯤의 행사라 여겼다. 물론 그게 직접적인 이유라고 단정 짓긴 힘들지만 조금은 그 탓도 있었다. 동작이 한층 굼떠지고 자연스레 시계를 보는 횟수도 줄었다. 마음가짐이 느슨해졌다는 증거였다.

이건 어디까지나 결과를 바탕으로 사후 검증적 차원에서 돌이켜본 것뿐이다. 잠에서 깬 뒤 나는 여태껏 별 탈 없이 아침 시간표대로 준비하고 있다고 생각했다. 생체 시계를 지나치게 믿은 탓이었다.

구구절절한 변명은 이쯤으로 해두자. 급기야 엄마의 목소리를 들을 때까지 나는 사태의 심각성을 전혀 모르고 있었다.

"얘 좀 봐. 아직 안 나가도 돼?"

식탁 앞에 앉아 느긋하게 보리차를 마시다가 시계를 보고 그만 소리를 지르고 말았다. "으악!"

8시 9분.

평소라면 진작 집에서 나와 학교를 향해 자전거 페달을 밟고 있을 시간이었다. 끔찍이도 절망적인 시간 앞에서 내 몸은 표현할 길 없는 오한에 휩싸인 채 썰물처럼 급격히 핏기가 사라져갔다.

허둥지둥 단숨에 보리차를 비우고 다다미방 구석에 놓아둔 가방을 가지러 달렸다. 손에 쥔 가방은 어색하리만치 평소보다 가벼워서 순간 불안해졌지만, 문제 될 건 없었다. 오늘은 종업식이니까. 도시락도 교과서도 필요 없으니 당연히 짐도 적을 수밖에. 나는 급히 현관으로 몸을 돌렸다.

엄마는 허둥대는 날 본체만체하며 가만히 설거지했다. 소박한 꽃무늬 앞치마를 두른 채 키가 맞지 않는 싱크대에 몸을 맞추려는 듯 살짝 등을 웅크린 모습이었다.

나는 평소 습관대로 엄마 옆을 지나칠 때 뛰는 속도를 조금 늦추며 그 등을 힐끔 살폈다. 시간을 확인하는 것처럼 무심한 곁눈질로, 그러면서도 절대 놓치는 법 없이 잽싸게.

설령 지각이 빤하다 해도 내겐 결코 소홀히 할 수 없는 의식 중 하나였다. 유별나게 엄마 등을 보는 게 좋다거나 등을 통해 이루 말할 수 없는 엄마의 위대함을 느낀다거나 하는 관념적 이유 때문이 아니라 지극히 실제적인 이유에서였다.

거기, 엄마의 등에는 **숫자가 적혀** 있다. 딱히 엄마만 그런 건 아니다. 모든 사람의 등에 숫자가 적혀 있다. 적어도 내겐 그게 보인다.

오늘 엄마의 등에는 '49'라는 숫자가 떠 있었다.

흐음. 나는 고개를 한 번 끄덕였다.

그럭저럭, 혹은 좋지도 나쁘지도 않은 그런 상태란 건가. 결코 만족할 만한 숫자는 아니지만, 그리 낙담할 필요도 없다. 어쨌든 이건 일반적인 의미에서의 **점수가 아니라 오히려 편찻값에 가까운 수치**니까. '49'라면 충분히 허용범위 안이다. 더할 나위 없이 평화로운 하루를 보낼 것이다.

엄마의 명예를 위해 미리 말해 두는데 이 숫자는 나이가 아니다. 엄마는 좀 더 젊다.

나는 그것만 확인한 뒤 다시 재빨리 현관으로 달려가 단화에 발을 쑤셔 넣고 발끝으로 바닥을 툭툭 쳤다. 그러고는 일단 예의상 살짝 기대하는 마음으로 주방과 거실 사이에 걸린 아날로 그 벽시계를 거듭 바라봤다.

8시 11분. 애석하게도 착각이 아니었다. 몇 번을 봐도 8시 11분이었다. 그랬다. 상황이 썩 좋지 않았다.

나는 자신에게 닥친 위기를 재차 확인한 뒤에야 현관문 손잡이를 잡았다.

"다녀올게!"

엄마는 수도꼭지를 돌려 물을 잠갔다. "잘 다녀와. 점심은 밖에서 적당히 먹고 오렴."

"알았어."

나는 급한 마음에 유달리 힘차게 문을 열었다. 그 순간 문밖에서 벼르고 있던 쨍한 여름 햇살이 얼굴로 쏟아져 내렸다. 찬란한 빛에 휩싸여서 반사적으로 눈을 찡그렸다.

"안녕, 슌. 이제 학교 가?"

햇살을 헤치며 목소리가 들리는 쪽을 바라보니 복도에 한 남자가 서 있었다. 나이는 이십 대 후반. 짧게 정돈된 청결한 느낌의 머리에 또렷한 윤곽의 단정한 얼굴. 내 기준으로 치자면 말끔한 어른의 상징이라 할 수 있는 옆집 201호의 다나카 씨였다.

나는 문을 닫은 뒤 가볍게 인사했다.

"안녕하세요. 출근하시는 거예요?"

"그게 아니라……."

다나카 씨는 오른손을 서서히 흔들며 부정했다.

"일찌감치 여름휴가를 얻었거든. 어디든 나가볼까 해서."

"그렇군요……."

내 말이 끝나자마자 옆집 201호의 문이 조심스레 열리더니 한 여자가 나왔다. 다나카 씨의 부인이었다. '부인'이라고 표현하니 조금 아줌마처럼 들리긴 해도 아직 이십 대 후반이라 오히려 '누나' 같은 느낌이다. 살짝 붉은 빛이 감도는 부드러운 갈색 머리에, 당장이라도 여성잡지 표지에 실릴 법한 빼어난 옷차림이 돋보였다.

"어머, 슌. 안녕." 부인은 내 모습을 발견하자 역시 남편 못지않은 상큼한 미소로 인사했다. 나 또한 이 둘에게 지지 않도록 최대한 밝게 인사해주었다.

"못 말린다니까……." 남편이 혼잣말로 중얼거렸다. "이렇게 아침 댓바람부터 나갈 필요는 없는데 적당히 좀 하지. 휴일 정도는 느긋하게 지내고 싶다고."

부인은 억울하다는 듯 살짝 뾰로통해졌다.

"이이는 금세 이런 식으로 불평을 해댄다니까. 나갈 거면 빨리 움직이는 편이 좋잖아. 그만큼 하루가 길어지니까, 안 그래?"

부인이 살짝 고개를 기울이며 내게 동의를 구했다. 그러자 느슨하게 말린 그녀의 머리칼이 허공에 나풀거렸다. 그 말에 나는 어느 쪽으로든 해석 가능한 애매한 미소로 답했다.

그나저나 다나카 부부는 한여름인데도 땀 한 방울 흘리지 않은 채 처마 끝에 달린 풍경처럼 청아한 분위기를 뿜어내고 있었다. 그 덕분에 내 체감온도도 신기하게 2도쯤 내려간 듯 상당히 기분이 상쾌해졌다.

그러나 내게는 분위기에 휩쓸려 꾸물거릴 여유 따위 털끝만큼도 없었다. 냉정히 말해서 지금 난 초유의 위기 상황에 직면해 있었다.

"아 참! 지각이라서요. 죄송하지만 먼저 가볼게요."

"그래. 잘 다녀와." 남편이 쾌활하게 웃어 보였다. 역시 상큼하다.

"데이트 잘하고 오세요."

"하하. 그럴 수 있다면 좋겠다. 사실 이것도 나름대로 고생이거든. 공주님의 기분을 맞춰주는 건 사법시험 다음으로 어려운 일이니까."

"여기서 그 말이 왜 나와?" 부인이 따졌다.

티격태격하는 두 사람을 본체만체하며 나는 작별 인사를 한 뒤 그들 옆을 지나 계단으로 향했다.

그때 남편의 등에 적힌 숫자가 눈에 훅 들어왔다.

대략 자동차 번호판의 숫자와 비슷한 크기의 아라비아숫자 두 자리가 하얀 명조체로 적혀 있었다. 엄밀히 말하면 적혀 있다기보다 등 뒤로 몇 센티미터쯤 떠오른 채다. 관점에 따라서는 등번호처럼 보이기도 했다.

남편의 등에는 '61'이라고 적혀 있었다.

휴일에 미인인 아내와 종일 데이트를 하니 지극히 당연한 수치다. 다만, 조금 전 남편의 언동을 생각하면 아무래도 좀 우스워지면서 절로 질투가 난다. 입으로는 '고생'이라 말하지만 **그야말로 등은 정직하다.**

무심코 나는 부인에게 고자질하고 말았다.

"남편분이 입으로는 그렇게 말해도 어쨌든 데이트를 무척 기대하고 있으니 안심하세요."

"글쎄……." 부인은 표정 변화 없이 의중을 살피듯 남편을 바라봤다.

"틀림없어요." 나는 즉시 못을 박은 뒤 단숨에 계단을 뛰어내려갔다. 여기저기 붉게 녹슨 철골 계단은 그 부실함을 주장이라도 하듯 한 걸음 내디딜 때마다 끊임없이 작게 흔들렸다.

나는 연립주택 뒤편으로 돌아가 보관소에서 내 자전거를 꺼낸 뒤 바구니에 가방을 던져 넣고 재빨리 올라탔다. 묵직한 페달에 힘을 가하며 천천히 달리기 시작했다.

"조심히 다녀와!"

위를 올려다보니 부인이 2층 복도에서 내게 손을 흔들고 있었다. 나는 오른손으로 핸들을 붙잡으며 왼손을 흔들었다.

남편도 그 옆에서 부드러운 미소를 띤 채 가볍게 손을 흔들며 말했다. "슌, 쓸데없는 말은 되도록 안 하는 편이 좋아." 아까 내 발언이 정곡을 찌른 모양이었다. 정말이지 귀엽고 서글서글한 사람이다. 나는 남편에게도 손을 흔들고 나서야 힘차게 페달을 밟았다.

연립주택에서 순식간에 멀어지며 자전거는 기찻길 옆의 다소 한산한 도로에 접어들었다.

오랜만에 전속력을 냈더니 잔뜩 녹이 슨 체인이 곧장 삐걱삐걱 비명을 질러대기 시작했다. 그런데도 나는 인정사정없이 가학적으로 페달을 밟아댔다. 지각은 딱 질색이니까.

습도가 높아 불쾌한 여름 공기를 찢어발기듯 자전거로 기세 좋게 나아갔다. 평소보다 대략 1.5배는 빠른 속도로 달리는 동안 눈 깜짝할 사이에 온몸에서 땀이 솟구치며 교복이 랩처럼 철썩 피부에 들러붙었다. 그러나 속도를 늦출 여유 따위는 없었다.

다행히 내가 선택한 통학로는 보행자가 적고 신호등도 드물어서 지금의 기세로 달리면 가까스로 지각은 면할 수 있을 듯했다. 나는 이를 악물고 온 힘을 다해 속도를 냈다.

한참 달리는데 재수 없게도 얼마 되지 않는 신호등 가운데 하나에 걸리고 말았다. 나는 빨간 신호의 시간을 이용해 흐트러진 호흡을 가다듬으며 주머니에서 휴대폰을 꺼내 시간을 확인했다. 8시 21분. 수업 시간까지 9분 남았다. 가능성은 충분하다.

마음속으로 자신을 격려하며 다시 페달에 발을 걸친 채 다른 보행자와 함께 신호가 바뀌기를 기다렸다.

좀처럼 신호는 파란색으로 바뀔 기미가 보이지 않았다. 이 신호등은 빨간 신호가 이토록 길었던가. 아니면 초조한 마음에 평소보다 더 길게 느껴지는 것뿐인가. 어쨌든 상당히 애가 탔다.

기나긴 신호에 내심 초조해하고 있는데 난데없이 누군가 혀를 차는 소리가 들렸다. 내 오른편에서 함께 신호를 기다리는 어두운 남색 정장 차림의 중년 남성이었다. 남자는 휴대폰을 한 손에 든 채 딱 봐도 불쾌한 듯한 표정으로 이마에 맺힌 땀을 손수건으로 닦고 있었다. 그 감정은 과연 여름의 무더위 때문인지 휴대폰에서 본 흉흉한 뉴스 탓인지(어쩌면 둘 다인지) 명확하지 않았지만, 남자의 미간에 새겨진 깊은 주름이 얼마나 불쾌한 상태인지를 여실히 드러내고 있었다.

이렇게 극단적인 감정을 드러내는 인간을 보면 나도 모르게 그 등을 보고 만다. 나쁜 버릇인지도 모른다. 최대한 눈에 띄지 않게 가만히 자전거를 후진시켜 남자의 등을 엿봤다.

남색 정장에 떠 있던 남자의 수치는 '39'였다.

남 일이긴 하나 그리 기분 좋은 숫자는 아니다. 특히 '39'는 최근 들어 가장 좋지 않은 기록일 만큼 낮은 수치였다. 간단히 여길 문제가 아니었다.

나는 남자의 하루를 안타까워하며 마음속으로 묵념했다. 무정하게도 나로서는 해줄 수 있는 게 없었다. 어떤 의미에서 이 숫자는 결정 사항이나 마찬가지여서, 내가 어떤 충고를 해준다 한들 결코 수치에 변화는 일어나지 않으니까.

묵념을 끝냈을 무렵에는 이미 신호가 파란색으로 바뀌어 있었다. 나는 허둥지둥 다시 페달을 힘껏 밟았다. 애초에 나 역시도 방심은 금물이다. 지각을 코앞에 둔 내 등에도 어쩌면 30 언저리의 수치가 떠 있을지도 모르니까. 사실 거울에 비춰본들 내 수치는 보이지 않지만.


거슬러 올라가면, 시작은 분명 4년 전 여름방학 무렵이었다. 어느 순간 사람의 등에서 숫자가 보이기 시작했다. 정말이지 갑자기, 아무런 예고나 조짐도 없이. 하루 전날 한밤중에 신의 계시 비슷한 걸 받긴 했지만 일단 그건 보류해두겠다.

어쨌든 나는 가족이나 친구부터 길가에서 스치는 사람에 이르기까지 모든 이의 등에 떠오르는 숫자를 보게 되었다.

처음 숫자가 보이던 무렵에는 대체 이게 무엇을 뜻하는지 전혀 짐작하지 못했다. 누군가에게 상담해볼까도 싶었지만 제대로 된 답변을 얻지 못 하리라는 느낌이 들었다. 실제로 몇몇 친구와 어른에게 털어놨다가 곧장 비웃음만 샀다. 어쨌든 나는 숫자의 의미를 알게 될 때까지 그저 고개만 갸웃거리며 보내야 했다.

하긴, 숫자에 대해 누군가 내게 설명이나 강의를 해준 게 아니라서 4년이 지난 지금도 과연 이 해석이 맞는지 조금 불안하기는 하다. 하지만 대체로 해석에 커다란 오류는 없어 보인다. 어찌 됐든 4년 전부터 오늘에 이르기까지 나는 매일 이 숫자와 함께해왔다. 그런대로 자신은 있다.

이건 분명 **그 사람의 하루치 행운 레벨을 나타내는 것**이다. 한마디로 표현하면 **'행운 편찻값'** 또는 **'행복 편찻값'**이나 마찬가지랄까.

이 수치는 편찻값인 까닭에 기본값이 '50'이다. 딱히 행운도 불행도 아니다. 지극히 평탄한 하루, 그게 '50'이다. 그 이상 수치가 올라가면 운이 좋거나 행복한 날. 수치가 낮아지면 운이 없거나 불행한 날. 간단히 설명하자면 그렇다.

따라서 '49'였던 엄마는 아주 티끌만큼 운이 없는 하루. '61'이었던 남편 다나카 씨는 꽤 즐거운 날. 분명 그에게 데이트는 행복한 이벤트일 테지. 그리고 '39'였던 좀 전의 중년 남성은 아마도 어지간히 형편없는 하루. 지극히 단순명쾌하다.

거듭 과거의 예를 들어볼까. 고등학교 합격자 발표가 있던 날,

수치가 '67'이었던 친구 가즈키는 주위에서 어림없을 거라던 상위 레벨의 학교에 합격했다. 중학교 3학년 봄의 체육 시간, 매트 운동을 하다 발목이 부러져 여름을 통으로 날려버린 육상부원 즈치야의 등에는 '32'가 적혀 있었다. 예를 들자면 끝이 없다. 좋든 나쁘든 내게는 그러한 수치가 보인다.

보이고 만다.


지각이라는 위험을 등에 짊어진 채 자전거 페달을 밟고 있는 절박한 상황에서도 스쳐 지나가는 사람들의 등으로 무심코 눈길이 간다. 정장 차림의 직장 여성은 '52', 뛰어가는 초등학생 남자애는 '48', 그 옆의 초등학생 여자애는 '55', 나와는 다른 교복을 입은 고등학생 남자애는 '46.'

대체로 기본값인 '50'에서 그리 크게 벗어나지 않는다. 이 정도가 일반적인 수치다.

행운이 수치로 가시화되는 나로서는 아무래도 의식하고 말지만, 당사자로서는 아마도 '45'에서 '55'의 차이 같은 건 지각할 수 없을 만큼 미세할 것이다. 운이 좋은 날과 재수 없는 날은 분명 종이 한 장 차이이니까. 다들 무의식적으로 아무런 자각 없이 평범하다고 믿는 하루를 보내고 있다.

그런 생각을 하는 사이 드디어 시야에 학교가 들어왔다.

지바현의 한적한 주택가에 우뚝 자리한 지극히 평범한 공립 고등학교. 엄청난 수재들이 모인 곳은 아니지만 그렇다고 결코 학생들의 머리가 나쁘지는 않다. 내가 사랑해 마지않는 모교.

교문을 통과해 자전거를 보관소에 세우는데 무정히도 종 치는 소리가 들렸다. 묵직한 절망감을 동반한 종소리가 내 마음에 울려 퍼졌다. 내 노력을 비웃기라도 하듯 지각이 확정되었다.

그래도 나는 서둘러 교정으로 뛰어 들어가 우리 반인 2학년 1반의 뒷문을 최대한 소리가 나지 않도록 천천히 열었다. 그러고는 교실의 상황을 확인하려고 고개를 비죽 내밀었다.

"그래, 오스가. 지각이구나."

담임의 기계적인 대응에 나는 반성하는 뜻으로 조심스레 미소를 지어 보였다. 주위에서 작은 웃음소리가 새어 나왔다. 남자치고는 유난히 가느다란 목소리의, 나이가 오십이 넘어가는 담임은 출석부에 내 지각을 기록했다.

"죄송합니다……." 나는 내 자리인 교실 뒤쪽 창가에서 두 번째 줄로 걸어갔다. 몇몇 학생이 키득키득 웃으며 '지각했네'라고 말을 걸듯 친근하면서도 약 올리는 시선을 내게 보냈다. 그것 말고는 지극히 평화로운 분위기였기에 조용한 조회 시간으로 신속히 합류할 수 있었다. 자리에 앉아 책상 옆에 가방을 내려놓은 뒤에야 한숨 돌렸다. 늦긴 했어도 다행히 어마어마한 지각은 아니었다. 집에서 나온 시간을 생각하면 그럭저럭 성과가 좋은 편이랄까.

"어쩌다 지각한 거야?"

옆자리의 이와부치가 속닥이며 물었다. 천성적으로 차가운 눈빛이 나를 바라보고 있었다.

"잘 모르겠어." 나는 쓴웃음을 지었다. "정신을 차렸더니 지각하기 직전이었어."

"흐음. 이상하네."

이와부치는 그렇게 중얼거린 뒤 애초에 내가 지각한 이유 따위에 별 흥미가 없었는지 곧장 정면을 향해 자세를 고쳤다. 원래 이런 아이인 걸 어쩌랴. 분명 등 뒤의 수치도 '49'에서 '51'을 벗어나지 않을 만큼 무미건조한 여자애다(오늘은 '50'이었다).

조용하고 형식적으로 진행되는 조회를 지켜보기 위해 정면으로 시선을 돌렸다.

당연히 나는 정면에 뭐가 기다리고 있을지 전혀 예상하지 못한 상태에서 대책 없이 앞을 보고 말았다. 그야말로 무방비 상태였다.

그 순간의 충격은 지동설을 생각해낸 코페르니쿠스나 사과가 떨어지는 광경을 목격한 뉴턴에 필적할 정도였다.

"흐어억!"

조용한 교실에서 나도 모르게 포효하고 말았다. 분명 내 목소리는 옆 반인 2반을 통과해 3반까지 울려 퍼졌을 것이다. 너무 놀란 나머지 나는 의자에서 살짝 일어나 엉거주춤한 자세가 되었다.

일순 교실 안의 시선이 내게 쏠렸다. 한 학생의 이상한 괴성에 다들 놀람과 의아함이 가득한 표정이었다.

나를 제외한 모두의 의문을 대표하듯 선생님이 물었다.

"오스가, 왜 그러나?"

나는 잠시 멍하니 있다가 "……아, 아뇨. 아무것도 아니에요"라고만 답한 뒤 자리에 앉았다. **실은 아무것도 아닌 게 아니**었지만.

몇몇이 나를 두고 이런저런 농담 섞인 말을 하는 바람에 몇 명인가 웃음을 터트렸지만 내 귀에는 전혀 들어오지 않았다. 싱거운 농담 따위 아랑곳하지 않고 나는 몇 번이나 눈을 끔뻑하며 똑똑히 그것을 확인했다.

틀림없다.

오늘 아침 아무리 시계를 고쳐 봐도 바뀌지 않던 시간처럼 그대로다. 지금 내 눈앞에 있는 **그것** 역시 몇 번을 확인해도 바뀌지 않았다.

무심코 나는 작게, 그야말로 모깃소리 같은 목소리로 중얼거렸다.

"……은 85?"

내 자리에서 왼쪽 대각선 앞.

검은 머리를 양 갈래로 묶은 여자애.

초롱초롱하고 동그란 눈동자 외에는 전체적으로 왜소한 체격에 사랑스러우면서도 약간 앳된 인상을 주는 외모. 자기주장이 지극히 적으며 평소 무언가 겁을 먹은 것처럼 숫기 없고 소극적인 성격. 같은 중학교 출신의 몇 안 되는 동급생.

마카베 야요이.

그녀의 등에 또렷하게, 내게는 확실히 천문학적 숫자인 '85'가 떠 있었다. 예전에 어느 역에서 일면식도 없는 백발 섞인 아주머니의 등에서 우연히 발견한 '73'이라는, 내 조사에 따르면 세계 최고 기록을 큰 폭으로 경신하며 전혀 본 적 없는 숫자가 내 눈앞에 모습을 드러냈다.

도저히 믿기 힘들어서 나는 재차 눈을 꼭 감았다가 떴다.

'85'

역시나 몇 번을 봐도 '85'였다.

개기일식이나 오로라처럼 환상적인 광경인 양, 나는 집어삼킬 듯이 야요이의 등을 바라봤다. 잠시라도 눈을 떼면 숫자는 천적을 앞에 둔 야생동물처럼 무시무시한 속도로 어딘가로 달아나버릴 것만 같았다.

"이봐, 야요이. 아까부터 오스가가 널 열심히 쳐다보고 있어."

이와부치의 갑작스러운 참견에 당황한 나는 경박하고 얼빠진 목소리를 내고 말았다. "뭣?!" 이와부치는 뭔가 농담기라고는 전혀 없는 지극히 사무적인 말투로 야요이에게 보고했다.

그 말을 들은 야요이는 주뼛주뼛 이쪽을 돌아봤다. 놀라고 긴장한 탓인지 얼굴을 붉히며 겁에 질린 표정이었다. 그러한 성격과는 대조적으로 뭔가 수다라도 떨고 싶다는 듯한 촉촉한 눈동자가 날 바라보고 있었다.

나는 당황한 나머지 변명을 늘어놓았다.

"아니…… 딱히 쳐다보고 있었던 게 아니라, 그냥 뭐랄까……."

"야요이 좋아해?" 이와부치가 내 말을 가로막더니 확고한 표정으로 물었다. 철저하게 무표정한 얼굴이었다.

이와부치는 자신의 질문이 불러올지도 모를 파장에 대해서 아무런 관심도 없는 모양이었다. 논점을 상당히 비약해버렸다는 자각이 없어 보였다.

내가 굉장히 예민한 질문 때문에 곤란해하는 사이, 느닷없는 의혹에 휩싸인 야요이는 순식간에 얼굴이 빨개졌다. 이 상황에서 정작 말문이 막혀버린 쪽은 야요이였다.

야요이는 붉은 초롱불처럼 새빨개진 얼굴로 내 눈을 똑바로 바라보며 반응을 살폈다. 그토록 동요하는 야요이의 모습에 나도 모르게 가슴이 두방망이질 치기 시작했지만 내가 여기에서 쩔쩔매서는 안 된다. 어떻게든 평화롭게 이 침묵을 수습해야 한다.

머릿속으로 이런저런 대답을 떠올려 봤지만 채택되지 못한 채 차례로 삭제되어 갔다. 뭐라고 대답해야 할까.

"좋아하냐니까?"

"그게, 내 말 좀 들어봐, 이와부치. 이렇게 하자. 일단은 좋아하느냐 아니냐는 가설은 제쳐두고 내가 야요이의 등을 바라보고 있었는지 아닌지를 이야기해보는 거야. 논점이 바뀌어버리면 안 되니까. 그래, 맞아. 그게 옳아. 이야기가 가열되고 있는데 엉뚱한 방향으로 불똥이 튀어버리면 근본적인 문제 해결이 늦어지니까. 그…… 뭐랄까, 생산성이 떨어진다고나 할까. 그런 느낌이잖아. 그러니까 지금 우리가 해야 할 건, 이 문제에……아얏!"

머리에서 메마른 통증이 느껴졌다. 돌아보니 선생님이 흉기로 사용한 출석부를 한 손에 든 채 나를 바라보고 있었다.

"오스가. 지각하질 않나, 괴상한 소리를 지르질 않나. 그것도 모자라서 떠들기까지 하다니, 이건 사형감이다."

선생님의 눈빛은 완전히 얼어붙어 있었다. 나는 고개를 숙였다.

"죄, 죄송합니다……."

"뭐, 좋다. 오늘 이 건은 집행유예로 해두지. 종업식 도중에는 부디 이상한 소리는 참아주길 바란다." 선생님은 한번 헛기침을 했다. "자, 여러분, 조회는 이상입니다. 서둘러 체육관으로 이동해주세요."

선생님의 지시에 학생들은 나른한 듯 일어나서 체육관으로 이동하기 시작했다. 그 흐름에 따라 이와부치도 자리에서 일어나더니 교실에서 총총 나가버렸다. 애초에 자기가 질문한 내용에는 아무런 관심도 없었던 모양이다. 그럴 거면 질문 따위 하지 말든가.

나는 온몸에 퍼져있던 긴장과 동요의 한숨을 뱉어내고 의자 등받이에 털썩 기댔다. 그리고 여전히 의자에서 꼼짝하지 못한 채 굳어 있는 야요이에게 다가가 간단히 사과했다.

"저기, 어쨌든 미안해. 뭔가…… 이상한 분위기에 휩쓸리게 해서."

"아, 아냐. 따, 딱히 상관없어. 조금 놀란 것뿐이야." 야요이는 어색한 미소를 지으며 가슴 언저리에서 휙휙 손을 저었다. 체격에 걸맞게 카랑카랑한 목소리였다.

"그럼, 우리도 체육관으로 이동하자."

"으, 응. 그래야지."

야요이는 천천히 자리에서 일어나 치맛자락을 대충 매만진 뒤 걷기 시작했다. 달콤한 향기를 풍기며 양 갈래머리가 작게 흔들렸다.

입술을 깨문 채 부끄러운 듯 내 앞을 지나가는 야요이의 등에는 그 얌전한 분위기와는 대조적으로 '85'라는 수치가 압도적인 존재감을 뿜내며 반짝반짝 빛났다.

지금 다시 냉정하게 생각해봐도 몸서리칠 만큼 다른 차원의 수치였다. 대체 오늘 야요이에게는 얼마나 대단한 행운이 찾아오는 걸까. 어찌 됐든 '85'다. 보통의 행운은 아니다.

관광을 온 잘생긴 영국 왕자가 그녀에게 첫눈에 반해서 별안간 왕세자빈 자리를 꿰찬다든가, 유명 프로덕션 스카우터의 눈에 들어 하룻밤 새 초일류 아이돌이 되어 스타덤에 오른다든가. 아니면 우연히 구매한 점보 복권이 1등에 당첨되어 3억 엔이라는 어마어마한 돈을 받는다든가……. 생각을 거듭할수록 어느 쪽이든 현실감이 없어서 도무지 상상이 가지 않았다. 무슨 일이 일어나는 걸까.

아니, 잠깐만. 어쩌면 이런 가능성도 있다. 지금부터 행운이 찾아오는 게 아니라 이미 아침나절에 일어났을 가능성 말이다. 실은 오늘 아침, 자택 정원에서 역사 속 유명한 장군이 묻어놨던 금덩이가 무더기로 발굴되었다든가.

나는 교실을 나서려는 야요이를 불러 세웠다.

"이상한 걸 물어봐서 미안한데, 오늘 뭔가 좋은 일 없었어? 터무니없을 만큼 행복한 사건. 그것도 굉장한 걸로 말이야." 나는 손동작을 섞어가며 그 **굉장함**을 표현했다.

순간 야요이는 어리둥절한 표정을 짓다가 잠시 생각한 뒤 기어들어 가는 목소리로 대답했다. "따, 딱히…… 별일은 없었는데."

나는 이상한 질문을 해서 미안하다고 사과한 뒤 야요이와 함께 체육관으로 향했다.

흐음. 그러고 보니 중학교 시절부터 거의 5년 동안 같이 시간을 보냈지만, 오늘의 야요이는 그야말로 평소와 다를 바 없어 보였다. 역시 그녀에게 행운이 찾아오는 건 지금부터인가. 그래봤자 아직 오전 중이었다.

종업식이 시작됐는데도 야요이의 숫자가 눈에 밟혀 견딜 수 없었다. 체육관에 죽 늘어선 무수한 숫자 가운데 십의 단위가 '8'인 사람은 그녀뿐이어서 아무래도 시선이 가고 만다. 대체 야요이에게 무슨 일이 벌어지는 걸까. 신경 쓰인다. 신경 쓰여 죽겠다.

금전운부터 연애운까지 이런저런 이벤트를 상상해 봐도 빈곤한 상상력으로는 그다지 적절한 대답이 떠오르지 않았다. 여자애가 엄청나게 기뻐할 상황이란 게 도대체 뭘까. 나는 체육관 구석에서 머리를 쥐어뜯었다.

그러다 하나의 답에 이르렀다. 지극히 단순하면서도 가장 가까이에서 답을 확인할 수 있는 획기적인 방법.

사실 간단하다. 오늘 종일 야요이를 따라다니면 된다.

그야말로 가장 확실하게 야요이에게 찾아올 행운을 눈으로 또렷이 목격할 수 있다.

'85'에 버금가는 행운을 만날 테니 종일 집에서 빈둥거릴 리도 없다. 분명 야요이는 오늘 어딘가 외출할 예정이 있을 것이다. 자연스럽게 그녀에게 말을 걸어 동행해도 좋다는 허락을 받을까. '나도 데려가 줄래?' 일만 잘 풀리면 행운의 정체가 폭로될 뿐만 아니라 혹여나 정말 운이 좋으면 나 역시 그 덕을 볼수 있을지도 모른다. 참으로 치졸한 생각이다. 뭐, 어디까지나그건 부산물이니까.

어쨌든 이렇게까지 끙끙댈 바에야 이젠 직접 보는 수밖에 없다. 그러지 않으면 난 평생 후회하겠지. 보나 마나 꿈에도 나올것이다. 무조건 직진이다.


종업식이 끝난 뒤 다들 교실로 돌아와 통지표를 받았다. 탄성과 한숨이 뒤섞인 혼돈의 시간을 지나 종례는 막힘없이 진행되어, 알찬 여름방학 생활에 관한 설교를 듣고 나서야 하교하게되었다. 나는 호시탐탐 야요이에게 말을 걸 타이밍을 엿봤다.

사실 그건 지극히 간단한 일이었다.

무슨 이유인지는 모르지만, 야요이는 언제나 누구보다도 늦게교실에서 나간다. 반에서 가장 일찍 등교하고 가장 늦게 하교하는, 그런 습관 같은 게 있었다.

오늘은 학교가 오전 중에 끝나서 친구와 놀러 가는 애들도 적지 않았다. 학생들은 시간을 조금이라도 허투루 쓰고 싶지 않다는 듯 비교적 신속히 교실을 떠났다. 나 또한 친구 몇 명에게서놀러 가자는 제안을 받았지만 물론 이번만은 정중히 거절했다.

나는 의자에서 꼼짝도 하지 않은 채 야요이와 둘만 남기를기다렸다. 딱히 그때까지 기다릴 필요는 없지만, 사람들 앞에서말을 거는 것보다는 더 편할 듯하여 그러기로 했다. 나는 그렇다 치더라도, 대놓고 그런 짓을 했다가는 긴장하기 일쑤고 숫기도 없는 야요이가 곤란해할 수도 있으니까.

이런저런 생각을 하는 사이 학생들이 하나둘 돌아가고(이와부치가 별 탈 없이 돌아가 준 건 상당히 고마웠다) 계획대로 교실에는 나와 야요이 단둘만 남게 되었다.

야요이는 좀처럼 내가 집에 돌아가지 않는 걸 이상하게 여겼는지 의자에 앉은 채 이따금 이쪽을 흘긋흘긋 엿봤다. 그때마다 보드라운 양 갈래머리가 살랑살랑 흔들렸다. 마치 무언가를 경계하는 자그마한 동물처럼 보였다.

그 등에서 '85'라는 숫자를 재차 확인한 뒤 나는 마음을 다잡고 말을 걸었다.

"야요이."

야요이는 숨바꼭질하다 술래에게 들킨 사람처럼 화들짝 놀라더니 어색하게 이쪽을 돌아봤다.

"……왜, 왜 그래?"

가뜩이나 가느다란 소프라노 톤의 목소리가, 겁을 먹은 탓에 떨려왔다.

그렇게 겁먹지 않아도 되는데. 어쩌면 야요이의 시선에서 봤을 때 나는 퍽 위험인물인 모양이었다. 그런 생각이 들자 마음에 슬며시 먹구름이 드리우려 했지만 마음을 다잡고 이야기를 꺼냈다.

"저기, 지금부터 무슨 일정이라도 있어?"

"……그, 그건 왜?"

"만약 어딘가에 갈 예정이라면 나도 꼭 같이 가고 싶다는, 뭐 그런 생각이 들어서……. 괜찮을까?"

의외로 부드럽게 말을 꺼낸 자신이 기특했다. 위화감이 거의 느껴지지 않도록 지극히 자연스럽게 물어본 느낌이랄까.

야요이는 놀란 듯한 표정을 지었다가 다시 백열등처럼 서서히 뺨을 붉게 물들이며 말했다. "따, 딱히…… 그, 그럴 예정은 없는데……."

의외의 대답이었다. 내가 지레짐작한 걸까.

외출 일정이 없다면 행운 이벤트는 야요이 집에서 일어난다는 소린가. 그렇다면 그 행운을 목격하려던 내 계획은 물거품이 되고 만다. 무턱대고 야요이에게 '너희 집에 가도 돼?'라고 물을 만큼 나는 대담하지 않다. 게다가 그런 말을 했다간 엄마의 가르침을 저버리는 꼴이 된다. '무릇 인간이라면 상대를 대할 때 늘 진심이어야 해.' 여자에게는 특히 그렇단다. 엄마가 해준 이 말은 효력이 절대적이다.

상당히 아쉽지만 어쩔 도리가 없었다. 오늘은 마음을 접고 다음 날 야요이에게 '85'에 대한 진실을 물어볼까(야요이가 무서워하지 않고 대답해줬을 때의 일이지만).

"그렇구나. 그럼 됐어. 미안, 이상한 말을 해서." 나는 조용히 일어나 가방을 어깨에 걸쳤다. "그럼 다음에……."

"아! 근데……."

내 말을 가로막은 야요이는 별안간 뭔가 생각난 것처럼 나를 멈춰 세웠다. 그 애가 낸 거라고는 생각할 수 없을 만큼 과감한,

비교적 커다란 목소리였다. 다시 원래 크기의 목소리로 돌아온 야요이가 말을 이었다.

"이, 있잖아. 실은 가려고 하던 곳이 있……어."

"진짜?"

생각지도 못한 방향으로 급작스레 이야기가 흘러가자 나도 모르게 흥분했다.

시치미를 떼다니, 야요이도 꽤 만만치 않은 구석이 있네. 앞선 거짓말을 반성이라도 하듯 야요이는 시선을 바닥의 한 곳에 고정한 채 양손으로 치맛자락을 강하게 쥐고 있었다.

일단 솔직하게 털어놓긴 했지만 날 일부러 속였다는 건 조금은 말하기 껄끄러운 장소여서일까. 혹시라도 망측하게 여자들만 가는(란제리 숍 같은) 장소에 데려간다면 큰일이다.

나는 확인차 물었다.

"거기에는 내가 따라가도 괜찮아?"

야요이는 말없이 꾸벅 고개를 끄덕였다. 그러고는 예쁜 입술을 부드럽게 깨물며 뭔가 결심한 듯 가만히 있었다.

나는 마음속으로 주먹을 꽉 쥐고 힘차게 승리포즈를 취했다.

이로써 떳떳하게 무려 '85'에 달하는 금세기 최대치의 행운에 동행할 수 있는 자격을 손에 넣은 셈이다. 기대와 희망에 부푼 채 나는 야요이와 함께 교실을 나섰다.

도대체 오늘 무슨 일이 일어날까.

앞으로 시작될 여름방학을 맞이하여 뜻밖의 빅이벤트가 될 듯하다. 나는 야요이의 자그마한 등에 이끌리듯 학교를 나왔다.

# 사에구사 논

울려 퍼지는 차임벨 소리는 자유와 해방을 선언하는 팡파르처럼 들리기도 했다. 그러한 고적대의 행진에 따라 나는 가방을 들고 가장 먼저 교실을 빠져나가려 했다.

"논, 잠깐 기다려봐. 그렇게 서둘러 돌아갈 필요는 없잖아."

반 친구 미치코가 말을 걸어왔다. 웃음 띤 얼굴로 말을 붙이며 그 애가 내게 건넬 제안은 하나뿐이었다.

나는 잽싸게 거절 의사를 밝혔다.

"미치코. 제발 못 본 척해줘. 나 '사에구사 논'이 다급히 향할 곳은 한 곳뿐이니까."

"진보초 헌책방 거리?"

"아깝지만 땡."

"하긴, 뭐든 상관없지만."

미치코는 전혀 듣고 싶어 하는 표정이 아니었다.

"종업식이어서 모처럼 일찍 끝났는데 잠깐이라도 놀다 가자. 가뜩이나 논하고는 어울리기도 힘드니까."

미치코는 내 어깨에 손을 올리더니 한 단계 더 강력히 꼬드기려 했다. 어쩔 수 없이 나는 가방을 책상에 내려놓고 미치코의 말을 일단 들어보기로 했다.

"누구랑 어디에 갈 예정인데?"

"흠흠. 용케도 물어봐 주시는군요. 사실은 말입니다. 오늘은 남자애들도 불러서 유원지에 가자고 말씀드리려 했습니다만. 어떠신가요, 논 고객님?"

미치코가 백화점 직원 같은 어투로 말을 건네며 엄지로 가리킨 교실 구석에는 우리 반 남자애 몇 명이 둥그렇게 모여 잡담에 한창이었다. 지금부터 유원지에 함께 갈 멤버들인 모양이다.

"그런데 미치코. 유원지래 봤자 코앞에 있는 거기 아냐?"

미치코는 작게 웃더니 "뭐 그렇지. 단골 장소인 도쿄 돔 시티랍니다" 하고 말했다. "하지만 뭐 어때. 문제는 목적지까지의 거리가 아니라 어떻게 보내느냐니까. 분위기 봐서 이케부쿠로나 하라주쿠로 넘어가도 되고. 좋잖아, 하라주쿠."

나는 피식 웃으며 대꾸했다. "미안해서 어쩌나. 오늘은 신주쿠쪽에 볼일이 있는데."

"'신간 싹쓸이'하러 간다는 뜻?"

"딩동댕."

미치코는 안타까운 심정이 뒤섞인 한숨을 내쉬었다.

"논. 책을 좋아하는 건 훌륭해. 그래도 가끔은 남자애랑 놀아

줘야지. 그러지 않는 건 젊음을 주체 못 하는 그 몸과 청춘에 실례라고. 오늘 같은 날엔 어디든 좀 가자. 딱 봐도 넌 늘씬하고 스포티한 발랄함을 지닌 미소녀라서 무조건 인기 있을 텐데. 게다가 있지……." 미치코는 목소리의 볼륨을 살짝 낮췄다. "우리끼리만 하는 이야긴데, 우리 반에도 널 좋아하는 남자애가 있다고. 그것도 여러 명."

"됐어, 미치코. 지금은 남자애들한테 관심 없어. 무슨 일이 있어도 오늘 책을 꼭 사야 하는 이유가 있다니까." 나는 미치코에게 깊이 암시를 걸듯 검지를 세우며 말했다. "지금부터 기나긴 여름방학의 농성전에 들어갈 텐데 오늘 사지 않으면 군량이 떨어질 위험이 있다고. 말하자면 지금의 난 중요한 보급병인 셈이지. 두 유 언더스탠드?"

"낫 언더스탠드."

이거야말로 지독한 언론탄압 아닌가. 내 안에 잠들어 있는 민권운동의 지도자들이 부당한 재판에서 차례로 처형되는 광경이 눈앞에 아른거렸다. 그런데도 나는 최후의 자유를 위해 미치코에게 불쑥 내 의견을 어필했다.

"미치코. 지금 내겐 스포츠나 사랑보다 독서야말로 삶의 가장 큰 보람이야. 조지프 애디슨이라는 위인이 이런 말을 했어. 〈몸에는 단련, 마음에는 독서〉라고. 부디 이번엔, 오늘만은 용서를 바랄게."

"자자, 그러지 말고." 미치코는 양손을 펼쳤다. "하루쯤은 괜찮잖아. 하루 정도 빼먹는다고 해서 애디슨 씨가 불평은 안 할걸."

"안된다니까, 미치코. 〈내일 세상의 종말이 찾아오더라도 오늘 난 사과나무를 심을 것이다〉라는 말이 있어. 그런 정신이 중요한 거야. 매일 축적하면서 유사시를 대비하는 게 핵심이지."

"그것도 누군가의 명언이야?"

"C. V. 게오르규. 루마니아 작가가 한 말이야."

"……흐음." 미치코는 한숨을 내쉬더니 굴복했다는 표시로 양손을 펼쳤다.

"네, 네. 알았네요. 서점이든 빵집이든 원하는 곳으로 가버려. 대신 다음엔 꼭 함께 가는 거다. 남자애들도 너 데려오라고 난리야."

"송구스럽네." 나는 깊이 고개 숙여 인사한 뒤 가방을 메고 미치코에게서 등을 돌렸다.

"아 참, 논. 나도 네게 어울리는 귀한 명언 하나 가르쳐줄까 하는데. 공부 좀 해왔거든." 미치코는 그렇게 말하더니 의기양양하게 가슴을 폈다.

나는 돌아봤다. "오호, 해봐. 무슨 말인데?"

"〈정숙이란 정열의 태만이다〉라는 말. 누가 했는지는 잊어버렸네."

나는 한쪽 눈썹을 휙 치켜올리며 물었다. "미치코, 그 명언은 어디에서 외운 거야?"

"헤헷. 우리 아빠가 가르쳐주셨어. 굉장하지?"

'뭐랄까, 미치코네 아버지는 자기 딸에게 상당히 전위적이시네'라고 말하려다, 그 대신 나는 교실을 떠나기 전에 이런 말을 툭 내뱉었다.

"미치코, 명언은 무엇보다도 그 배경을 무시해선 안 돼. 누가 한 말인지 잊어버리면 안 된다고. 그건 프랑스의 도덕가이자 문학자인 라로슈푸코 공작의 말이야."

나는 과장되게 헛기침을 한번 한 뒤 이야기를 매듭짓기 위해 반론의 말을 보탰다.

"〈쥐도 사랑은 한다. 그러나 책은 읽을 수 없을 것이다〉라는 말은 어때?"

"그건 누구 말인데?"

"내가 한 말." 미치코는 미국식 코미디처럼 호들갑스럽게 양손을 펼치며 고개를 흔들어 보였다. '맙소사'라는 소리 없는 말이 들려오는 것 같았다.

거의 비었다고 해도 좋을 만큼 휑한 책가방 안에는 문고본* 한 권과 천으로 된 커다란 에코백 두 개뿐이었다. 전투준비는 빈틈없이 완료. 오늘만은 쓸데없는 파우치라든가 필통, 과자 같은 잉여품은 모두 자택 대기다. 꼭 가야 하는 결전을 대비해서 빈틈이란 있을 수 없다.

학교에서 도보로 몇 분 남짓인 스이도바시역으로 향했다. 주변에는 이른 점심시간을 얻은 샐러리맨과 대학생의 모습이 여기저기 눈에 띄었다. 나는 전철 시간을 고려해서 조금 종종걸음으

---

*　보급을 목적으로 간행한 소형 판형의 책으로 소설, 에세이, 시 등이 많다

로 달렸다. 고등학생이 된 뒤로 운동과는 얼마간 멀어졌지만, 초등학교부터 중학교 때까지 육상경기에서 단련된 내 다리의 근력과 체력이라면 이 정도 거리의 달리기쯤은 식은 죽 먹기였다. 숨이 차지도 않는다.

책을 좋아한다고 해서 반드시 안경을 쓴 도서부원 같은 문학소녀일 거라고 상상해서는 안 된다. 문무뿐만 아니라 재색까지 겸비한 완벽한 모습. 이것이야말로 내가 지향하는 미개척지다.

얼마 지나지 않아 역이 보였다.

현재 시각은 11시 44분.

스이도바시역을 떠나는 다음 전철 시간은 11시 46분. 그걸 놓치면 다음 전철 시간은 11시 52분.

전철 시각표는 암기한 게 아니라 머릿속에 그대로 쏙 **흡수되었기** 때문에 전철 시간에 한해서는 자신 있었다. '자신 있다'라는 표현도 어딘가 부적절하다. 그저 대답을 보면서 풀고 있는 거나 마찬가지니까.

역에 도착하자 개찰구를 벗어나 그대로 계단을 뛰어 올라갔다. 이 시간대에는 역을 오가는 사람 수도 뜸해서 귀찮을 만큼 딱히 인파가 붐빌 일도 없었다. 예정대로 매끄럽게 11시 46분발 전철에 올라타는 데 성공.

그런 다음 적당한 자리에 앉아 부랴부랴 가방에서 문고본을 꺼내 들고 순식간에 이야기 세상으로 녹아들어 갔다. 스이도바시에서 신주쿠로 이동하는 시간은 10분 남짓이지만 어떻게든 빈 시간을 발견하면 저절로 책에 손을 뻗고 마는 건 내 성격 탓이다.

이야기는 몇 페이지 넘기지 않은 사이에 마치 녹말을 물에 넣고 섞는 것처럼 서서히 끈끈해지며 내 머릿속에 들러붙어 간다. 현실 세계의 균형이 흐트러지며 꿈과 현실의 경계가 모호해진다.

나는 태어났을 때부터 책에 둘러싸여 책과 함께 자란 그런 인간이 결코 아니다. 사실 내가 책을 만난 건 불과 5년쯤 전의 일이다. 따라서 내 인생이라는 이름의 역사에서 '독서'는 결코 장기 집권을 뽐내지 않는다.

나와 독서와의 만남은 5년 전 삿짱과의 만남과 정확히 일치한다. 다시 말해 나는 삿짱을 만난 뒤 독서와 만났다.

당시 삿짱이 한 말은 지금도 내 안에서 종종 활화산처럼 활활 타오르며 마음을 강하게 움직인다. 삿짱의 말은 내게 획기적이었고 그 어떤 해구보다도 깊게 마음을 울렸다.

'〈모든 양서를 읽는 건 과거의 사람과 대화를 나누는 것과 같다〉라고 데카르트가 말했어. 그러니 만약 뭔가 갈피가 잡히지 않을 땐 책을 펼쳐보는 게 좋아. 거기에는 분명 둘도 없는 인생 교훈이나 상담 상대가 있을 테니까.'

나는 그 말의 무게는 물론이거니와 삿짱의 말투에도 푹 빠져 있었다. 거북하지 않게 매끄러우면서도 친절하게, 중학생 나이임에도 기품 넘치는 언어를 구사하던 삿짱.

나도 삿짱처럼 말하고 싶었다.

당시 초등학교 5학년이던 내게 두 살 위의 중학교 1학년은 상당한 어른처럼 느껴져서 많은 영향을 받았던 것 같다. 매일 남자애들과 섞여서 술래잡기 놀이에 빠져 있던 흙투성이의 나와는 결정적으로 달랐다. 나도 이렇게 되고 싶다. 이토록 스타일리시하고 지적인 인간이 되려면 책을 읽는 수밖에 없다.

그때부터 나는 독서에 몰두했다. 처음에는 의식적으로 책을 펼치려 노력했는데 어느새 독서는 내 안에 습관으로 자리 잡으며 마약처럼 내 신체를 지배했다.

〈언어는 인류가 사용해온 가장 강력한 마약이다〉라고 소설가 러디어드 키플링이 말했다. 내 몸은 완전히 마약에 담뿍 취해 있었다. 언어라는 약물에 의존하지 않고는 살아갈 수 없게 된 것이다.

운동능력에서 그 나름대로 높은 평가를 받고 있었는데도 나는 고등학교에 입학하자 과감히 육상을 그만두고 독서 시간을 넉넉히 확보하기로 마음먹었다.

어떤 의미에서 독서란 대화다.

음. 정말 멋진 예인걸.

만약 내가 현재 지닌, 살짝 평범하지 않은 이 힘이 없었더라도 나는 책을 읽게 되었을 테고 그러지 않고서는 분명 견디지 못했을 것이다. 미치코는 정숙을 정열의 태만이라고 했지만 내게 가장 행복한 시간은 바로 책을 읽는 순간이다.


이야기의 세계에 빠져 있던 내 마음속으로 살짝 틈새 바람이 불어 닥쳤다. 더할 나위 없이 약하면서도 날이 선 틈새 바람은 홀연 자그마한 몇몇 균열을 만들어내더니 나를 감싸고 있던 이야기의 윤곽을 일그러뜨렸다. 아름답게 펼쳐지던 이야기의 무대 장치는 돌풍 때문에 금세 허공 어딘가로 날아가 버리고, 정신을 차렸을 때 나는 전철 안에 있었다. 전철은 멈춘 상태였다.

차내의 전광게시판을 올려다봤다.

'신주쿠'

이미 목적지에 도착해 있었다.

나는 허둥지둥 자리에서 일어나 아슬아슬하게 문이 닫히기 직전, 간발의 차이로 전철에서 뛰어 내렸다. 뛰어들다시피 한 승차가 아닌, 뛰어내리다시피 한 하차.

가슴을 쓸어내리며 한숨을 토해냈다.

나는 승강장을 단화로 두어 번 탁탁 두드리며 현실을 실감했다. 머릿속에 남아 있던 이야기 잔해를 정성스레 쓸어낸 뒤 사고를 포맷했다.

동쪽 출입구 개찰구로 나오자마자 목적지인 대형 서점으로 향했다. 신주쿠역 주변은 환영이라도 하듯 활기찬 모습으로 날 곧장 서점으로 이끌었다. 쇼핑몰이나 전자제품매장, 옷가게도, 지금 내게는 황야에 자라난 선인장처럼 아무런 쓸모없이 그저 연출을 위한 배경에 지나지 않았다.

내게 이 신주쿠 거리는 진보초에 늘어선 헌책방들처럼 '성지'라는 호칭이 어울리는 거리였다. 헌책을 제외한 서적 대부분을 수집하기에 차고 넘칠 만큼 크고 작은 서점이 즐비해 있기 때문이다. 적잖이 마이너 취향의 책이든 발행 부수가 지극히 적은 책이든, 이 거리에서는 대체로 손에 넣을 수 있었다.

그러한 까닭에 이따금 나는 이 '신주쿠 신간 싹쓸이 작전'을 결행했다. '싹쓸이'라는 거창한 이름이 붙어 있기는 하나, 솔직히 말하면 여러 서점을 둘러보는 일은 거의 없다. 부끄럽게도 내 마음에 둥지를 튼 '충동구매'라는 이름의 염소 양반이, 순식간에 지갑속의 지폐란 지폐를 음매 음매 먹어 치워 버리는 탓이다.

그리하여 현실에서는 서점 한 곳이 첫판이자 결승전이다.

오늘 준비한 군자금은 딱 2만 엔. 아마도 구매 가능한 책은 30권 전후일까.

나는 이제 시작될 무수한 책들과의 사투를 앞두고 입을 앙다물었다. 서점의 커다란 묘미는 생각지도 못한 미지의 책과 만날수 있다는 것. 사고 싶은 책이야 인터넷 주문으로도 충분히 가능한 이 시대에, 직접 현장을 찾아 책을 물색하려고 하는 최대의 이점이 바로 여기에 있었다.

표지가, 장정이, 홍보문구가, 작가가, 제목이, POP 광고가, 어느새 주의를 끌며 내 지갑을 움직인다. 그야말로 외교교섭과도같은 책과의 흥정. 생각만으로도 가슴이 뛴다.

나는 일단 심호흡을 하고 정신을 가다듬은 뒤 드디어 목적지의 입구에 들어섰다.

초조히 서점 안을 바삐 돌아다니는 짓은 절대 하지 않는다. 그건 이류나 하는 행동이니까. 한 걸음 한 걸음 거리를 보폭으로 재듯, 혹은 기말시험의 감독관처럼 천천히 통로를 걷는다.

신간, 문고, 인문 교양서, 만화, 비즈니스서, 실용서.

분야를 나누지 않고 공평하게 모조리 물색한다.

공들여 모든 층을 살펴본 뒤 다시 시간을 들여 두 번째 시찰에 나선다. 두 번만이 아니라 세 번이든 네 번이든 계단을 오가며 각 층을 여러 차례 왕복한다.

이 과정을 통해 구매 후보로 뽑혔던 책들 가운데, 내 마음속에서 선별 작업을 거쳐 진짜 매력적인 책을 골라낸다. 오늘의 군자금인 2만 엔이 넘지 않도록 후보의 추가와 삭제가 암묵적으로 반복된다.

그러다 겨우 내 마음에서 선별 작업이 종료된다.

명예로운 '사에구사 저팬'으로 뽑힌 각 장르의 정예가 집결한다. 나는 머릿속으로 선출한 책들을 여기저기서 그러모아 한 권 한 권 양손에 포개며 쌓아간다.

그런 식으로 한창 각 층을 돌다가 스포츠 관련 코너를 가로질렀을 때, 문득 학교에서 내줬던 숙제가 생각났다. 체육 과제였다.

분명 스포츠 역사에 대해 리포트를 써서 제출하라는 내용이었던 것 같다. 야구든 축구든 폴로든 페탕크든, 스포츠라면 뭐든 상관없었다.

머릿속을 뒤져보다가 스포츠 관련 책은 그리 많이 수용되어 있지 않다는 사실을 깨달았다. 과제를 하려면 뭔가 자료가 필요하다.

일단 '사에구사 저팬'으로 뽑힌 책들을 옆에 쌓아두고 어떤 스포츠로 과제를 쓸지 고민했다.

그러고 보니 고릴라를 닮은 그 체육 선생님은 못 말리는 야구

광이었다. 수업 틈틈이 자못 본인이 최대 주주라도 되는 양 자이언츠*의 경기 전세라든가 선수 보강 따위에 이러쿵저러쿵 말을 늘어놓는 데 일가견이 있었다. 선수 아무개는 2루 쪽이 잘 맞는다든가, 그 녀석을 마무리 투수로 쓴 건 바보 같은 짓이었다든가.

방과 후 그 길로 자이언츠 경기를 보러 가는 일도 해마다 비일비재했다. 어쨌든 그 선생님은 전형적인 자이언츠 팬이었다.

그렇다면 과제로 쓸 스포츠는 야구가 좋겠지.

다소 완성도가 떨어지더라도 자신이 편애하는 스포츠 종목을 소재로 한 리포트라면 대개는 어느 정도 평가가 후해지는 법이다.

나는 야구에 관한 책을 두 권 집어 들었다

《쇼와 시대 야구사》

《격동! 야구와 자이언츠: 사와무라 에이지부터 KK 콤비까지》

두 권 모두 상당히 두꺼웠다.

이 책들을 고른 이유는 딱히 없다. 그저 아무 생각 없이 골랐다. 현시점에서 나는 KK 콤비라는 게 뭔지도 모르고, 그 콤비까지가 대체 몇 년 동안 일어난 일인지도 모른다. 읽어보는 수밖에 없다.

사실 읽는다고는 했지만 고작 이런 리포트 자료 때문에 귀중한 자금을 분배할 생각은 털끝만큼도 없었다. 벌써 '사에구사

---

* 요미우리 자이언츠. 일본의 프로 야구 구단

저팬' 자리는 꽉 찼다. 외교 예산 2만 엔은 이미 배분이 끝난 상태라 인심 쓸 금액은 없다.

그러니 지금 여기서 이 책들을 전부 머릿속에 집어넣으려 한다. 물론 속독 같은 구질구질한 방법은 아니다. 심지어 나는 속독을 혐오한다. 디테일은 신경 쓰지 않은 채 재빨리 읽어서 대충 내용만 파악할 바에야 처음부터 요약본을 읽는 편이 낫다.

그래서 나는 한 글자 한 구절은 물론이고 수록된 참고 사진까지 빠짐없이 전부 머릿속에 집어넣을 생각이다.

기록하고 새겨 넣을 것이다.

작업하기 전에 일단 《쇼와 시대 야구사》와 《격동! 야구와 자이언츠》를 서가에 되돌려놓았다.

그리고 심호흡을 했다.

지금부터 착수할 작업은 겉보기에는 단순해 보여도 상당한 체력이 소모된다.

한 개만 먹으면 300미터는 거뜬히 달릴 수 있다는 어느 캐러멜 광고처럼, 내게는 이 책 한 권을 머릿속에 집어넣는 일이 300미터 달리기나 마찬가지였다.

전력 질주까지는 아니어도 거의 300미터를 반달음질하는 것만큼 힘든 일이다.

나는 《쇼와 시대 야구사》의 책등에 살짝 오른쪽 검지를 댔다. 책 제목의 첫 글자인 '쇼'에서 약간 위쪽 언저리 부근이었다.

그다음 눈을 감고 천천히 책등을 쓰다듬듯이, 책의 재질을 확인하듯이, 검지를 서서히 아래쪽으로 쓸어내렸다.

그러자 손가락의 움직임에 따라 순식간에 책의 내용이 내 머릿속으로 흘러들어왔다.

그 작업에는 이치나 원리 따위가 일절 개입할 여지도 없이, 텅 빈 고원에 자리한 산속 오두막 한 채처럼 덩그러니 실감만 존재할 뿐이었다.

손을 대는 족족 정보가 흘러들어왔다.

터져버린 댐에서 연달아 어마어마한 물이 넘쳐흐르는 것처럼 손가락을 타고 정보가 내 안으로 쏟아지며 흡수되어 갔다. 정보가 범람하며 머릿속에서 통합된다.

역시나 이번에는 책이 두꺼워서 용량도 컸다.

나는 최대한 몸에 부담이 덜 가도록 시간을 들여 천천히 손가락을 쏠어내렸다.

마침내 작업 완료.

"……후우."

나는 흐트러진 호흡을 가다듬은 뒤 눈을 떴다.

흐음.

이나오 선수에 다부치 선수, 기누가사 선수에 기타벳푸 선수. 그리고 프로야구계 역대 사건들. 그럭저럭 정보를 얻었다.

이 한 권으로도 리포트는 충분히 쓸 수 있겠지만, 만약을 위해 나머지 한 권도 같은 방식으로 읽어 내려갔다. 대개 리포트는 적어도 두 권 이상을 참고해서 쓰는 게 포인트니까. 그래야 분량도 한층 늘어난다.

나는 《격동! 야구와 자이언츠》의 책등에도 손가락을 대고 쏠어내리면서 내용을 머릿속에 저장했다.

두 권을 읽어낸 만큼의 피로가 내 몸을 덮치면서 정보가 거듭 쌓여 갔다.

명투수 사와무라 에이지와 루 게릭의 승부. 비통한 투병 생활과 죽음. 구와타 선수와 기요하라 선수로 구성된 KK 콤비. 드래프트제의 공적과 과실.

흐음. 내용이 꽤 흥미로워 보였다.

호흡이 안정되자 나는 한쪽 구석에 잠시 놓아두었던 '사에구사 저팬'을 다시 집어 들었다.

책값을 헤아려보니 대충 2만 엔 안에서 해결될 듯했다.

여름방학은 길다. 앞으로 몇 차례 더 서점을 찾아야 할 테지만 당분간은 괜찮겠지.

나는 만화와 소설, 산문이 섞인 개성 넘치는 '사에구사 저팬'을 양손으로 한 아름 안은 채 별안간 미치코를 떠올렸다.

1995년 5월 24일. 구와타 마스미 선수가 3루 라인에서 낮은 플라이볼을 직접 잡으려다 다치는 바람에 선수 생명에 위기를 맞게 된 도쿄 돔에서, 지금쯤 미치코는 청춘이라는 이름의 빤한 이벤트를 신나게 만끽하고 있겠지.

미치코, 도쿄 돔의 인공 잔디는 딱딱할 텐데 아무쪼록 적당히 즐기길 바랄게.

그런 생각을 하면서 30권 남짓의 '사에구사 저팬'을 품에 고이 안은 채 조심스레 카운터로 향했다.

# 에자키 준이치로

조용히 잠에서 깨어났다.

외적 요인에 의해 강제로 일어난 게 아니라 눈 녹은 물이 바다로 흘러들 듯 그야말로 느릿하고 점진적인 기상이었다.

몸을 일으키며 자명종 시계의 시간과 날짜를 확인했다.

이미 오후 1시가 넘은 시각. 날짜는 7월 15일 금요일.

상당히 오랜 시간 잠을 잔 모양이다. 금요일인데도 왜 알람을 설정해두지 않았는지 생각해본다.

맞다, 오늘은 종업식이었다.

종업식이라는 딱히 실리적이지 않은 학교 행사는 결석하기로 전날부터 마음먹었다.

침대에서 일어나 작게 기지개를 켠 뒤 평소처럼 책상으로 가서 의자에 앉았다. 침대에서 책상까지의 자연스러운 이동은 반자동화된 무의식적인 동작이었다. 일단 아침 루틴인 **그것**을 실행하려면 기상하자마자 조금이라도 시간의 틈을 둬선 안 된다. 가열하여 용해된 유리가 금세 굳어버리는 것처럼 뜸을 들이면 **예언**은 홀연 돌변해서 파악할 수 없는 형태로 바뀌어버린다.

나는 책상 서랍에서 애용하는 수첩을 꺼내 오늘의 페이지를 펼치고 오른손으로 검정 볼펜을 쥐었다.

그리고 눈을 감은 채 평소대로 말을 색출해낸다.

숨을 멈추고 마음을 가라앉힌 뒤 말에 귀를 기울인다.

이 작업은 사막 한가운데에 묻힌 자그마한 쇳덩이를 손으로 더듬어 찾아내는 것과 같다. 예민해진 손끝 감각으로 허위와 진실을 확인하면서 오늘의 말만을 골라낸다.

머릿속에서 신중하게 첫 번째 말을 퍼내고 차례로 두 번째, 세 번째 예언을 회수해간다.

이들을 오른손이 재빨리 수첩에 기록한다. 볼펜이 종이에 닿는 순간 추상적인 것이 구체적인 것으로, 무형이 유형으로 바뀌어 간다.

늘 그렇듯 예언 다섯 개를 수첩에 기록한다.

다섯 개로 정해져 있다. 아무리 시간을 들여도 더는 나오지 않는다.

이 작업이, 그렇지 않아도 재미없는 내 인생을 한층 더 무미건조하게 만든다는 사실은 잘 알고 있다. 어느새 이 습관은 악폐처럼 내 삶에 정착해버린 탓에 간단히 끊어낼 수도 없다. 만약 노골적으로 반항심을 드러내며 예언을 확인하지 않은 채 하루를 시작하면, 아무리 노력해도 떠오르지 않는 지인의 이름처럼 찜

찝함을 남기며 종일 나를 불쾌한 기분으로 몰아간다.

오늘 내려온 예언 다섯 개.

- 이게 누구야, 에자키 소년 아닌가. 자자, 어서 앉으라고.
- 그래. 꽤 재밌다고. 이건 이것 나름대로 심오하거든.
- 에이스와 퀸이야.
- 네. 모두 우편함에 들어 있었습니다.
- 공부만 소홀히 하지 않는다면 마음대로 하렴.

인지할 수 있는 부분은 언제나 누군가 내뱉는 말 한두 마디 정도의 분량뿐. 그런데 이러한 문장만으로도 왜 그런지 누구의 발언일지 상상이 간다는 게 우스꽝스러웠다.

나는 예언이 적힌 수첩을 덮고 땀범벅이 된 티셔츠를 벗어서 뭉쳐둔 뒤 옷장에서 폴로셔츠와 청바지를 꺼내 갈아입었다. 세수를 하려고 방에서 나와 1층 욕실로 향했다.

거울로 머리를 확인하니 얼마나 잠버릇이 심했는지 짐작이 갔다. 전체적으로 볼륨이 있고 약간 뻣뻣한 내 머리는 잠버릇으로 곧잘 헝클어지곤 했다. 손가락으로 매만져 대충 정리해보려다 전혀 나아질 기미가 보이지 않아 바로 포기했다. 원래 외모에 신경 쓰는 편은 아니었다.

세수한 뒤 곧장 수첩과 지갑, 집 열쇠를 바지 주머니에 쑤셔 넣고 현관으로 직행했다. 휴대폰은 없다. 지금껏 18년간 살아오면서 딱히 필요하다고 느꼈던 적도 없었다. 연락을 주고받을 친구가 없는 탓인지도 모른다.

대충 샌들에 발을 꿰어 넣고 현관을 열었다.

집 주차장에 정차된 검정 메르세데스 벤츠와 빨간색 포르쉐가 여름 햇살을 거리낌 없이 반사했다. 흠이나 먼지 하나 없는 매끄러운 차체는 신품 고유의 윤기와 광택을 자랑하고 있었다. 사실 신품이기도 했다.

차는 주차해뒀다기보다 전시해뒀다고 말하는 쪽이 더 어울릴지도 모른다. 아버지는 고가의 자동차일수록 운행하지 않아도 된다는 극단적인 주장을 하고 있으니까. 나치의 하켄크로이츠처럼 강력한 권위와 메시지만 전달된다면 그걸로 충분했다.

대문을 나서서 늘 가던 곳으로 걷기 시작했다.

딱히 가야 할 이유도 없지만, 적어도 학교나 텅 빈 집보다는 유용하게 시간을 보낼 수 있는 곳이다. 요컨대 따분한 것 같으면서도 따분하지 않은 곳이랄까.

주택이 늘어선 좁은 골목을 벗어나 국도 하나를 훌쩍 건너 다시 좁은 골목으로 들어섰다. 정오가 조금 지난 니시닛포리는 인적도 드물었다.

샌들을 질질 끌며 5분쯤 거리를 걷다 보면 목적지에 도착한다.

주택가 한가운데 우두커니 선, 콘크리트가 그대로 노출된 건물. 외벽 전체를 드문드문 휘감은 담쟁이덩굴 때문에 더욱 뭔가 사연이 있는 곳으로 보인다.

입구에는 아무런 간판이나 표시도 없다. 스테인드글라스로 장식된 목조 현관 옆에는 우산꽂이가 쓸쓸하게 자리를 잡고 있다. 어쩌면 유일하게 우산꽂이가 이곳이 상업시설임을 보여 주는 아주 자그마한 증거인 셈이다.

이 근처에 산다 한들 여기가 어엿한 찻집이라는 사실을 아는 이는 거의 없다고 해도 무방했다. 아무리 봐도 주위 건물과 다를 바 없는 일반 주택일 뿐이다. 설령 여기가 찻집이라는 사실을 알더라도 앞장서서 안에 들어가 보고 싶어질 만한 구조는 아니었다.

내가 어떤 경위로 이 가게를 알게 됐는지는 전혀 기억나지 않는다. 이 가게는 마치 변성기처럼 자각할 틈도 없이 돌연 찾아와 어느새 내 삶에서 중요한 부분으로 자리 잡았다.

육중한 문을 열자 딸랑딸랑 마른 도어벨 소리와 함께 별세계 같은 가게 안의 공기가 새어 나오기 시작했다.

"어서 오세요."

**"이게 누구야, 에자키 소년 아닌가. 자자, 어서 앉으라고."**

예상했던 인간이 즉각 어김없는 반응을 보였다.

가게 안은 바깥에서 봤을 때 상상할 수 없을 정도로 세련된 분위기였다.

거짓말처럼 느껴질 만큼 과하게 의도된 레트로 풍의 인테리어로, 의자와 카운터, 축음기와 식기류에 이르기까지 전부 공들여 제작한 고가의 골동품 같았다. 게다가 가게 안에 흐르는 둔탁한 클래식 음악이 색조 보정을 하듯 가게 분위기를 얄미우리만치 명확하게 조정해나간다.

'문을 들어오기 전의 공간과 문을 들어온 후의 공간은 시대나 문화적인 면에서 뭔가 결정적으로 다른 상태'인 것처럼 보일 만큼 철저한 연출이었다.

이 가게 안에는 늘 변함없이 두 남자가 진을 치고 있었다.

마스터와 밥.

마스터란, 말 그대로 이 가게 사장이다. 뭔가의 애칭은 아니고 단순히 직업명이다. 본명은 모른다. 검정 베스트에 살짝 기른 하얀 콧수염을 보면 찻집 마스터라는 직함이 찰떡같이 어울린다. 다소 호리호리한 체형에 숱이 옅어진 머리가 마스터로서의 풍모를 아낌없이 뿜어내며 앤티크한 정경과 하나가 되어가고 있었다.

그런 마스터는 내 모습을 확인하더니 무언중에 커피 끓일 준비를 시작했다. 이목을 끌 만큼 민첩하진 않아도 세련된 손놀림에는 조금도 낭비가 없었다.

다른 한 남자는 밥. 이쪽은 애칭이다. 어느 각도에서 봐도 토종 일본인으로, 그 용모에서 '밥'이란 이름이 어울릴만한 요소는 눈에 띄지 않는다. 그런데도 어째서 그가 밥이라 불리는가 하면, 다른 사람도 아닌 본인이 그렇게 자기 이름을 밝혀서다. 마스터처럼 본명은 모른다. 나이는 아마도 오십 전후. 백발이 섞인 올백 머리, 풍채 좋은 체구에 혈색 좋은 거뭇한 피부의 소유자다. 복장은 늘 검은 정장에 노 넥타이. 옷감으로 봐서는 결코 싸구려 정장은 아닌 것 같은데 매일 밥이 그 옷을 애용하는 터라 상당히 낡았다. 여기저기 몇 군데인가 심한 주름이 잡혀 있고 옷단과 소매 끝은 약간 올이 풀린 상태였다.

그런 밥은 자칭 어느 회사 사장님이었다고 한다. 다만, 그 괴짜 같은 라이프스타일과 현재 모습을 봤을 때 그리 신빙성은 높지 않았다.

밥은 오늘도 여느 때처럼 정장 차림으로 마스터와 서로 마주 본 채 카운터석에 앉아 있었다. 액자에 늘 그림이 들어 있듯 그 또한 언제나 그 자리에 붙박여 있었다.

마스터와 밥의 공통점이라면 365일 예외 없이 이 가게에 있다는 점이지만, 마스터는 점원이고 밥은 손님이라는 게 둘의 결정적 차이였다.

말을 걸어온 두 사람에게 딱히 이렇다 할 인사도 없이 나는 내 지정석인 밥의 오른편 카운터석에 앉았다.

마스터는 내가 자리에 앉자마자 늘 마시는 더블 에스프레소를 내밀었다. 컵과 찻잔이 맞닿으며 쟁그랑 소리가 났고, 검게 비쳐 보이는 액체에서는 깊고 그윽한 향이 피어올랐다.

"마스터, 오늘은 샌드위치도 부탁해. 아침부터 아무것도 안 먹었거든."

내 주문에 마스터는 작게 고개를 끄덕이며 "알겠습니다"라고 말한 뒤 카운터 뒤쪽에 있는 스테인리스 냉장고를 열었다.

"에자키 소년. 오늘은 상당히 빨리 왔군. 게다가 사복 차림으로."

말을 걸어온 밥은 평소처럼 가장 저렴한 블렌드 커피를 홀짝였다. 무슨 영문인지 그의 앞에는 낯선 트럼프 카드 몇 장이 흩어진 채 놓여 있었다.

"오늘은 종업식이라서."

"흐음." 밥은 턱을 괸 채 의아한 표정을 지었다. "그렇다고 사복 차림일 이유는 없을 텐데. 이제껏 넌 하굣길에 여기에 왔으니 말이야. 오늘도 교복이어야지."

"학교엔 안 갔어. 귀찮았거든."

밥은 오른쪽 뺨을 추켜올리며 작게 웃었다.

"이런, 대담한 **날라리 우등생**도 다 있군. 성적이 좋아도 땡땡이야 칠 순 있겠지만."

"학교에 가도 재미가 없어. 지루함을 커버할 정도의 보상도 없고."

"흐음, 하긴." 밥은 눈을 감으며 고개를 끄덕였다. "하지만 말이야, 매사 적극적이진 않더라도 **나름대로** 참가해보는 건 중요하지. 인생의 저변을 넓히기 위해서도."

나는 에스프레소에 설탕도 넣지 않고 후루룩 마신 뒤 입을 열었다.

"내 판단이 맞다면 당신이야말로 매일 이곳에 진을 치고 앉아 있을 뿐, 뭔가에 참여하는 것 같지도 않아 보이는데?"

밥은 왼손바닥으로 자기 이마를 툭 치며 쓴웃음을 지었다.

"아픈 곳을 꾹 찌르는군, 에자키 소년. 네 말대로야……. 이거야 원, 변명도 못 하겠네."

밥은 껄껄 웃었다. 반성의 기미라곤 전혀 없이 쾌활하게.

"주문하신 음식 나왔습니다."

마스터가 내 앞에 갓 만든 샌드위치를 내밀었다. 고급스러운 하얀색 접시 위에 사등분한 샌드위치가 놓여있었고, 색채를 더하기 위한 파슬리가 곁들여 있었다.

나는 양상추와 토마토, 치즈가 겹겹이 들어간 샌드위치를 한 손에 들고 베어 먹었다. 그리고 에스프레소를 한 모금 마셨다.

마스터는 공들여 손을 씻은 뒤 조용히 카운터에서 나와, 가게 중앙에 설치된 축음기 쪽으로 향했다. 그리고 익숙한 손놀림으로 다 돌아간 레코드를 교체했다.

내가 모르는 다른 클래식 곡이 다시 흐르기 시작했다.

"세상에, 마스터. 「신세계로부터」가 아닌가. 지금까진 없지 않았나? 이런 레코드."

마스터는 떨떠름하게 웃으며 고개를 끄덕였다. "맞습니다. 어제 입수했으니까요."

"좋군, 마스터. 가끔은 이런 메이저 곡도 들어줘야지."

밥은 그렇게 말하더니 추억에 깊이 잠긴 듯 눈을 감고 선율에 귀 기울이기 시작했다. 콧노래를 섞어가며 멜로디를 부드럽게 따라간다.

평소 가게 안에는 늘 클래식이 흐르고 있었지만, 밥이 음악에 대해 흥미를 보이는 건 처음 있는 일이었다. 내가 이 찻집에 오게 된 지도 벌써 5년의 세월이 흘렀는데 이런 광경은 드물었다.

"좋아하는 곡인가 봐?" 내가 물어보았다.

밥은 일단 콧노래를 멈춘 뒤 힘겹게 눈을 뜨고 이쪽을 쳐다봤다.

"취향이라기보다는 그저 단순히 그립다고나 할까. 남동생이 한때 미친 듯이 들었던 곡이거든. 날이면 날마다 그게 신경안정제라도 되는 것처럼 레코드를 걸어놓고 들었지. 담배에서 피어오르는 연기를 맡듯 간접적으로 나도 우연히 듣게 됐어." 밥은 블렌드 커피를 작게 홀짝였다. "그나저나 에자키 소년은 어떤 음악을 듣지?"

나는 솔직하게 대답했다. "음악은 거의 안 들어."

"저런." 밥은 깊은 탄식을 토해냈다. "에자키 소년은 음악도 안 들은 채 그런 명문 고등학교에 다니고 있는 건가? 이거 참 서글픈걸. 참으로 공허하군. 고기 없는 고기 찐빵이나 마찬가지인 인생이잖아."

밥은 나를 놀리려는 듯 과장스레 말했다. 아무리 그래도 '고기 없는 고기 찐빵'이라니, 지나치게 지성이 결여된 표현이라는 생각이 들었다.

"음악이 그렇게까지 필요하다는 생각은 도저히 안 드는데."

"무슨 소릴……. 그런 말을 했다간 후회할걸, 에자키 소년. 그렇게 자만하다가 어느 날 우연히 들은 음악에 송두리째 마음을 확 빼앗길지도 모른다고. 결국에는 '인생은 록이다' 따위의 말이나 외치겠지. 딱 지금 너의 그 덥수룩한 머리카락과 게으른 샌들 차림은 무질서한 펑크록 가수처럼 보이기도 하는군." 그러더니 밥은 내 전신을 훑으면서 말을 이었다. "일렉트릭 기타가 어울릴 것 같은데."

"그건 그쪽 생각이지." 내가 말했다. "음악 좀 듣는 정도로 인생이 바뀐다면 꼭 들어보고 싶군. 하지만 그런 마법 같은 일은 현실에서 일어나지 않아. 단언컨대 인생은 불변적이고 투명한 유리처럼 빤하니까."

"이런. 퍽 서글픈 말이군. 사춘기여서 그런 건가?"

나는 고개를 저었다.

"딱히 자아도취에 빠져 있는 건 아냐. 그저 늘 그렇게 생각하는 것뿐이지. 인생은 지독하게 무미건조하고 싱거워."

"흐음. 그건 네가 매일 아침 듣는다는 '예언' 탓인가?"

"그럴지도 모르지." 나는 머릿속을 한번 정리한 뒤 말을 이었다. "아니, 확실히 그게 계기인 것 같아. 다만 예언은 원인이 아니고 어디까지나 계기일 뿐이야. 단순히 하루라는 근시안적 시간이 아니라 좀 더 머나먼 앞날의 이야기야."

밥은 카운터에 팔꿈치 양쪽을 기대고 팔짱을 긴 채 약간 앞으로 기운 자세가 되었다.

"흐음. 무슨 뜻이지?"

"당신을 상대로 겸손을 떨 생각은 없으니까 있는 그대로 전부 이야기하지." 나는 밥이 고개를 끄덕이는 걸 확인한 뒤 말을 이었다. "객관적으로 봐서 난 머리가 좋은 편에 속해."

밥은 격하게 공감했다. "맞는 말씀. 그것도 **굉장히**."

"그래, **굉장히**. 하지만 그게 잘못이었지. 공부 같은 건 하지 말았어야 했는데."

"재미있는 결론이군."

밥은 그렇게 말하며 세련된 농담을 들었을 때처럼 흥미진진하면서 진지한 미소를 지어 보였다. 나는 말을 이었다.

"난 솔직히 사는 게 지겨워. 딱히 세상에 절망하고 있다든가 세상이 썩었다든가 그런 뜻이 아니야. 그저 단순히 지겨워서 견딜 수가 없어. 하루하루가 평범하고 너무 따분해. 그래서 일단 공부를 해보기로 했지. 어쩌면 이 세상 어딘가에는 예상치 못한 재미난 일이 벌어지고 있는 게 아닐까. 일생을 바치고 싶은 학문이나 세계가, 어딘가에 무한히 펼쳐져 있는 건 아닐까 기대하면서……. 하지만 대답은 정반대였어. 세상을 알면 알수록, 참고서가 차곡차곡 쌓일수록 세상이 좁다는 사실만 도드라졌지. 세상은 내 상상보다 훨씬 작았어. 흔히들 〈시장이 반찬〉이라고들 하는데 확실히 그렇더군. 이 세상을 즐겁게 살기 위한 최상의 반찬은 무지였던 거야. 계속 백지상태였다면 좋았을 텐데 상식과 지식을 쌓고 만 거지. 이제 세상은 퇴색해버려서 그 놀람과 감동이 점점 옅어져 갈 뿐이야. 그렇게 생각하지 않나?"

밥은 긍정인지 부정인지 모를 애매한 얼굴로 살짝 고개를 끄덕였다. 무언가 눈부셔서 어쩔 수 없다는 듯이 미간에 주름을 지은 채 눈을 찌푸리고 있었다. 일단 나는 밥이 명확한 액션을 보일 때까지 내 안에 쌓인 모든 생각을 토해내기로 했다.

"그리고 확실한 건 '예언'의 존재야. 이게 결정타를 날리지. 쉬는 날도 없이 매일 예언을 듣고 있으면 어쨌든 그 일관성에 놀라게 돼. 누구든 나와 같은 상황이라면 분명 그렇게 느낄 거야. 하루하루는 이렇게나 한 가지 패턴으로 평범히 흘러가는 것인가. 그렇다면 인생은 그 한 가지 패턴의 총체에 지나지 않는 건가. 그때 이런 생각이 들었지. 지금 내가 걷고 있는, 혹은 나아가고 있는 길이 세상에서 가장 따분하기 이를 데 없는 길이 아닐까 하고 말이지. 레벨 99에서 시작하는 RPG 게임 같은 거랄까. 명문 고등학교에 진학해서 좋은 대학에 들어가 탄탄한 기업에 취직하지. 그러다 누군가와 결혼해서 아이를 낳고 높은 월급을 받으며 집을 짓고 주차장에 자가용을 전시해놓는 거야. 머지않아 나이를 먹으면 딱히 신앙심도 없는 불교식 장례를 치른 뒤 세상을 떠나겠지. 모든 게 신이 예정한 대로야. 엉겁결에 영리해진 탓에 스릴도 위기도 사라졌어. 그저 '죽음'이 찾아오기 전까지의 여가를 평범히 탕진하고 있을 뿐이야. 공장에서 가동하는 정밀도 높은 로봇 팔처럼 공허하고 소모적인 인생이지." 그래서 나와는 다른 차원의 레일에 서 있는 당신 같은 '괴짜'한테 난 끌리는 거야. 이런 말까지는 꺼내지 않았다.

밥은 내 이야기를 다 듣고는 조금씩 고개를 끄덕이며 히죽 웃더니 오른손 검지를 세웠다. 매우 중요한 치료법을 떠올린 의사처럼 무언가 번뜩인 듯한 표정이었다.

"네 이야기를 들으니 떠오르는 게 하나 있는데."

그러더니 밥은 묵묵히 설거지하던 마스터를 향해 말했다. "미안한데 레코드를 다시 한번 틀어주겠나? 제4악장의 도입부터 말이야."

마스터는 식기를 닦던 손을 멈추고 말했다. "알겠습니다." 그러더니 다시 꼼꼼하게 손을 씻은 뒤 축음기로 향했다.

측음기 바늘을 내리자 다시 곡이 흘러나오기 시작했다.

나는 의도를 파악하지 못한 채 밥을 향해 의아한 표정을 지어보였지만, 밥은 아랑곳하지 않고 눈을 감더니 다시 선율에 몸을 맡겼다. 어쩔 수 없이 나도 귀를 기울여 보았다.

「신세계로부터」의 제4악장은 10분 정도의 길이었다. 대중음악에도 어두운 나였기에 클래식은 더욱이 들어본 경험이 거의 없었다. 그러다 보니 능동적으로 음악을 듣는 행위는 다소 신선하면서도 어색한 일이었다. 이 곡에 대한 감상을 말한다면, 나쁘지 않았다. 의식적으로 귀를 기울이니 퍽 위엄 있고 박력도 있었다.

"어때?" 곡이 끝나자 밥이 팔짱을 끼면서 물었다. "상당히 멋진 곡이지?"

"장엄하군."

"마음에 들었나?"

"어느 정도는."

내 반응을 듣고 밥은 코로 작게 숨을 내쉬며 소리 없이 웃었다. 마치 자신이 맡은 혼사가 잘 성사되기라도 한 것처럼 어딘가 만족스러운 웃음이었다. 밥은 조용히 미소를 거두고 팔짱을 푼 다음 다시 입을 열었다.

"그런데 에자키 소년. 좀 전의 곡에서 심벌즈 소리는 들었나?"

"심벌즈?"

"그래, 심벌즈. '지잉' 하고 울리는 그 심벌즈 말이야."

나는 「신세계로부터」를 머릿속에서 대충 되풀이해 재생해봤지만 어쩐지 쉽지 않았다. 이제 막 처음 들어본 곡이니 그럴 만도 했다.

"잘 기억이 안 나는데." 나는 대답했다.

"흐음. 그렇다면 한 번만 더 곡을 들어 봐. 이번엔 심벌즈 소리를 놓치지 말고. 거기에만 집중해 보는 거야."

밥은 마스터에게 재차 부탁해서 곡의 도입을 찾아달라고 했다. 「신세계로부터」의 제4악장이 묵직한 축음기 음을 앞세우며 다시 가게 안에 울려 퍼졌다. 나는 그 의도를 짐작도 하지 못한 채 밥의 지시대로 이번에는 심벌즈 음에만 집중하면서 곡에 귀를 기울였다.

곡의 도입에서 2분쯤 지났을 때 희미하게 심벌즈 소리가 들린 것 같았다. 착각인지도 모른다. 다양한 음이 작게 한데 섞이는 가운데, 숲에서 얼핏 엿보이는 얼굴처럼 여리면서도 소극적인 심벌즈 비슷한 소리가 울렸다.

"들었나?" 밥이 곁눈질로 나를 살폈다.

"방금 들린 자그마한 소리가 그건가?"

"옳거니. 그게 심벌즈의 음이지." 밥은 의자 위에서 몸을 돌려 정면으로 나를 바라봤다.

"이 곡 전체를 통틀어서 단 한 번만 울리는 심벌즈 소리야. 그 뒤든 앞이든 더는 울리지 않지."

"이번 한 번뿐이라고?"

"그래, 단 한 번." 밥은 오른손으로 올백 머리를 매만졌다. "찰나적이고 철학적이지? 어째서 이 지점에서만 단 한 번 심벌즈 소리가 나는 걸까? 그럴 필요가 있을까? 이왕 울릴 거면 어째서 좀 더 화려한 음으로 하지 않은 걸까? 단 한 번 울리는 이 심벌즈 이야기는 클래식 세계에서는 꽤 유명하지. 참 흥미로워."

밥은 거기까지 말한 뒤 어떤 제안을 하는 것처럼 오른손을 슬쩍 나를 향해 내밀었다.

"그런데 어땠나? 두 번째로 들은 「신세계로부터」의 감상은."

"감상?"

"그래, 감상. 아까는 '장엄'하다고 말했잖아. 두 번째 감상은 어때?"

"딱히 달라진 건 없어. 뭐랄까, 이번에는 심벌즈 소리에만 집중하느라 딱히 곡 전체에 귀 기울이진 않았거든."

내 대답에 밥은 오른손으로 힘차게 나를 가리켰다. 표정은 태연한데 확실히 내 말에서 뭔가 발견한 눈치였다. 그 몸짓에서 '맞아, 그거야'라는 마음의 소리가 들려오는 듯했다. 어쨌든 밥은 속으로 어떤 결론을 내린 모양이었다.

"에자키 소년, 그건 네 인생과 통하는 이야기 아닌가?"

"무슨 뜻이지?" 나는 도통 관련성을 찾을 수 없었다.

"내 말은, 하나의 사실에 집착하면 전체가 보이지 않고 반대로 전체를 보면 구체적인 사실은 묻힌다는 거야." 밥은 어떤 스위치가 켜진 사람처럼 흥분한 채 몸짓을 섞어가며 이야기를 이어갔다. "넌 인생이 투명하게 보여서 따분하다고 했어. 그 말인즉슨, 네가 전체 '인생'에 집착한 탓에 구체적인 부분을 소홀히 하고 말았다는 뜻 아닐까? 확실히 장기적인 안목에서 보면 네 인생은 대체로 네가 그려놓은 구조에서 크게 벗어나진 않겠지. 하지만 좀 더 자세히 들여다보면 나날의 무언가에, 요컨대 심벌즈 소리에 집중하면 전체적인 인생의 의미도 자연히 변화하는 법이야. 좋은 의미에서든 나쁜 의미에서든. 어떻게 생각하나?"

"결국, 공부에 힘쓰는 나날과 일상생활에서의 소소한 감동을 기억하라는 뜻인가?"

"아니, 그게 아냐." 밥은 공기를 휘젓듯이 커다랗게 오른손을 흔들었다. "그게 아니라고. 넌 그런 곳엔 흥미가 없잖아? 그렇다면 그건 귀 기울여야 할 소리가 아니야. 들어야만 하는 소리는 따로 있지."

"대체 그게 뭔데?"

"그건 나도 몰라. 스스로 발견하는 거지. 앞으로 펼쳐질 네 인생이라는 이름의 곡 안에서……. 그러다 혹시라도 마음에 드는 음을 발견해낸다면 그 음을 몇 번이고 듣는 게 좋아. 한 번으로 끝내는 게 아니라 두 번이든 세 번이든 심벌즈를 울리는 거지. 그러다 보면 어느새 그 곡 자체가 커다란 변화를 이끌어낼 거야. 곡 전체가 네 마음에 드는 음악으로 바뀌게 된다고. 무슨 말인지 이해하겠나?"

"왠지 알 것도 같아." 나는 샌드위치를 작게 베어 먹었다. "다시 말해서, 어떤 일이든 적극적이지는 않더라도 그 나름대로 참가해보라는 뜻인가?"

"후후." 밥은 웃었다. "결론은 그럴지도 모르지. 도대체 자신에게 가장 친숙한 게 뭔지 여러 가지로 비교해 볼 필요가 있어. 아주 오래전, 한창 시절의 나였다면 이렇게 찻집에서 매일 커피를 마시고 있으리라곤 생각조차 못 했겠지. 하지만 겪고 보니 이 또 이것대로 나쁘지 않아." 밥은 건배라도 하듯 커피 잔을 들어 올려 보였다. "시야는 넓게 가져야 하는 법이야."

가게 가장자리에 놓인 추시계가 오후 2시를 가리키며 묵직한 종소리를 두 번 울렸다. 오늘 강의의 결론을 명시하듯 지극히 상징적인 종소리였다.

나는 머릿속으로 밥의 말을 음미했다. 굳어 있던 마음을 애써 스펀지처럼 부드럽게 해서 이야기 내용이 천천히 스며들도록 했다. 부모나 교사의 말에는 굳이 이렇게까지 노력하지도 않는데 왜 그런지 밥의 이야기는 그 나름대로 진지하게 받아들일 마음이 생긴다.

나는 파슬리만 남기고 접시 위의 샌드위치를 깨끗하게 먹어치웠다. 점심치고는 살짝 부실한 감이 있었지만 일단 만족스러웠다. 공복감에서는 해방되었다.

밥은 그런 나를 본체만체하며 아까부터 카운터에 어지러이 흩어져 있던 트럼프 카드를 정성스레 한 장 한 장 긁어모으고 있었다.

"아까부터 신경 쓰였는데, 그 트럼프는 뭐야?"

밥은 카드를 하나로 모은 뒤 웃으며 말했다. "가게 안을 정리하다가 구석에서 느닷없이 트럼프가 나왔다기에 잠시 동심으로 돌아가 아까부터 마스터와 카드 게임 좀 했지."

돌연 트럼프 카드를 발견했다는 게 뜻밖의 상황이라 좀처럼 상상하기 힘들었지만, 그러고 보니 이렇게나 어지러이 장식품이 널린 곳이라면 있을 법한 일이었다. 찾아보면 뭔가 더 발굴될지도 모른다.

그런 생각을 하며 가게 안을 둘러보는데 갑작스레 밥이 제안을 해왔다.

"그렇지, 내친김에 에자키 소년도 게임 한판 하는 게 어때?"

나도 모르게 눈살을 찌푸렸다. "트럼프를?"

**"그래. 꽤 재밌다고. 이건 이것 나름대로 심오하거든."**

이 타이밍에서 이 대사가 나올 줄이야. 무심코 나는 머리를 긁적였다.

딱히 고민도 없이 밥의 제안을 거절하려다가 문득 좀 전의 대화가 떠올라 나오려던 말을 집어삼켰다.

'매사 적극적이진 않더라도 그 나름대로 참가해봐.'

어쩌면 바로 이런 때 쓰이는 멘트인 걸까.

"좋아."

"후후. 그렇게 나와야지."

밥은 그야말로 의욕 넘치는 미소를 지으며 트럼프를 섞기 시작했다. 카드는 밥의 손에서 경쾌한 소리를 내며 섞였다.

"그런데 무슨 게임이지? 포커야, 블랙잭이야?"

"아이쿠, 이런. 게임 설명부터 해야 하는데……."

밥은 카드를 섞던 손을 멈추고 의미심장한 미소를 지었다. "조금 진귀한 게임을 해보지 않겠나?"

"진귀한 게임?"

"그래, 진귀한 게임이지. 마스터와도 이 게임으로 한창 열을 올렸어. 상당히 전략적이면서 심리전이 필요한 게임이야."

"빨리 말해봐. 무슨 게임인데?"

밥은 상황만 맞아떨어졌다면 악당이라 불러도 좋을 만큼 노련하게 야비한 웃음을 지으며 느릿느릿 대답했다.

"누아르 레버넌트."

# 아오이 시즈하

"이 면회증을 지참하셔서 병실로 가시면 됩니다."

서류에 필요사항을 모두 적어 넣자 접수창구의 간호사가 미소 띤 얼굴로 내게 자그마한 플라스틱 카드를 건넸다. 나는 면회증을 받아들고 인사한 뒤 '그 남자'가 입원해 있는 3층 병실로 향했다. 최근 2년간 거의 매일 반복해온 면회지만, 병원의 데코 타일 바닥 복도를 걸으면서 나는 여러 차례 이곳을 방문해도 결코 여기에 익숙해지는 일은 없을 거라는 사실을 새삼 깨닫는다.

여기에 오면 필연적으로 여러 기억을 떠올리고 만다. 추억 조각 하나를 시작으로 또 다른 조각이 발견되면서 연쇄작용처럼 연달아 기억이 되살아난다. 마치 크로스 워드 퍼즐을 푸는 것처럼 힌트가 힌트를 부르며 차례로 당시의 감정과 풍경이 떠오른다. 결코 잊어서는 안 된다며 굳게 각오라도 한 것처럼 순식간에 내 머릿속에 2년 전의 상황이 재생된다. 그럴 수만 있다면 영원히 외면하고 싶은, 내 안에 가장 어둡게 머물러 있는 경험. 후회와 반성과 분노의 기억이.

나는 스쳐 가는 간호사와 의사, 환자(안면을 튼 사람도 많다)에게 적당히 인사를 건네며 병원 복도를 걸었다. "어머, 시즈하. 오늘도 남자친구 병문안 온 거야?" 말을 걸어오는 사람도 있었다. 나는 그때마다 조금 복잡한 기분에 휩싸이면서도 웃는 얼굴로 대답했다. "네, 맞아요." 별 뜻 없는 대화이기는 하나 거짓말을 하는 자신에게 양심의 가책을 느꼈다. 그러나 모든 사정을 설명할 수는 없었다. 이걸로 됐어. 이제껏 나는 여러 번 속으로 그렇게 되뇌곤 했다.

목적지인 305호실 문을 열자 새하얀 병실의 새하얀 침대에 누워있는 '그 남자'와 젊은 여자 간호사의 모습이 보였다.

"어머, 아오이 씨. 오늘은 평소보다 빨리 오셨네요." 간호사는 뭔가 검사하는 중이었는지 손을 쉬지 않으면서 말했다.

"네. 종업식이었거든요."

나는 책가방을 침대 옆 의자 위에 조심히 내려놓았다.

당연한 일이지만 오늘도 '그 남자'의 표정에는 변화가 없었다. 평소처럼 가만히 눈을 감은 채 입을 다물고 자그마한 숨소리를 내며 침대에 잠들어 있었다. 주의 깊게 관찰해보면 입 언저리에 솜털과 수염의 중간쯤으로 보이는 청년기 특유의 잔털이 아무렇게나 돋아나서, 기나긴 시간 잠에 빠진 증거를 살짝 엿볼 수 있었다. 식물인간 상태이기는 하나 이 남자는 분명히 살아 있다.

그 사실은 내게 어느 정도 구원이기도 하면서 동시에 절망이기도 했다. 내 안에서 두 개의 감정이 세찬 물살의 하구처럼 격렬히 대항하고 대립하며 존재하고 있었다.

나는 간호사에게 양해를 구한 뒤 남자를 돌보기 시작했다. 다행히도 남자의 부모님이 나름대로 자산가여서 그를 집에서 요양시키는 게 아니라 입원시키는 쪽을 택했기 때문에 내가 해야 할 일은 별로 없었다. 꽃병의 물을 갈고 자택에서 세탁해온 남자의 옷을 병실에 둔 뒤(옷을 갈아입히는 일은 병원 측에서 해준다), 마지막에는 적신 수건으로 간단히 남자의 몸을 닦아준다. 그래봤자 고작 상반신뿐이지만. 남자의 잠옷을 벗긴 다음 꽉 짠 수건으로 정성껏 땀을 닦아 나간다. 도중에 한 번 수건을 헹구고 재차 꽉 짠 뒤 다시 남자의 몸을 닦는다. 몇 번이 되더라도 그 동작을 반복한다. 오래 이어진 링거 생활 탓에 남자의 몸은 야위어 홀쭉해지고 어렴풋이 늑골이 도드라져 간다. 애초에 호리호리한 체형이긴 했으나 가슴팍이 더욱 홀쭉해지면서 천천히, 그러나 확실히 근육이 사라지는 게 눈에 보였다.

남자의 몸을 닦는 게 얼추 끝나자 나는 할 일을 일단락 짓고 의자에 앉아 가방 안에서 미네랄워터를 꺼내 마셨다.

물을 마시면서 문득 쳐다본 남자의 얼굴은 얄궂게도 상당히 말끔한 탓에 누군가의 키스를 기다리는 왕자님처럼 보이기도 했다. 아부가 아니라 얼굴만 따지면 불평 한마디 할 수 없을 만큼 남자는 외모가 단정했다. 정말 **얼굴에 한해서는**.

나는 몇 번이고 이런 생각을 곱씹고 만다.

남자의 얼굴이 추악하기라도 했다면 좋았을 텐데. 그랬다면 누구도 불행해지지 않았겠지. 그 생각이 무척 어리석고 시시한 망상이라는 건 스스로도 잘 알고 있었다. 하지만 그렇게 생각하지 않고서는 견딜 수 없었다.

이 남자가 얼마간이라도 이성과 지성을 갖췄더라면. 내가 좀 더 강력히 지카를 설득했더라면. 그날 내가 좀 더 확실하게 경계했더라면…… 머릿속의 가정들은 그칠 줄 모른 채 콸콸 쏟아지는 물처럼 흘러넘쳤다. 아무리 생각을 한다 한들 현실은 바뀌지 않는다. 그렇다고 한들 지카도 이 남자도 나 자신도, 아무것도 바뀌는 건 없는데.

나는 다시 한숨을 내쉬었다.

"괜찮을 거예요, 아오이 씨. 분명 좋아질 테니까요."

간호사가 내 한숨을 놓치지 않고 쾌활한 미소로 주먹을 꽉 쥐며 격려해 주었다.

"이렇게나 예쁜 여자 친구가 매일 돌봐주러 오잖아요. 회복되지 않는다면 거짓말이죠."

나는 한숨의 이유를 밝히지 않은 채 사했다. "고맙습니다." 최대한 미소가 일그러지지 않도록 조심하면서.

어쩔 수 없다. 모든 진실을 털어놓을 수는 없으니까.

'난 그저 매일 책임감 때문에 여기 와있을 뿐, 이 남자의 애인이 아니에요. 이 남자는 내 남자친구가 아니라 내 단짝인 '지카'의 남자친구예요. 남자친구였죠.'

2년 동안 계속 누군가에게 전부 털어놓고 싶다고 생각했던 말들을 집어삼킨 채 병실에서 나왔다. 떠나기 전에 들여다본 남자의 얼굴은 역시나 아름답고 말끔했다. 조금 야위긴 했지만 쭉 뻗은 콧날에, 감고 있어도 예쁜 모양의 눈과 기품 있는 입매. 하늘은 한 사람에게 여러 재주나 복을 다 내리지 않는다고 하던데, 어떤 의미에서 이 남자는 그 말을 구현해놓은 예인지도 모르겠다.

지카를 매혹시킨 이 남자.

지카를 죽인 이 남자.

돌봐주고 싶지도 않은 이 남자.

생각조차 하기 싫은 이 남자.

그러나…… **내가 망가뜨리고 만 이 남자.**

나는 마음속으로 중얼거린다.

'몇 번이라도 말할게요. 정말 미안해요. 난 돌이킬 수 없는 짓을 저지르고 말았어요. 내가 저지른 짓은 무슨 일이 있어도 절대 용서받을 수 없어요. 몇 년이 걸려도, 평생이 걸리더라도 갚아나가야만 해요. 하지만…… 그걸 충분히 감안해도 역시 난 당신을 용서할 수 없어요.'

물론 남자는 웃는 일도 화를 내는 일도 없다.


병원을 나와 가방에서 MP3플레이어를 꺼내고 커널형 이어폰을 귀에 꽂았다. 노이즈캔슬링 버튼을 누르자 세상은 정적에 휩싸인다. 우주 탄생 이전의, 정말 아무것도 없는 세계에서의 정적처럼. 사람 목소리도 자동차 엔진소리도 새가 지저귀는 소리도,

모든 게 하나의 점으로 흡수되며 깨끗이 소멸한다.

　기본적으로 MP3플레이어를 무작위재생 모드로 설정해 놓아서 처음에 어떤 곡이 흘러나올지 알 수 없다. 무선 리모컨의 재생 버튼을 누르자 오늘은 록 밴드 차토몬치의 「사랑니」가 흘러나오기 시작했다. 나는 슬며시 미소 지었다. 어쩌면 오늘은 그리 나쁘지 않은 하루일지도 모른다.

　병원이 있는 역에서 전철을 타고 한 정거장 지나, 집 근처 역에서 내렸다. 그 무렵 귓가에 흐르는 곡은 록 밴드 레미오로멘의 「내일로 놓인 다리」로 바뀌었다. 나쁘지 않은 선곡이 이어졌다.

　집은 역에서 도보로 15분 정도의 거리에 있지만 어쩐지 내 발걸음은 딴 데로 새려는 모양새다. 귀소본능에 따라 연어가 강을 거슬러 오르듯 나 역시 본능에 따라 발길이 어딘가로 향하길 종용하고 있었다.

　원래라면 곧장 집으로 가는 편이 나을 텐데. 그곳에 들르면 괴로워지기만 할 테니까. 그런데도 발길은 귀가 루트를 살짝 벗어난 곳으로 나아갔다.

　역 주변의 조금 어수선한 분위기를 빠져나와서 다시 주택가를 벗어나 MP3플레이어의 곡이 네 번째로 바뀌었을 무렵, 즉 20분 정도 지났을 즈음에 목적지에 도착했다.

　개인이 경영하는 정말 자그마한 소규모 악기점. 주로 어쿠스틱한 악기, 그중에서도 피아노를 기본으로 한 건반악기 위주로 갖춰놓은 7~8평 정도의 아담한 가게다.

　나는 MP3플레이어를 끄고 가방에 넣은 뒤 가게 문을 열었다.

"어서 오세…… 오, 시즈하 왔구나. 사흘만이네."

가게 주인인 요시다 아저씨는 읽고 있던 신문을 접고 나를 향해 웃었다. 둥글둥글 통통한 체형에다 채소 꼭지처럼 보이는 연두색 비니를 쓰고 있었다. '딱히 멋을 부리려는 건 아니란다. 조금씩 숱이 줄어들기 시작했거든.' 예전에 요시다 아저씨는 멋쩍은 표정으로 그렇게 말했다. 비니는 아저씨와 굉장히 잘 어울렸다.

"안녕하세요. 또 와버렸어요."

"무슨 소리냐, 시즈하라면 언제든 대환영이지. 여긴 스스로도 놀랄 만큼 늘 따분하거든."

나는 입구 근처에 놓인, 아저씨의 자랑인 스타인웨이 그랜드피아노(가장 눈에 잘 띄는 곳에 놓아두었으나 판매용은 아니다)를 지나쳐 그가 앉아 있는 카운터 정면 의자에 걸터앉았다.

가게 안에는 스타인웨이 외에도 (내가 망가뜨려 버린) 야마하 그랜드피아노, 벽을 따라 자리한 채 검게 빛나는 야마하의 업라이트, 먼지를 뒤집어쓴 월리처 일렉트릭 피아노, 거기에다 로즈 일렉트릭 피아노가 각 한 대씩 놓여 있었다. 내가 유치원 시절 즈음 가게에 놓인 것들인데, 그 후 어느 것 하나 팔려서 이동된 흔적이 없었다. 아저씨 뒤에 놓인 비올라도 바이올린도 포크기타도 클래식기타도, 전부 오랜 세월 그 자리를 지키고 있었다. 원래 위치에서 조금이라도 벗어난다면 먼지 하나 없는 깨끗한 바닥과 벽이 얼굴을 드러낼 게 빤히 보였다. 대체 이 가게는 어떤 식으로 생계를 이어가는 건지 불안해지기 일쑤였다.

나는 아저씨에게 양해를 구한 뒤 평소처럼 야마하 그랜드피아노를 연주했다. 사실 이미 망가져서 소리는 울리지 않았다. 어느 건반을 눌러도 해머는 피아노 현을 진동시키지 않고 그저 타건음의 톡톡 소리만 들려줄 뿐이었다. 하지만 그게 좋았다. **그래야만 한다.** 그 이상을 바라서는 안 된다.

2년 전 그날부터 피아노를 연주하는 행위는 내 안에서 최대 금기가 되었다.

나는 기억하고 있는 곡목 가운데 마음에 드는 몇 부분을 무작위로 아무렇게나 연주해봤다. 당연히 소리는 울리지 않는다. 하지만 운지(運指)를 확인하는 것만으로도 충분했다. 건반에 손가락이 닿으면 순식간에 내 안의 세포가 작게 분열하며 서서히 몸이 새로운 상태로 변신해 간다. 더러운 것을 털어내고 새 블라우스를 입는 것처럼 뭔가가 변한다.

"저기, 누나. 그 피아노 망가졌는데."

갑작스레 들린 목소리에 나는 손가락을 멈췄다. 낯선 어린 남자애 목소리가 들렸다.

"있잖아, 누나. 저쪽 피아노가 제대로 소리 나."

뒤돌아보니 아직 초등학교 저학년쯤으로 보이는 자그마한 남자애가 의기양양한 표정으로 스타인웨이 피아노를 가리키고 있었다. 무척이나 귀중한 정보를 폭로한 것처럼 자신만만한 표정이었다.

"이런, 세이지. 어느 틈에 거기에……"

요시다 아저씨가 카운터에서 상체를 쑥 내밀며 이쪽을 살폈다. 남자애는 요시다 아저씨를 향해 "할아버지가 신문 읽고 있을 때 왔어"라고 말하더니 다시 의기양양하게 웃어 보였다. 아무래도 요시다 아저씨와 아는 사이인 모양이다. 손자일지도 모른다. 그 말투로 봤을 때 남자애는 아저씨의 눈을 피해 가게 구석(집 안쪽)에서 튀어나온 것이리라.

나는 남자애를 향해 미소 지으며 말을 걸어봤다. "이름이 '세이지'야?"

남자애는 크게 고개를 끄덕이며 물었다. "응. 누나는 이름이 뭐야?" 뽐내는 듯한 표정이 귀여웠다.

"난 '시즈하'라고 해."

"흐응……. 왠지 기억하기 힘든데."

"이봐, 세이지. 버릇 없게 굴지마."

말투는 부드러우면서도 눈살을 찌푸리는 요시다 아저씨에게 "딱히 아무렇지도 않아요"라고 말하며 손을 흔들어 보였다.

요시다 아저씨는 비니 위로 머리를 긁적이며 말했다. "미안하구나, 시즈하. 여름방학이라고 딸아이 가족이 친정에 왔단다. 뭐, 짐작은 했겠지만 세이지는 내 손자야."

아저씨의 소개에 세이지는 양손을 허리에 대고 가슴을 펴 보였다. 열심히 몸을 커 보이게 하려는 그 행동이 아이다워서 절로 미소가 나왔다.

"누나는 피아노를 좋아해?"

"응. 굉장히 좋아해." 나는 고개를 끄덕였다.

"그럼, 있지, 저쪽 피아노를 연주하는 게 좋아. 저쪽은 제대로 소리가 나오거든. 음이 좀 이상하긴 하지만."

아무래도 스타인웨이의 음질이 세이지 마음에 들지 않는 모양이었다. 나는 무심코 미소를 지으며 대답했다.

"고마워. 하지만 난 소리가 나지 않는 이쪽 피아노로 만족해. 사실 이 피아노를 망가뜨린 게 나거든."

"앗, 누나가 망가뜨렸다고?"

"그래."

내 대답에 요시다 아저씨가 끼어들었다.

"시즈하, 무슨 말을 하는 거냐. **우연히** 네가 연주했을 때 소리가 나지 않게 된 것뿐이잖아. 네가 망가뜨린 게 아니지."

나는 미소로 가장하면서도 마음속으로 아저씨의 말을 정정했다.

아뇨, 요시다 아저씨. 이 피아노는 확실히 내 손으로 망가뜨렸어요. 틀림없이, 의심할 여지도 없어요.

그런 생각을 하고 있는데 눈앞에 있던 세이지가 돌연 좋은 생각이라도 난 것처럼 눈을 커다랗게 떴다.

"그럼, 누나는 피아노 잘 쳐?"

"뭐?"

"잘 치는 거야?"

순간 나는 말문이 막혔다. 머릿속의 이런저런 생각들이 사방으로 흩어지며 누런 모래처럼 여기저기로 흩날렸다. 말이 제대로 나오지 않았다. 입이 첫 한두 마디를 내뱉으려 해도 그다음 말이 이어지지 않는다. 그러자 요시다 아저씨가 대신 대답해주었다.

"그럼, 잘 치지. 시즈하는 콩쿠르에서 1등을 한 적도 있는걸."

"진짜?"

"아무렴 진짜지. 그렇지, 시즈하?"

나는 말문이 막히면서도 "……네"라고 대답했다.

세이지는 눈을 반짝였다.

"그러면 그거 칠 수 있어? 「아 캄파레라」."

"「아 캄파레라」?" 내가 되물었다.

"응. 「아 캄파레라」."

살짝 고개를 갸웃하며 생각해봤다. "혹시 그거 말하는 건가, 「라 캄파넬라」?"

"맞아, 그거!"

머릿속에서 리스트의 「라 캄파넬라」를 떠올려 봤다. 두말할 필요도 없는 명곡이다. 힘차게 이리저리 움직이는 오른손의 옥타브가 인상적인 곡이다.

"그거 칠 수 있어?"

"조금이라면. 하지만 지금은……."

"진짜?!"

세이지는 이야기를 가로막더니 천진난만한 표정으로 내 손을 잡고 스타인웨이 쪽으로 끌어당겼다.

"얼른 쳐봐!"

한번 불붙은 기쁨과 호기심의 불꽃은 약해지는 법을 모른다. 세이지는 당혹스러운 내 목소리는 안중에도 없이 세차게 나를 잡아끌더니 급기야 스타인웨이 앞까지 유도했다. 나는 소꿉놀이 인형이 된 것처럼 시키는 대로 소리가 울리는 피아노 의자에 앉는 신세가 되었다.

거절하기로 마음먹고 세이지 쪽을 돌아봤지만 이미 아이는 굉장히 기대로 가득 찬 눈빛이어서 아무런 말도 꺼낼 수 없었다. 지금껏 들어왔을 「라 캄파넬라」의 음색을 은근히 기다리며 눈을 반짝이고 있었다. 어쩌면 벌써 세이지의 머릿속에서는 「라 캄파넬라」가 울려 퍼지고 있을지도 모른다.

여기에서 내가 못 한다고 말해버리면 세이지는 어떻게 생각할까. 화를 낼까, 울어버릴까. 그런 상황을 떠올리기 시작했더니 점점 더 거절하기 어려운 지경에 이르렀다. 어쩌지⋯⋯. 연주해주고 싶은데. 하지만 **연주해서는 안 된다.**

분명 어떤 형태로든, 하나의 곡이든 하나의 음이든 진짜 소리가 울리도록 피아노를 연주해버리면 내 안에 가득 쌓아온 무언가가 무너지며 순식간에 모든 게 무(無)로 돌아가 버릴 것이다.

지카의 얼굴과 '그 남자'의 얼굴이 뇌리를 스쳤다.

주술에 걸린 듯한, 숙명이나 위협 같은 무언가가 내 어깨를 짓눌렀다.

안 돼. 연주할 수 없어.

"미안⋯⋯. 나, 거짓말했어. 역시 「라 캄파넬라」는 못 치겠어."

세이지는 누가 봐도 낙담한 표정을 지었다.

"에이, 뭐야⋯⋯. 아까는 칠 수 있다고 했잖아."

"정말 미안해⋯⋯."

아이의 얼굴이 좀 전의 기대 가득한 표정에서 돌연 당장이라도 울음을 터트릴 것처럼 구겨지기 시작했다. 나는 당황해서 달래주려고 뭔가 단어를 골라봤지만, 어느 말도 세이지의 마음에 부풀어 있는 풍선을 터트려버릴 바늘처럼 느껴져서 결국 아무런 말도 할 수 없었다.

"어허, 세이지. 버릇없이 굴면 못 써."

그때 요시다 아저씨가 세이지의 등 뒤로 슬쩍 다가와 아이의 양어깨에 팔을 올리며 말을 걸었다.

"시즈하에게도 여러 가지 사정이 있단다. 억지로 조르면 안 돼."

"그치만…… 그치만."

세이지는 요시다 아저씨의 말을 들은 뒤에도 납득이 가지 않는다는 듯 고개를 숙이고 있었다. 불만의 화살이 할아버지에게 향하며 어깨가 들썩이기 시작했다.

"그치만 연주해주겠다고 했는걸."

"그런 말은 안 했잖아? 세이지가 멋대로 말한 것뿐이지."

"……치이, 몰라!"

세이지는 그 말만 남기고 다시 가게 구석으로 뛰어 들어가 버렸다.

"미안하구나, 시즈하. 녀석이 불편하게 했지?"

아이가 집 안으로 들어가 버리자 요시다 아저씨는 미안한 표정을 지으며 말했다.

"아뇨……. 제가 연주해주지 않아서 그런걸요. 죄송해요. 나중에 세이지한테 미안하다고 전해주시겠어요?"

"아이고, 아니다. 따지고 보면 내가 '시즈하는 피아노를 잘 친다'는 말 같은 걸 해버린 탓에 이렇게 된 거지. 나야말로 미안하구나."

요시다 아저씨는 비니를 벗은 뒤 천천히 고개를 숙이며 사과했다.

"그러고 보니 네게 줄 선물이 있었단다. 사과의 뜻으로 주는건 아니고." 요시다 아저씨가 말했다.

"선물이요?"

"그래. 얼마 전에 어쩌다 우연히 손에 넣은 건데……. 다음에 시즈하를 만나면 줘야겠다고 생각했지. 잠깐만 기다리렴."

아저씨는 카운터로 돌아가 서랍을 열었다. 선물이라는 게 서랍 맨 위 칸에 있는 모양이었다. 아저씨는 곧장 선물을 들고 이쪽으로 돌아왔다.

"이거란다."

아저씨는 내게 종이 한 장을 내밀었다.

"이게 뭐예요?"

"티켓이야."

나는 고개를 갸웃거리며 티켓을 받았다. 가로로 기다란 형태의 흔히 볼 수 있는 티켓이었다. 중간 부분에 절취선이 있고 무언가 홀로그램이 들어가 있었다. 대체 무슨 티켓인 걸까.

내용을 확인하려고 들여다보던 그때, 돌연 가슴 깊은 곳에 정전기 같은 전류가 느껴졌다. 뭔가가 작게 탁탁 튀었다.

착각은 아니었다. 가슴이 덜컥한 나머지 나는 무심코 고개를 들었다. 차가운 쇳덩이가 등줄기를 훑으며 내려가는 것처럼 이상하게 으스스했다.

"왜 그러냐?"

"아, 아뇨. 아무것도 아니에요."

걱정스러운 표정으로 말을 건네는 아저씨에게 손을 휘저으며 아무 일도 아닌 척했다. 지금 이 현상이 대체 무엇인지 도무지 감이 오지 않았다. 가슴 깊은 곳이 초조감인지 죄악감인지 모를 무언가로 채워지는 기분이었다.

도통 모르겠다.

다만 한 가지 확신할 수 있는 건 오른손에 쥐어진 티켓에서 지금 무언가가 흘러나오기 시작했다는 것.

나는 일단 작게 숨을 삼켰다.

# 오스가 슌

야요이는 의자에 바른 자세로 앉아 오물오물 햄버거를 먹고 있었다. 자그마한 손으로 햄버거를 꽉 잡고 입을 살짝 벌려 작게 베어 먹는다. 방어력 높은 몬스터의 HP처럼 햄버거는 감질날 정도로 서서히 줄어들었다. 나는 그 모습을 잠자코 바라봤다.

함께 학교를 나온 우리는 일단 점심을 먹기로 했다. 오늘 그녀가 '85'라는 수치에 달하는 행운을 이끌고 대체 어디로 향할지 아직 확실하지 않지만, 어찌 됐든 일단 배를 채워둘 필요가 있었다. 그리하여 학생답게 낮은 가격에 고칼로리인 햄버거 가게에 들어왔다.

야요이는 이따금 힐끔힐끔 내 안색을 살피면서도 끈기 있게 햄버거와 대치한 끝에 겨우 다 먹어 치웠다. 정정당당히 결투에 임한 강적에게 자비를 베풀어 매장하듯, 야요이는 햄버거 포장지를 정성스레 접어 쟁반 위에 올려두고 냅킨으로 입을 닦았다. 주문한 건 햄버거와 아이스티뿐이었지만 그녀는 배가 부른 듯 만족스러운 한숨을 토해냈다.

야요이가 식사를 끝내자 나는 더 이상 기다리지 못하고 본론을 꺼냈다.

"그런데 야요이, 오늘 어디에 가는 거야?"

오랜만에 말을 걸어 놀랐는지 야요이의 눈이 살짝 휘둥그레졌다.

"……그, 그곳의,"

"그곳?"

"……거, 거기에 있는,"

야요이는 말을 꺼내기가 힘든지 눈을 내리깔고 좌우로 시선을 바삐 움직였다. 그러다가 결심했다는 듯 얼굴이 새빨개지기 시작했다. 그나저나 얼굴이 빨개진 건 오늘 중에 지금이 최고가 아닐까 싶었다. 불안한 시선만큼 평소보다 더욱 동요하는 기색이었다. 야요이가 지금부터 가려고 하는 곳은 역시나 조금 말하기 힘든 장소인 걸까. 일말의 불안이 스쳐 갔다.

"……어딘데?"

야요이가 침 삼키는 소리가 들렸다. 그녀는 심호흡하고 목소리를 가다듬더니 드디어 간절히 기다리던 대답을 꺼냈다.

"프, 플라……플라네타륨*."

---

\* 반구형의 스크린 천장에 천체 현상을 영상으로 투영하여 상영하는 극장

"뭐라고?"

나도 모르게 얼빠진 목소리를 내고 말았다. 거기에다 아마 얼굴도 그에 걸맞게 멍청한 표정을 짓고 있었겠지. 그건 뭐랄까, 완전히 맥이 빠져버린 느낌이었다.

"플라네타륨?"

"으……응."

"거기에 가려고 한 거야?"

"……으응."

뭐 그런 건가. 고등학생 남자애와 여자애란 이토록 다른 세계에서 살고 있는 건가. 무의식중에 나는 머리를 긁적였다.

의외로 요즘 여고생들은 종업식이 끝나면 곧장 혼자서 플라네타륨에 가는 게 유행인 건가. 흔히 여자는 로맨틱한 생명체라고들 하지만 설마 이런 면이 있을 줄이야. 매일 아침 뉴스 말미에 별자리 운세 코너가 방영될 정도니, 달에 한 번쯤은 플라네타륨에 가서 별자리 복습을 해야만 하는 건가. ……아마 그런가 보다. 스스로를 억지로 설득한다.

"근데 이 근처에 플라네타륨 같은 게 있었던가?"

그러자 야요이는 '그것만큼은 확실하다'고 호언장담하듯 세차게 고개를 끄덕였다.


그리 빠르지 않은 야요이의 걸음 속도에 맞춰 자전거를 밀면서 몇 분쯤 나란히 걸었을까. 마쿠하리 신도심을 대표하는 빌딩가 모퉁이 한쪽에 정말 플라네타륨이 있었다. 그것도 상당히 제대로 된 건물로, 별자리에 조금만 유난을 떠는 여고생이라면 무심코 함성을 지를 만한 분위기였다. 황금색으로 칠한 공 모양의 천장이 햇빛을 선명하게 반사하고 있었다.

우리는 매표소에서 표를 산 뒤 서둘러 안으로 입장했다. 돔 형태의 관내에는 편해 보이는 접이식 시트가 쭉 늘어선 채 장대한 분위기를 연출하는 데 한몫했다.

"저, 저기…… 오스가."

내 등 뒤에 있던 야요이가 갑자기 말을 걸어왔다. 그것도 가능하면 항상 시선을 피하려 애쓰던 그녀가 뭔가 호소하듯 내 눈을 제대로 바라보고 있었다.

어쩌면 야요이가 내게 말을 걸어온 건 오늘이 처음일지도 모른다. 나를 '오스가'라고 부른다는 사실조차도 이제야 알아차린 느낌이었다.

"왜 그래?"

"그…… 저, 저쪽 자리에 앉고 싶은데."

그러더니 야요이는 나를 스윽 추월해서 중심 쪽으로 후다닥 달려갔다. 원하는 자리에 도착한 그녀는 자리에는 아직 앉지 않은 채 내게 동의의 눈빛을 보냈다. 마치 주인의 승낙을 기다리는 강아지 같기도 했다(양 갈래머리가 마치 꼬리처럼 팔랑팔랑 흔들리……진 않았지만).

나는 심장이 쿵 내려앉았다.

예상치 못한 내 안의 변화는 일단 제쳐두고 야요이 곁으로 다가갔다.

"여, 여기라면 아마도…… 자, 잘 보일 거야."

저 말 없는 야요이가 내면에서 솟구치는 흥분을 차마 억누르지 못한 듯 약간의 몸짓을 섞어가며 주장하고 있었다. 천장을 빙 둘러보니 그녀 말대로 확실히 여기에서라면 전체가 빠짐없이 눈에 들어올 것 같았다.

"응. 괜찮을 것 같네." 나는 그대로 자리에 앉았다.

내 반응을 확인한 야요이도 재빨리 자리에 앉았다. 그러더니 정말 기쁜 듯 웃었다. 수줍은 웃음도 쓴웃음도 애교 섞인 웃음도 아닌, 마음 깊은 곳에서 끓어오르는 순수한 '기쁨'의 감정이 그대로 뒤섞인 따뜻한 웃음이었다.

다시 심장이 쿵쾅거리기 시작했다.

아냐, 이러면 안 돼. 어쩐지 까딱하다가는 원래 목적을 잊어버릴 것 같은 기분이었다. 오늘은 야요이에게 찾아올 '85'라는 수치만큼의 최대급 행운을 견학하러 온 거란 걸 잊어선 안 된다.

이제 여기 플라네타륨에서 '85'만큼의 행운이 야요이에게 찾아오겠지. 그건 물론 '와아, 플라네타륨 진짜 예쁘다……'라는 감상 정도로 끝날 만한 게 아니다. 틀림없이 엄청난 일이 벌어지리라.

나는 다시 마음을 가다듬고 야요이의 옆얼굴을 유심히 바라봤다. 곧 시작될 플라네타륨을 앞둔 터라 확실히 설레 보이긴 해도 아직 본격적으로 행운이 찾아온 것 같지는 않았다. 아직은 서장, 프롤로그나 마찬가지였다.

야요이는 다소 뜨거웠을지도 모를 내 시선을 의식했는지 갑자기 당황한 것처럼 다시 바닥을 내려다보고 말았다. 굉장히 부끄럽고 민망한 듯이.

들떠 있는 야요이의 감정에 왠지 찬물을 끼얹은 것 같아서 뭔가 적당한 말로 둘러댈까 했는데 어느새 실내 조명이 꺼졌다.

플라네타륨이 시작되었다.

"여러분, 오래 기다리셨습니다. 오늘 이곳에 방문해주셔서 감사합니다."

안내 여직원의 세련된 목소리와 함께 조용히 플라네타륨의 막이 올랐다. 아무것도 보이지 않는 새까만 암흑 속에서 별이 떠오르듯 총총히 돔에 모습을 드러냈다. 주위가 어슴푸레한 빛으로 감싸였다.

솔직히 나는 플라네타륨에 딱히 관심도 없었는데 눈앞에 펼쳐진 광경은 상상 이상으로 감격스러웠다. 흔들리듯 움직이는 별들은 도저히 인공적이라는 생각이 들지 않았다. 마치 진짜 밤하늘을 올려다보고 있는 듯한 착각마저 들었다. 상당히 멋진 공간이었다.

안내방송에서는 별마다의 등급부터 계절별 주요 별자리뿐만 아니라 각 별자리에 얽힌 에피소드 등을 소개해주었다.

어떤 내용이든 평소에는 그다지 접할 수 없는 정보여서 꽤 흥미진진했다. 그중 가장 인상 깊었던 에피소드는 그리스신화 속의 오리온자리 이야기였다.

별자리를 잘 모른다 해도(나를 포함해서) 오리온자리는 제법 아는 사람이 있을지도 모른다. 무엇보다도 하늘에서 찾기 쉬웠다. 겨울 하늘에 떡하니 별 세 개가 예쁘게 늘어선 모습은 그야 말로 특징적이라 할 수 있었다.

신화에 따르면 바다의 신 포세이돈의 아들이었던 오리온은 꽤 난폭한 자였던 모양이다. 오리온에게 몹시 시달리던 대지의 여신 가이아는 그를 죽이기로 결심한다. 그리하여 가이아가 풀 어놓은 게 전갈이라고 했다(이게 전갈자리). 전갈은 훌륭한 솜씨 로 단번에 오리온을 매장해버린다. 아무리 난폭하게 군다고 해 서 신의 아들을 전갈 따위가 죽일 수 있다는 게 어쩐지 이해가 되지 않았지만 사실 신화라는 게 원래 그런 이야기 아닌가. 덧 붙여서 혹여 오리온을 죽인 전갈이 우쭐해진 나머지 난동을 부 릴 경우를 대비해, 또 그 뒤에 켄타로우스족의 한 사람인 케이 론이 활을 겨누고 기다리고 있었다고 한다(이게 궁수자리). 여러 가지로 따지고 들 만한 지점은 있지만 대강 그런 이야기였다.

밤하늘에 단순히 늘어선 별에도 그런 에피소드가 총총 박혀 있다는 게 무척 흥미로웠다. 앞으로는 하늘을 볼 때마다 조금 의식하며 관찰해봐야겠다는 생각마저 들었다.

안내방송이 나올 때 무심코 옆으로 고개를 돌리니 야요이가 눈을 반짝반짝 빛내면서 별이 가득한 하늘을 올려다보고 있었 다. 이 세상에서 가장 귀중하고 환상적인 광경을 바라보는 것처 럼 끌려들어 갈듯 열심히 바라보고 있었다. 너무 열중하는 모 습에 어느 순간 야요이가 그대로 천장으로 빨려 들어가 버리는 건 아닌가 하는 생각이 들었다. 별빛이 떠오르는 그녀의 눈동자 에 어쩐지 살짝 감동의 눈물이 어린 듯했다.

야요이가 내 시선을 눈치챘는지 휙 이쪽을 돌아보며 물기 어린 눈으로 나를 바라봤다.

"……진짜 예쁘지."

야요이는 눈을 피하거나 말을 머뭇거리지도 않고 똑바로 그렇게 말했다. 높고 투명한 목소리가 고급스러운 스펀지케이크처럼 내 귓속을 부드럽게 감쌌다.

속삭이듯 울려 퍼지는 오르골 음색의 BGM에 맞춰 천천히 회전하는 친구의 모습이 멋진 분위기를 자아내고 있었다.

느닷없이 심장이 불규칙적으로 쿵쾅거리더니 하필이면 얼굴이 빨개지는 게 느껴졌다.

"으응……. 괴, 굉장히 예쁘다."

나도 모르게 말을 더듬고 말았다.

야요이는 내게 일등성 같은 미소를 보인 뒤 다시 별이 떠 있는 하늘로 시선을 옮겼다. 그러다 몇 초 지나지 않아 다시 별자리의 세계로 녹아 들어갔다.

나는 양손으로 마른세수를 한 뒤 심호흡을 했다.

어느새 점점 등 뒤의 숫자 따위 아무래도 상관없어져 버렸다.


결국 플라네타륨에서는 그럴싸한 특별한 이벤트는 일어나지 않았다. 줄곧 플라네타륨에 마음을 빼앗긴 야요이의 모습을 바라보는 일도 상당히 즐거웠지만 '85'라는 숫자에 걸맞은 사건은 아직 없었다.

상영이 끝나고 밖으로 나오자 야요이는 양손을 옆으로 크게 벌려 기지개를 켰다. 여전히 플라네타륨의 매혹적인 향기가 몸에 남아 있는 것처럼 어쩐지 웃음을 숨기지 못하는 표정이었다. 어쨌든 매우 기분이 좋아 보였다.

그나저나 이제부터 어쩔 생각일까.

플라네타륨에서는 이렇다 할 사건이 일어나지도 않았고 여전히 수수께끼는 풀리지 않은 상태였다. 지금부터 야요이는 어딘가에 갈 계획인 걸까.

그때 내 휴대폰이 울리기 시작했다. 나는 야요이에게 양해를 구한 뒤 휴대폰을 열었다. 직장에서 일하고 있을 엄마에게서 걸려 온 전화였다. 통화 버튼을 누르니 다소 난처한 듯한 엄마의 목소리가 들려왔다.

"여보세요, 지금 집이니?"

"아니, 밖인데. 무슨 일이야?"

"그게, 엄마가 집에 깜빡 두고 온 물건이 있어서. 미안한데 좀 가져다줄 수 있을까?"

나는 엄마에게 잠깐 기다리라고 말한 뒤 마이크 부분을 왼손으로 막았다. 괜히 귀찮은 부탁을 받고 말았다.

"……왜, 왜 그래?"

휴대폰을 왼손에 들고 곤란한 표정을 짓고 있었더니 야요이가 불안한 듯한 표정으로 물었다. 나는 가능한 한 밝은 표정으로 대답했다.

"아니, 별 대단한 문제는 아냐. 엄마가 집에 두고 온 물건을 가져다 달라고 부탁하셔서."

"그, 그렇구나……."

왠지 야요이는 갑자기 낙담한 듯한 표정을 지으며 어깨를 작게 움츠렸다. 마치 물이 부족한 상태의 나팔꽃 같았다. 나는 머릿속으로 천칭을 만들고 두 가지 상황을 저울에 걸었다.

첫 번째 상황은 엄마로부터의 부탁. 엄마가 일하는 도중에 내게 전화를 거는 일은 좀처럼 드물다. 즉, 엄마는 그 물건 탓에 나름대로 궁지에 몰린 상황일지도 모른다. 도와주고 싶은 마음도 있었다.

두 번째 상황은 계속해서 야요이의 행운을 지켜보는 것. 플라네타륨은 불발이었을지언정 앞으로 뭔가가 일어나리라는 건 확정적이었다. 그녀의 등을 힐끗 보면 여전히 '85'라는 경이로운 수치가 내게 브이 포즈를 그려 보이고 있었다. '어때, 신경 쓰이지?'라고 말을 걸어오는 기분이었다.

나는 내 저울의 앞날을 조용히 지켜봤다. 어느 쪽으로 바늘이 기울까. 어느 쪽이 더 무거울까. 대답은 비교적 간단하게 나왔다.

나는 마이크 부분에서 왼손을 떼고 다시 휴대폰을 귀에 갖다 댔다.

"미안, 엄마. 나도 지금 좀 바빠서. 아무래도 힘들 것 같아."

엄마의 목소리 톤이 조금 낮아졌다. "……그래, 어쩔 수 없지. 너무 늦게까지는 놀지 말고."

"알았어요. 끊을게."

나는 전화를 끊은 뒤 야요이 쪽으로 몸을 돌렸다. 그녀는 의아하다는 얼굴이었다. 큼지막한 눈을 더욱 커다랗게 뜨고 멍한 표정을 짓고 있었다.

내가 말했다.

"저기…… 만약 아직 어딘가 갈 생각이라면 계속 너랑 같이 다니고 싶은데, 어때? 또 일정이 있어?"

뭔가 목소리를 내기 위해 입을 뻐끔거리던 야요이는 최대한 목소리를 쥐어짜며 대답했다.

"……이, 있어."

나는 싱긋 웃으며 야요이를 따라 다음 목적지로 향했다.

솔직히 지금 야요이의 등에 '50'이 떠 있었다고 해도 같은 선택을 했을 것이다. 순수하게 나는 그녀와 있는 시간이 즐거워졌다.


야요이는 맥 빠지게도 이번에는 오락실에 가고 싶다고 말했다. 우리는 근처 오락실에 들어가서 몇 개쯤 게임을 하며 놀았다. 그리고 다시 야요이가 가고 싶다던 카페에 가서 몇 시간이나 수다(대화의 밀도는 낮았지만)를 떨다가, 또 그녀가 가고 싶다던 쇼핑몰을 구경하며 안을 빙빙 돌았다. 그야말로 구경꾼 입장이 되어 잡화를 구경하고 가구를 둘러보는 등, 어쨌거나 다양한 구경을 했다.

그러는 동안 어느새 저녁 8시가 되어 있었다. 누군가 가위로 3시간 정도를 싹둑 잘라버리기라도 한 것처럼 체감 시간은 짧았다. 모든 게 순식간이었다.

아쉽게도 여전히 야요이의 '85'에 버금가는 행운은 모습을 드러내지 않았지만 이미 주변은 충분히 어두워진 상태였다.

너무 늦지 말라며 엄마가 못을 박은 데다, 여전히 앳된 느낌이 남아 있는 야요이와 화려한 밤거리를 배회하는 건 아무래도 마음이 편치 않았다. 너무 걱정이 과한 것 같기도 하지만. 어쨌든 더 늦게까지 그녀와 함께 있는 건 매우 비상식적인 행동이었다.

"벌써 8시네. 그만 돌아갈까?"

야요이는 복잡한 표정으로 나를 올려다봤다. 마치 레스토랑의 드링크 바에 마련된 음료를 전부 섞어버린 것처럼 혼란스러운 표정이다.

"……그, 그게, 난 좀 더 놀아도…… 되는데."

그 대사는 제법 내 마음을 흔들었다. 그러나 지금은 매너 있게 물러나야 한다.

"너무 늦어지면 부모님이 걱정하시지 않아?"

야요이는 획획 고개를 저었다.

"괘, 괜찮아……. 그건, 정말로 괜찮아." 그녀는 잠깐 망설이는 것처럼 심호흡한 뒤 말을 이었다. "그, 그게, 난 아빠도 엄마도 없으니까."

일순간 정적이 흘렀다.

여름인데도 묘하게 바람이 쌀쌀하게 느껴지고 거리를 비추는 빌딩 불빛은 무척이나 인공적이고 메말라 보였다.

야요이가 그런 환경에 처해 있었다니. 지금껏 전혀 몰랐다.

나는 어안이 벙벙해진 나머지 아무런 말도 할 수 없었다. 생각 없는 발언을 해버린 데 대한 반성과 후회뿐만 아니라 다른 의미도 포함된 침묵이었다.

제멋대로의 동정.

나는 분위기를 전환하기 위해 사죄의 말을 꺼냈다.

"저기…… 미안."

"벼, 별로 신경 안 써도 돼……. 아빠와는 만난 적도 없고 엄마 내가 어릴 적에 돌아가셨으니까."

"그럼, 넌 혼자 살아?"

"아니. 외삼촌 댁에 살고 있어."

정말 아무것도 몰랐다. 그 정도로 대단한 정보라면 어딘가에서 들었을 법도 한데 어떠한 소문도 들은 적이 없었다. 그만큼 야요이는 주위에 자기 사정을 철저히 감춰온 걸까. 무엇보다도 그건 **나 자신에게도 해당하는 말**이지만.

나는 말을 해야 하나 살짝 망설이다가 기회를 봐서 입을 열었다. "실은 나도 엄마만 있고 아빠는 없어."

야요이는 느닷없는 내 고백에 놀란 표정을 지었다. 나는 말을 이었다.

"내가 태어나기 전이었어. 뭐, 결론은 내가 **생겨버린** 무렵에 아빠가 증발해버렸지. 엄마와 뱃속의 나를 내버려 둔 채 말이야. 그 이후에는 소식이 끊겼어." 이야기가 심각하게 느껴지지 않도록 나는 웃었다. "그러다 최근에야 겨우 소식을 알게 됐어. 어차피 이미 돌아가신 뒤였지만. 트럭에 치인 모양이야. 왠지 실감도 안 나."

나는 야요이의 작은 어깨에 가볍게 손을 올렸다. 내 손이 닿자 그녀는 작게 움찔했지만, 결코 싫어하는 기색은 없었다.

"아까는 미안. 넌 신경 쓰지 말라고 했지만, 역시 사과하고 싶어. 나도 아빠에 관한 화제가 나오면 어쩔 수 없이 기분이 안 좋아지더라." 나는 여기서 일단 말을 바꾸며 기존의 이야기를 매듭지었다. "네 상황을 다 아는 것처럼 말할 생각은 없지만, 그래도 집에서 기다리고 있을 외삼촌과 외숙모가 계시니까. 오늘은 그만 돌아가자. 솔직히 말해서 나도 좀 더 놀고 싶은데 너무 늦어지면 여러 가지로 폐가 될 것 같아."

내 말에 야요이는 묵묵히 고개를 끄덕였다. 무심코 웃음이 새어나왔다. 어떻게든 신사로서의 임무는 달성한 듯했다.

우리는 같은 중학교에 다닌 덕에 서로의 집이 가까웠다. 따라서 필연적으로 우리의 귀갓길은 거의 같은 방향이었다.

나는 자전거로 야요이는 도보로.

정말 가벼운 마음으로 나는 그녀에게 제안을 하나 했다. 그것도 간사스럽게 나중에 '농담이야, 농담. 와하하' 하면서 얼버무릴 수 있을 만큼 가벼운 어조로. 스스로 생각해도 한심스러울 만큼 소심하다.

"내친김에 뒤에 타고 갈래?"

잠시 침묵이 흐른 뒤 내가 마음속으로 준비해둔 '농담이야, 농담'이란 단어를 내뱉으려고 할 때 야요이는 고백이라도 받아주는 것처럼 순순히 고개를 끄덕였다.


"저, 저기…… 이, 이쯤에서 내려줘."

등 뒤에서 들려오는 야요이의 목소리에 나는 자전거를 멈췄다. 마쿠하리역 앞의 상점가였다.

"여기에서 괜찮아? 이왕이면 집 앞까지 데려다줄게." 내 말에 야요이는 괜찮다고 말하고는 구르듯이 자그마한 몸을 꿈틀하며 자전거에서 내렸다.

땅에 내리자 야요이는 스커트를 탁탁 두드리며 주름을 폈다. 자신의 옷매무새에 이상한 점이 없는지 살핀 뒤 자세를 바르게 하고 나를 바라봤다.

"이, 있지……. 오늘은 고마웠어. 정말 굉장히 즐거웠어."

야요이는 머뭇거리면서도 필사적으로 단어를 골라 말한 뒤 과일처럼 생기 있는 미소를 지어 보였다. 어떤 고생이나 피로든 단숨에 정화해 버릴 것 같은, 무척 마음이 따뜻해지는 미소였다.

"여름방학이긴 하지만…… 또, 또 같이 놀아줄래?"

"당연하지." 나는 계약이라도 하는 양 야요이와 휴대폰 번호를 교환했다. 연락처를 교환하는 그 표현하기 힘든 순간에는 어째선지 상당히 멋쩍었지만, 어김없이 그녀의 얼굴에서는 마치 쿠키가 구워지길 고대하는 것처럼 미소가 끊이지 않았다.

그 뒤 잠깐 잡담을 나누다가 우리는 서로 작별 인사를 했다.

집 방향으로 뒤돌아 떠나가는 야요이의 등에는 여전히 '85'라는 숫자가 떠 있었다. 결국 결말은 알아내지 못했지만 이제 단념하는 수밖에 없었다. 나는 멀어지는 그녀를 다시 불러 세웠다.

야요이는 양 갈래머리로 바람을 가르면서 오른발을 축 삼아 빙그르르 뒤돌아봤다. 나는 약간 멀리에서도 쩌렁쩌렁 울릴 듯이 커다란 목소리로 물었다.

"넌 좋아하는 음식이 뭐야?"

야요이는 어리둥절해하는 표정이었다. "조, 좋아하는 음식?"

"응."

"그……그게." 야요이는 주먹 쥔 손을 입가에 꼭 대고 생각했다. "오, 오므라이스……?"

나는 호언장담했다. "그럼, 오늘 너희 집 저녁 메뉴는 오므라이스일 거야. 틀림없어. 그것도 비교 불가능한 오므라이스. 토종닭에, 유기농으로 재배한 토마토만 사용한 최고급 케첩에, 적당히 반숙되어 끈적끈적한 유기농 달걀에……. 암튼 그런 느낌으로 만든 최고로 맛있는 오므라이스."

"어, 어째서 그렇게 생각해?"

"그 정도가 아니라면 도저히 설명이 안 되니까."

야요이는 내내 어리둥절한 표정이었지만 우리는 그대로 손을 흔들며 헤어졌다.

의지할 곳 없는 그 작은 등이 더욱 작아져서 어둠의 한 점으로 사라져갈 때까지 배웅한 뒤 나는 집으로 돌아갔다.

마음속이 어마어마한 질량의 온기로 꽉 찬 것처럼 충만한 기분에 사로잡힌 귀갓길이었다.

정신이 들자 문득 이런 생각이 들었다.

여름방학에 대체 몇 번이나 야요이를 만날 수 있을까.

# 사에구사 논

    나는 마룻바닥에 짐을 내려놓고 무너져 내리듯이 거실 소파에 쓰러졌다. 어깨에 멘 책가방에 10권, 오른손에 든 에코백에 10권, 역시나 왼손에 든 에코백에도 10권. 총 30권에 달하는 책들을 짊어진 채 신주쿠에서 막 돌아왔다. 아무리 나라도 역시 피로감에 기력을 잃고 말았다. 무사히 집에 도착해서 제대로 휴식과 안정을 취한 지금은 솔직하게 말할 수 있다. 정말이지 진짜 무거웠다.

    하지만 이것으로 만족한다. 나는 긍정적인 사고를 하려 노력했다. 고통이 크면 클수록 얻을 수 있는 기쁨과 즐거움의 크기 또한 커지는 법이다. 그 유명한 괴테도 말하지 않았는가.

    〈눈물 젖은 빵을 먹어보지 않은 자는 인생의 참맛을 모른다.〉

    고통과 슬픔을 극복하는 것이야말로 인생이다.

    "누나. 정말 돈 쓸 줄 모르네." 옆에 앉아 텔레비전을 보고 있던 남동생이 멋대로 지껄였다. "나라면 그 돈을 훨씬 유용하게 쓸 텐데."

이 바보 같은 게 뭐라는 거야. 나는 코웃음을 치며 대답했다. "이런, 어리석은 동생아. 아마 넌 지금 중학교 1학년이었지?"

"그게 뭐?"

"하나만 묻자. 마지막으로 읽은 책이 뭐야?"

"뭐?" 남동생은 미간을 찌푸리며 생각했다. "뭐였더라……. 『더 텔레비전*』이려나?"

이런, 상상 이상의 답변이다. 이 녀석의 머릿속에 정의된 책이라는 개념 자체가 상당히 위태롭다.

"어리석은 동생아, 키케로가 한 유명한 말 중에 이런 게 있단다. 〈책이 없는 방은 영혼이 없는 육체와 같다〉, 어떻게 생각해? 네 방에는 책이 있니?"

남동생은 고개를 저었다. "없어. 근데 누나는 너무 사들이잖아. 그리고 말이야, 그 말끝마다 명언 끼워 넣는 짓 좀 그만할래? 왠지 소름 돋는다고."

나는 한숨을 내쉬었다. 이 어리석은 동생과 이야기하다 보면 말이 통하지 않는 인간의 존재를 뼈저리게 느끼고 만다.

삿짱이 내게 그랬듯 나도 동생에게 독서의 위대함을 설명하려 했지만 아무래도 이루어질 수 없는 바람 같다. 그랬군, 그래서 이 세상에서 전쟁이 사라지지 않는 거였어.

---

\* 연예 정보잡지

나는 남동생과의 성과 없는 대화를 그만두고 막 사 온 책들을 살펴보기로 했다. 기합을 넣기 위해 양손으로 볼을 탁탁 두드린 뒤 자리에서 힘차게 일어나 마음속으로 드높이 개회의 말을 선포한다. 용사여, 무기는 갖춰졌도다. 자, 독서를 시작해보지 않겠나.

마음속으로 터져 나오는 박수 소리가 잠잠해지길 기다린 뒤 욕실로 향했다. 헌책이면 몰라도 새 책을 사 왔으니 쉽사리 이 손으로 더럽힐 수는 없다. 꼼꼼하고 주도면밀하게 손을 씻어야만 한다. 물을 충분히 묻히고 잔뜩 거품을 내서 손가락 마디마디부터 손등, 손톱 구석까지 정성스레 씻어냈다. 음, 내가 생각해도 완벽해.

거실로 돌아와 아까 스스로 '사에구사 저팬'이라 이름 붙인 30권의 책들을 들고 남동생에게 말했다.

"동생아, 이제부터 이 몸은 내 방에서 엄숙하고 청아한 독서 시간을 가질 거야. 그러니 야만적이고 어리석은 넌, 허가가 있을 때까지 내 방에 얼씬할 생각도 하지 마. 물론 내 방 근처에서 필요 이상의 소음도 내지 말고. 두 유 언더스탠드?"

"네네."

"이해했다니 다행이네. 시장에서 엄마가 돌아오면 그대로 전해주렴."

당부한 뒤 나는 책의 무게와 사투를 벌이며 **느릿느릿** 방으로 향했다.

방에 들어가자마자 애용하는 커다란 비즈 쿠션에 깊이 파묻힌 나는 앉은뱅이책상 위에 전리품인 책들을 산처럼 쌓았다. 먼저 어느 책을 읽을지 살짝 고민하면서 산더미 가운데 일단 한 권을 빼서 읽어야 할 책 선정에 나섰다. 이 순간에는 무엇보다도 첫인상과 영감이 중요하다. 조금이라도 도리나 필요성, 혹은 사명감이나 의무감에 들볶여서 책을 읽으면 아무리 내용이 좋아도 이따금 편견이 생겨서 본래 느낄 수도 있었을 감동에 커다란 악영향을 끼친다. 섭취해야 하는 시기와 환경이 맞지 않으면 아무리 좋은 책인들 효과가 크게 반감되는 법이다.

그래서 나는 '어쩐지 지금은 이 책을 읽고 싶어' 같은 즉흥적인 감각을 중요하게 여긴다.

그리하여 고른 책은 바로 이것이다.

나는 양장본으로 된 두툼한 문학책을 펼쳤다. 기대하고 있던 신인 작가가 쓴 책으로, 올해 '미스터리 대상'의 유력한 후보작이다. 세심한 모양의 엠보싱이 각인된 커버에 손을 대니 저절로 심장이 고동친다. 지금부터 시작될 아찔한 문장의 세계가, 이제 내 눈앞에서 묵직한 막을 조용히 걷어내려고 한다. 이 두근거리는 마음을 멈추게 할 수 있는 이는 아무도 없다.

나는 단숨에 표지를 펼쳤다.

팔랑.

그때 종이 한 장이 책에서 스르르 떨어졌다. 종이는 벚꽃처럼 나풀나풀 춤추며 앉은뱅이책상 위로 가볍게 착지했다.

추천 서적의 정보가 담긴 책자나 부속으로 딸린 가름끈 같은 게 책 사이에 끼워져 있는 일은 흔했다. 그래서 처음에는 딱히 신경 쓰지 않았다. 뭘 끼워놓은 건지 무심코 종이를 들여다봤다.

어쩐지 그 종이는 늘 보던 책자나 가름끈과는 다른 인상을 주었다. 이건 뭐지. 나는 천천히 그 종이를 살펴보려 했다. 그때였다.

종이에 손을 댄 순간 느닷없이 원인불명의 현기증을 느꼈다. 시각과 청각이 구불구불 비틀리면서 뇌가 직접적으로 흔들리는 듯한 감각. 사고와 사상과 존재론 따위의 온갖 원리가 저 멀리 쫓겨나고 몸의 중추만이 이변을 감지했다. 무심코 나는 반사적으로 그 종잇조각을 던져버렸다. 뜻하지 않게 기분 나쁜 곤충을 만졌을 때처럼 재빨리 힘껏.

종이에서 손을 떼니 현기증은 멈췄지만 야릇한 뒷맛은 남았다. 흥분감 같기도 하고, 피로감 같기도 하고, 멀미 같기도 한, 어쨌든 으스스하면서 뜨뜻미지근한 감각이 나를 휘감았다.

나는 눈을 끔뻑거린 뒤 주위를 둘러봤다. 대충 살펴봐도 방안이나 내 몸에서 딱히 육안으로 확인할 수 있을 만한 이변은 없어 보였다. 방금 일어난 현상은 대체 뭐였을까.

나는 의문을 느끼면서도 내동댕이쳐버린 종잇조각으로 시선을 떨어트렸다. 원인은 알 수 없지만, 수수께끼 같은 불쾌감을 안겨준 수상쩍고 기분 나쁜 종잇조각이다. 내 시선은 결코 우호적이지 않았다. 총을 겨눈 채 매섭게 쏘아보듯 종잇조각을 살펴봤더니 그 정체는 뭔가의 티켓 같았다.

가장 크게 인쇄된 《럭키 티켓!》이라는 글씨가 맨 먼저 내 시선을 사로잡았다. 지독한 불쾌감을 안겨주더니 이제 와서 '럭키'

라고 호들갑을 떨어봤자 어딘지 모르게 조장된 불쾌감에 조롱당하는 기분마저 들었다. 재차 나는 잔뜩 미간을 찌푸리며 상세한 내용을 읽어나갔다.

축하합니다! 본권은 3,000권에 한 장의 비율로 동봉된 특별초대권입니다!

흐음. 3,000권에 한 장의 비율이라.

이게 사실이라면 확실히 그 나름대로 럭키의 확률을 가진 만남일지도 모른다.

본권 한 장으로 한 분의 입장과 숙박이 가능합니다.

나는 침을 한번 삼켰다. 입장에다 숙박까지?

이 한 문장을 읽은 순간, 좀 전에 느꼈던 불쾌감은 입 안의 솜사탕처럼 스르르 사라져갔다. 오히려 심장이 펌프질을 가속화하는 것처럼 혈류의 속도가 상승하면서 가슴이 쿵쾅거리는 게 느껴졌다. 어쩌면 난 엄청난 당첨권을 뽑은 게 아닐까? 불쾌감에 따르던 일련의 불만은 머나먼 곳으로 사라지고 내 시선은 럭키 티켓으로 강렬하게 쏟아졌다.

나는 무심코 떨리는 손으로 티켓을 난폭하게 주워서 집어삼킬 듯이 바라봤다. 이번에는 티켓을 만져도 아까처럼 현기증이 일지 않았다. 음. 좀 전의 그건 기분 탓이었나 보다. 틀림없다.

그런데 티켓의 내용을 파악하면서 나는 다른 의미로 재차 현기증이 날 지경이 되었다.

참가 출판사 약 300곳! 강연 예정 작가 30명 이상! 절판본, 희귀본의 판매도 실시! 주식회사 레종전자 제공-국내 최대 북페스타 초대권

"이게 뭐지……." 무심코 목소리가 새어 나왔다.

장소: 도쿄 빅사이트* 히가시 홀(접수: 히가시 6홀)
일시: 7월 23일~27일 오후 8시 입장 개시
아울러 본권을 지참하시면 이벤트 전 일정에 참가하실 수 있으며, 상기의 기간 동안 박람회장 근처에 위치한 유명 보스턴 호텔에서 숙박이 가능합니다(조식, 석식 포함).

나는 심호흡을 하면서 일단 정신을 차리려고 노력했다. 대체 지금 내 수중에 들어온 이 티켓의 정체는 뭔지, 여기에 적힌 게 다 무슨 소린지 이해하기 힘들었다. 아니, 이해야 지극히 쉽다. 다만, 그 내용을 액면 그대로 받아들이기에는 터무니없는 일이라……

정신을 차려 보니 왜 그런지 나는 그 티켓을 조용히 책상 서랍 안에 집어넣은 상태였다. 내 몸이, 어쩌면 본능이 직감적으로 티켓을 훼손하거나 분실해서는 안 된다고 판단한 모양이었다. 거기다 여간해서는 사용하지 않는 열쇠로 서랍을 슬쩍 잠가 버렸다.

다음 순간. 나는 혼자 탄성을 질렀다. 미친 듯이 크게 기뻐하면서. 티켓에 적혀 있던 내용의 여파로 어마어마한 흥분과 기대,

---

* 오다이바에 있는 도쿄국제전시장

흥미가 뒤섞인 감정이 솟구치며 통제 불가능했다. 이게 웬 떡이냐, 땡잡았다! 폴짝 뛰어오르며 춤추고 빙글빙글 돌았다. 도저히 멈출 수 없었다. 이미 머릿속에서는 제멋대로 북페스타 당일의 정경이 펼쳐지며 이미지 영상마저 흐르기 시작했다. 박람회장에 끝없이 늘어선 새하얀 서가, 골동품처럼 장식된 책들. 드높이 걸린 각 출판사의 홍보 풍선과 특설 부스. 회장 중앙에서 열리는 저명한 작가들의 무수한 강연과 사인회와 악수회. 굉장하다. 완전히 끝내준다.

3,000권에 한 장의 비율이라니, 이 무슨 요행이란 말인가. 그야말로 운수대통이다.

지금껏 헌책방 거리를 돌아다니며 다리가 뻐근해지도록 찾고 또 찾아도 단 한 번도 발견하지 못했던 무수한 절판본이 수중에 들어올지도 모른다. 그런 생각이 들자 미친 듯이 웃음이 새어 나왔다.

드디어 그동안 꾸준히 용돈과 세뱃돈을 모아 은행에 저축해 둔 '일금 20만 엔'을 써야 할 때가 온 것인가. 지금이야말로 그 비상금을 해방시킬 때가 아닐까. 나는 혼자서 낮게 감탄의 소리를 냈다.

"누나. 장난 아니게 시끄러워."

그 목소리에 현실로 돌아온 나는 방문 쪽을 돌아봤다. 그곳에는 어느새 남동생이 와있었다. 버릇없게 숙녀의 방문을 허락도 없이 벌컥 열어젖힌 채 아연실색한 표정으로 꼼짝하지 않고 서 있었다.

"언제는 조용히 하라더니 왜 혼자 야단법석을 떠는 건데."

그 순간 살짝 창피했지만 마음을 가다듬고 헛기침을 한 뒤 동생에게 말했다.

"이거 참 미안하게 됐다. 근데 이런 말이 있잖아. 굉장히 기쁠 때는 목청껏 노래 부르고 왁자지껄 떠들며……."

"무슨 일이 있었는지는 모르겠는데, 생각도 안 나면서 억지로 명언 같은 건 말하지 않아도 돼."

이런, 깜빡 잊어버렸다. "아하하." 나는 웃음으로 얼버무린 뒤 한마디 보탰다.

"이것 참 실례. 하지만 동생아, 때로는 명언이 필요 없는 법이란다. 〈명언이 없는 시대는 불행하지만 명언을 필요로 하는 시대는 더 불행하다.〉"

베르톨트 브레히트의 영웅론을 비유한 극작가 데라야마 슈지의 말이었다. "어떠냐?"

남동생은 질린 표정으로 날 빤히 바라보고 있었다.

# 에자키 준이치로

"이 '누아르 레버넌트'는 이를테면 '차이'의 게임이지." 밥은 '누아르 레버넌트'라고 부르는 트럼프 게임 방법에 관해 설명하기 시작했다. 목소리에 억양을 더하며 게임의 요점에 초점을 맞춘 채 밥은 실제 트럼프를 이용해서 룰을 설명했다. 부차적인 내용은 최대한 줄이고 되도록 간결하게 말해준 덕분에 개요를 이해하는 데 그리 시간은 걸리지 않았다.

가게 주인인 마스터는 "잠시 가게 앞을 청소하고 오겠습니다"라는 말을 남긴 뒤 쓰레받기와 빗자루를 손에 들고 밖으로 나가버렸다.

손님을 내버려 두고 주인이 가게를 비운다는 건 어찌 보면 부주의한 행동이기는 하나, 그만큼 우리를 신뢰하고 있다는 증거로도 여겨졌다. 마스터가 없는 동안 가게 안에서 나는 밥에게 트럼프 강의를 받았다.

밥이 가르쳐준 '누아르 레버넌트'의 규칙을 요약하면 아래와 같다.

1. 처음에 손에 들 패로 카드를 다섯 장씩 나눠준다.

2. 그중 불필요하다고 여겨지는 카드 한 장을 뒤집어서 버린다 (이를 레버넌트 카드라 부른다).

3. 손에 든 패 네 장 가운데 두 장을 골라 역시 뒤집은 채 판에 내려놓는다(이것이 일명 '승부카드').

4. 승부카드를 오픈하여 대전 상대와 비교한 뒤 그 관계에 따라 승패를 결정한다.

"다만, 이 승부카드 간의 관계성이 약간 복잡해서 설명하기가 까다로워." 밥이 말했다.

"기본 룰은 좀 전에 말한 대로 카드 두 장의 '숫자 차이'가 큰 쪽이 이기는 거야. 에이스와 킹을 냈을 때 단순히 뺄셈하면 그 차이는 '12'이고 6과 7을 내면 그 차이는 '1'이지. 이런 식으로 차이를 도출해서 그 폭이 큰 쪽이 승리하는 거야. 뭐, 결국 에이스와 킹이 꽤 강한 조합이라고 할 수 있겠군."

"상당히 간단한 것 같은데?"

"아니, 그렇지도 않아. 이 게임의 흥미로운 지점이자 복잡한 지점이 바로 이건데, 그 수가 10점 이상 차이가 났을 땐 예외적인 제한이 있어."

"그게 뭔데?"

"차이가 '10' 이상일 경우, 상대의 승부카드가 동일한 숫자의 조합이라면 무조건 지는 거야. 6과 6이라든가 에이스와 에이스처럼 그 차이가 '0'이 되는 조합에서는. 무슨 말인지 알겠나?"

나는 정직하게 대답했다. "잘 이해가 안 가는데."

밥은 껄껄 웃었다. "이해력 빠른 네가 그렇게 느낀다면 내 설명이 딸려서겠지. 반성해야겠군."

딱히 전혀 감이 안 오는 건 아니라고 내심 중얼거렸다.

"그러니까 기본적으로는 차이가 큰 쪽이 강하지만, 너무 크면 차이가 '0'이 되는 조합에 질 가능성이 있다, 그런 뜻인가?"

밥은 입을 낙지처럼 둥글게 모으고 두세 번 뻐끔거렸다. "오, 맞았어, 에자키 소년. 모르겠다더니 역시 이해가 빠르군."

"모르겠다고는 안 했어. **잘 이해가 안 간다**고는 했지."

"흐응, 뭐 좋아. 원래는 '그란데'니 '제멜리'니 '카발로'니 하는 득점패들도 있는데, 뭐 이건 생략하자고. 차근차근 기억해나가면 되니까. 어서 게임을 시작해볼까."

밥은 그렇게 말한 뒤 능숙한 손놀림으로 카드를 섞어서 재빨리 자신의 몫과 내 몫의 카드를 다섯 장씩 나눴다. 나는 카드를 주워들고 손안에 정렬시켰다.

그때 문득 한 가지 생각이 떠올랐다. 트럼프였군, 역시.

그 생각을 일단 떠올렸더니 그것이 내 안에서 씻어낼 수 없는 중요한 정보가 되어 승리의 계획을 속삭이기 시작했다. 비열하고 비겁하지만 무조건 이길 수 있는 비법.

나는 밥에게 제안했다. "미안하지만 오늘의 승부는 일단 이한 번으로 끝내는 게 어때?"

밥은 내 제안에 눈을 휘둥그레 뜨고 머리꼭지에 물음표를 만들었다. "흐음…… 이상한 제안이군. 이 게임이 그다지 내키지 않는 건가?"

나는 고개를 저었다. "그런 게 아니야. 다만 이번 한판으로 승부를 겨룬다면 무조건 내가 당신을 이겨 주지. **무조건.**"

"오호." 밥은 자세를 고쳐 앉더니 손에 든 패를 강하게 쥐었다. "좋아. 꽤 도전적인 발언이로군. 말해 두는데 난 만만한 상대가 아니라고."

고개를 끄덕인 뒤 내가 가진 패 중에서 불필요하다고 생각되는 '레버넌트 카드'를 선택했다. 나는 다이아몬드 4를 골라 뒤집어서 카운터에 내려놓았다.

아무래도 좀 전의 내 발언이 밥의 투지에 불을 붙인 듯 그는 이제껏 보인 적이 없을 만큼 진지한 표정으로 자기 패와 내 얼굴을 교대로 바라봤다. 나의 희미한 시선의 움직임과 표정에서 무의식을 파헤치려고 애쓰는 것 같았다. 마치 용의자를 취조하는 형사의 눈빛 같기도 했다.

밥은 갈등 끝에 드디어 레버넌트 카드를 골라서 뒤집은 채로 카운터에 내려놓았다. 카드를 고른 그가 만족스러운 듯한 미소로 나를 내려다봤다. 암묵의 승리 선언처럼.

나는 그런 밥의 표정을 힐끔 쳐다보며 마음속으로 사과했다. 미안하군, 밥. 아무리 당신이 깊이 의표를 찌르려 해봤자 내겐 지금부터 당신이 고를 승부카드가 보여. 당신은 이제 에이스와 퀸을 내겠지?

나는 승부카드 두 장을 골라 뒤집은 상태로 판에 깔았다.

밥 또한 다시 두 장을 골라 뒤집은 채 판에 내려놓았다.

"에자키 소년, 준비는 끝난 모양이군. 그럼 내 카드부터 확인해 볼까……."

밥은 승부카드를 오른손으로 쥐더니 휙 앞으로 뒤집었다. 어떠한 배신이나 놀람도 없이 예상했던 카드가 모습을 드러냈다.

**"에이스와 퀸이야."** 밥은 자신만만한 듯한 표정으로 나를 바라봤다. "그러니까 차이는 '11'이지. 어때? 에자키 소년. 어서 빨리 카드를 열어보라고."

나는 그의 말대로 카드를 뒤집었다. 자꾸만 대답을 뒤로 미루며 애를 태우듯이 천천히. 마치 재미없는 장편 추리소설처럼.

패를 모두 공개한 뒤에야 나는 입을 열었다.

"하트 5와 다이아몬드 5……. 즉, 차이는 '0'이지."

'차이가 '10' 이상일 경우, 상대의 승부카드가 동일한 숫자의 조합이라면 무조건 지는 거야.'

"아까 설명해준 룰에 따르면 이건 나의 승리가 틀림없겠지?"

밥은 나라가 망했다는 소식이라도 들은 것처럼 양손으로 얼굴을 감싸며 고개를 숙였다. "이럴 수가. 완전히 당해버렸군……."

그러더니 변명처럼 자기 전술을 장황하게 설명하기 시작했다.

"이거 참, 이 게임에서는 이러니저러니 지껄여도 같은 숫자, 그러니까 차이를 '0'으로 맞추는 건 상당히 용기 있는 일이지. 평소라면 위험을 감수하면서까지 애써 차이를 '0'으로 해가며 허를 찌를 생각은 안 하니까. 설마 처음 도전하는 에자키 소년이 동일한 숫자를 조합해서 승부수를 던지리라곤 생각도 못 했군. 내가 잘못 읽은 건가." 밥은 양손을 얼굴에서 떼고 정색한 표정을 지었다. "한판 승부이긴 했지만 이래 봬도 오랜만에 패배한 거라고, 에자키 소년."

아침에 우연히 들은 예언에 의지하여 이겼을 뿐인데도 밥은 아무것도 모른 채 주저 없이 패배를 선언했다. 나는 진실을 은폐한 채 이 게임에 대해 자세히 물어봤다.

"궁금한 게 있는데, 이 카드는 언제 사용하는 거지?" 처음에 버렸던 레버넌트 카드를 검지로 두 번 툭툭 두드리며 말했다. "일부러 '레버넌트 카드'라고 거창한 이름을 붙여놨잖아. 사용할 때가 있는 건가?"

밥은 어쩐지 씁쓸한 표정으로 대답했다. "아, 그건 말이지. 사실 웬만해선 사용하지 않는 카드야. 이 게임의 복잡한 룰 중 하나인데, 이판사판일 때 그 카드로 한 방에 역전할 수 있지. 한번 버렸던 카드가 되살아나서 대역전하는 거야. 상당히 드라마틱하지?"

"그래서 '레버넌트*'인 건가?"

"맞아, '되살아나는 레버넌트'지. 이건 예컨대 로얄 스트레이트 플러쉬 같은 거라서 그리 빈번하게 나올 수 있는 패가 아냐. 에자키 소년 같은 초보자가 알기에는 한참 이르지."

밥은 희미한 미소로 어차피 내가 초보자라는 사실을 강조하

---

* 돌아온 자, 망령을 뜻함

며 그렇게 내뱉었다. 게임에서 지고 난 뒤 그 나름의 소심한 저항 같았다.

밥은 흐트러진 트럼프를 내버려 둔 채 식어버린 블렌드 커피를 다시 홀짝였다. 이 남자는 대체 커피 한 잔을 몇 시간째 마시는 건가. 새끼고양이의 물 마시는 속도가 좀 더 빠를 것 같았다.

자질구레한 행동거지부터 라이프스타일, 거기다 좀 전의 수수께끼 같은 트럼프 게임만 봐도 어디에서든 그의 괴짜 같은 면모를 엿볼 수 있었다. 정말 알 수 없는 인간이다.

"어디에서 이런 걸 익힌 거지? 들어본 적도 없는 게임인데."

밥은 커피 잔을 받침에 내려놓은 뒤 대답했다.

"내가 아직 어렸을 적에 남동생이 가르쳐줬지. 재미있는 게임이 있다면서 말이야. 사실 내가 동생보다 훨씬 잘했어. 한판으로 본 때를 보여 줬던 순간이 지금도 또렷이 기억나는군. 그거참, 지금 돌이켜 보니 좋은 추억이야." 밥은 눈을 가늘게 뜨고 살짝 앞니를 보였다. "그 이후로 하루도 빠짐없이 남동생이 내게 도전을 해왔어. 이긴 뒤에 내빼는 건 용납하지 않겠다면서 말이야."

"그래서 재대결했나?"

밥은 고개를 저은 뒤 "아니……. 이긴 뒤 그대로 내뺐지"라고 말했다. "원체 남동생은 이상하리만치 지는 걸 싫어했어. 집념이 대단했지. 그걸 계산하지 못한 거야. 그 단 한 번의 패배를 계속 마음 속에 담아뒀던 모양이야. 참나, 기껏해야 트럼프를 가지고 그렇게까지 집념을 불태울 필요는 없잖아. 녀석에게 패배라는 건 어떤 형식이든 그 자체가 용납되지 않았던 모양이야. 어허, 그런데 지금은 나의 패배로군."

밥은 말이 끝나자 그게 신호라도 되는 양 남은 커피를 단숨에 마셔버렸다. 막 끓였을 때의 향은 이미 사라진 채 식어버린 커피가 밥의 굵은 목구멍을 통과해 내려갔다. 마치 억지로 알약을 삼키는 것처럼 보이기도 했다.

나는 방금 밥의 마지막 발언이 전혀 이해되지 않았다. '지금은 나의 패배로군.' 그 말에는 깊은 늪 같은 어둠과 영문을 알 수 없는 수수께끼 같은 것이 존재하고 있었다. 나는 그 발언에서 밥이 명확하게 그은 공과 사의 선을 슬쩍 엿본 듯한 기분이 들어, 그 이상 세세하게 깊이 파고들 마음은 생기지 않았다.

오후 3시. 추시계의 종이 세 번 울렸다.


얼마 뒤, 가게 밖 청소를 마친 마스터가 돌아왔다. 손에는 청소도구 외에 쓰레기를 모아 담은 비닐봉지와 우편함에서 집어온 듯한 전단 몇 장을 든 채였다. 마스터는 즉시 쓰레기를 종량제 봉투에 옮겨 담고 청소도구를 제자리에 갖다 놓았다. 그러고는 전단을 카운터 위에 가만히 올려뒀다. 일류 호텔에서도 통용될 수 있을 것처럼 마스터의 동작에는 막힘이 없었다.

밥은 그런 마스터를 흘긋 보다가 장난스러운 표정으로 의자에서 살짝 일어나다니 멋대로 카운터에 놓인 전단 뭉치를 집어 들었다. 그러고는 한 장 한 장 들여다보기 시작했다. 트럼프게임 후 밥은 전단 따위에 흥미를 보일 만큼 심심했던 모양이다.

"흐음. 뭔가 쓸 만한 전단이 없으려나……." 밥은 오른손으로 턱을 어루만지며 중얼거렸다.

대체 그가 말하는 '쓸 만한 전단'이라는 게 뭔지 내 상식 안에서는 알 수 없었지만, 밥은 그걸 바라며 전단을 한 장 한 장 획획 넘겼다. 그의 손을 들여다보니 정치가의 회보며 지역 이벤트 정보며 부동산 매물 정보 따위의 그저 그런 내용들뿐이었다. 무엇이든 밥과는 딴 세상의 정보 같았다.

"오호…… 이건 뭐지?" 밥이 자그마한 종이 한 장을 집으며 말했다. "마스터, 이 전단들 모두 우편함에 들어 있었나?"

카운터 안에서 쓰레기 분류 작업에 한창이던 마스터는 잠시 손을 멈추고 대답했다. **"네. 모두 우편함에 들어 있었습니다."**

"흐음……."

밥은 종이를 바라본 채 입을 꾹 다물고 있었다. 난해한 수식이나 화학식을 마주하고 있는 듯한 매서운 표정으로.

"'쓸 만한 전단'이 있나 봐?" 나는 반농담조로 물어봤다.

밥은 양어깨를 으쓱한 뒤 대답했다. "글쎄, 쓸 만하다면야 그럴지도 모르지. 꽤 흥미로운데 좀 기괴한 우편물이야."

그러더니 밥은 손가락을 탁 튕기며 그 자그마한 종이를 카운터 너머 마스터에게 내밀었다. 좀 전의 까다로운 표정은 자취를 감추고 나이에 걸맞지 않은 해맑은 미소가 만면에 퍼져있었다. 뭔가 대단한 아이디어라도 떠오른 건가.

"마스터. 이거 내가 가져도 될까?"

마스터는 노안 탓인지 종이에 시야의 초점을 맞추는 데 시간이 걸렸다. 얼굴을 앞으로 내밀었다 뒤로 뺐다 하더니 그제야 종이에 적힌 내용을 이해한 모양이었다.

"이런 게 거기에 끼워져 있었습니까?" 마스터는 괴상하다는 표정이었다.

"그래, 이상하게도 말이야." 밥은 고개를 끄덕였다. "그런데 마스터는 이런 거 필요 없지 않나? 내가 꼭 제대로 활용해 줄 테니까 가져도 될까?"

마스터는 고개를 끄덕였다. "네. 상관없습니다. 전 가게 일만으로도 힘에 부치니까요."

밥은 입꼬리를 힘껏 들어 올리며 히죽 웃었다. 그리고 표정을 유지한 채 이번에는 내 쪽으로 몸을 돌렸다.

"에자키 소년. 알겠나? 이 종이는 지금 막 마스터가 내게 양도했어. 즉, 앞으로 이 종이를 어떻게 하든 그건 내 자유란 소리지."

"하고 싶은 말이 뭐야?"

밥은 한번 심호흡을 한 뒤 종이를 내게 휙 내밀었다.

"이건 네게 주지, 에자키 소년. 너야말로 제대로 활용할 수 있는 사람이니까."

선뜻 받지는 않은 채 그의 손에 있는 종이를 들여다봤다. 내용을 살짝 훑어보는데 나도 모르게 눈살이 찌푸려졌다.

국내 최대급 학문 제전—아카데믹 엑스포 무료초대권

이건 뭐지. 나는 초대장에서 시선을 떼고 밥의 얼굴을 올려다봤다. 그는 아무런 말도 없이 이어서 계속 읽어보라는 듯 재촉의 눈길을 보냈다. 마지못해 나는 다시 초대장으로 시선을 옮겼다.

문과계와 이과계 학문을 동시에, 70개 이상의 대학 및 연구기관에서 다수의 연구자가 집결. 최첨단 학문이 이곳에 모인다!

나는 노골적으로 불쾌감을 드러내며 물었다.

"여기에 가라는 건가?"

"맞아. 가보면 좋을 것 같은데? 마침 염세적인 에자키 소년에게 딱이지." 밥은 말을 이었다. "어차피 여름방학 계획 같은 건 거의 없지 않나? 여기 적힌 내용에 따르면 박람회장은 이곳에서 그리 멀지 않은 도쿄 빅사이트야. 게다가 이 종이 한 장으로 닷새 동안 호텔에서 숙박도 할 수 있지. 닷새에 걸쳐서 물리학, 철학, 수학, 이 공학, 의학 등등 다양한 학문이 소개되는 모양이야. 대학 선택의 폭도 넓어지고 새로운 발견도 기대해볼 수 있을 것 같은데. 매력적이란 생각 안 드나?"

"아니. 별로."

밥은 내 부정적인 의견이 들리지 않는지 괘념치 않고 이야기를 이어갔다.

"일정은 7월 23일부터 27일까지야. 지금부터 약 일주일 뒤라고. 어차피 한가하잖아? 어때, 에자키 소년."

대답하기 귀찮아진 나는 한숨을 내쉬면서 괜히 머리를 긁적였다. 잠버릇의 흔적이 고스란히 남아 있는 억센 머리카락에서 강한 반동이 느껴졌다.

확실히 밥의 말대로다. 여름방학에 이렇다 할 계획은 없다. 새 학기 수업에 뒤처지지 않을 만큼만 적당히 과제와 공부를 하는 정도랄까. 닷새쯤의 외출이라면 문제도 없다. 애초에 고등학교 공부는 이미 싫증 난 상태. 되도록 그런 일에 시간을 할애하고 싶지는 않다. 집에 있다고 한들 재미있는 일 하나 없고, 빈 시간에는 여기에 와서 에스프레소나 마시며 보낼 뿐이다. 냉정히 생각해 보면 이벤트에 가는 걸 싫어하는 편도 아니었다. 다만.

"그다지 내키지 않은 이유가 두 가지 있어." 나는 말했다.

"그게 뭐지?"

"하나는 이벤트 내용이야. 학문은 이미 질릴 대로 질렸다고 아까도 말했잖아? 그저 정해진 수순대로 대학에 들어가고 대학원에 가거나, 그렇지 않으면 취직을 한다는 명백한 인생 궤도를 내 안에서 거듭 재확인하는 일이 되겠지. 그래서 그다지 내키지 않아."

"흐음. 물론 네가 한 말의 뜻은 알겠어. 하지만 아까도 이야기하지 않았나. 거기에 스스로 필터를 마련해두지 않으면 안 된다고. **고등학교 공부와 대학의 연구**는 엄연히 의미가 다르지. 어쩌면 뭔가 새로운 흥미를 부추길지도 모르고. 모처럼의 '무료초대권'이잖나. 갈 수 있다면 그래보는 것도 좋을 것 같은데."

"그게 바로 두 번째 이유야."

밥은 고개를 갸우뚱거렸다. "음. 그건 또 무슨 뜻이지?"

"아무리 생각해도 너무 의심스럽지 않나? 무료초대권이라니. 닷새 동안의 호텔 숙박권을 포함된 이벤트 초대권이 어떻게 변두리 찻집의 우편함에 들어 있는 거지? 불가사의하고 기괴하다 못해 수상한 냄새가 나는 것 같은데? 거기에 적힌 내용을 그대로 믿었다가는 무슨 일을 당할지 모른다고."

밥은 검지를 세우며 노련한 웃음을 지어 보였다.

"그건 신경 쓰지 않아도 돼, 에자키 소년."

"무슨 뜻이지?"

밥은 미리 준비해둔 질문에 대답하듯 막힘없이 지껄였다.

"에자키 소년이 아까 말하지 않았나? '인생은 불변적이고 빤하다'고 말이야." 그는 초대권을 가리켰다. "만약 이게 새빨간 거짓말이어서 이 이벤트가 아니라 대신 요상한 이벤트가 개최됐다고 해봐. 어떨 것 같나? 그건 그것 나름 훌륭하지 않을까. 신흥종교의 포교 활동이든 다단계 판매 설명회든, 네게는 '불변적'이고 '빤한' 인생에 파문을 일으키는 훌륭하고 혁명적인 이벤트가 아닐까 싶은데. 제목을 붙이자면 '세상의 이면을 엿보는 투어'려나."

나는 어이가 없었다. "이봐, 진심으로 하는 말이야?"

"절반은 진심이지." 밥은 약간 누런 이를 드러내며 말했다. "뭐, 안심하라고. 내 해석이 틀리지 않다면 이 초대권은 진짜야. 어떤 경위로 이곳 우편함에 도착한 건지는 알 수 없지만……. 이 홀로그램도 싸구려 같진 않고 종이 재질만 봐도 결코 쩨쩨한 장사꾼이 사용할 만한 게 아니야. 거의 100퍼센트 확신하지. 이 초대권은 진짜야."

무엇보다도 밥이 내린 해석이라 더욱 신뢰가 가진 않았지만 역시 입 밖으로 표현하지는 않았다. 나는 다시 냉정하게 생각해 봤다.

확실히 초대권의 내용이 조금 수상쩍긴 해도 어차피 따분한 여름방학이다. 시간 때울 만한 것을 원하기도 했다. 게다가 그의 말대로 종이에 적힌 모든 내용이 거짓이라 해도 나름대로 괜찮을 것 같다는 생각마저 들었다. 오히려 그쪽이 흥미진진하게 느껴졌다. '세상의 이면을 엿보는 투어'라니, 역시나 지성이라곤 찾아보기 힘든 밥다운 네이밍센스라는 생각이 들지만.

'매사 적극적이진 않더라도 그 나름대로 참가해보는 건 중요하지. 인생의 기반을 넓히기 위해서도.'

어쨌든 밥의 말에는 일관성이 있었다.

"좋아…… 엿볼 수 있을 만큼 있어 주지."

내 말에 그가 활짝 웃었다.

"그래야지, 에자키 소년. 넌 항상 이런저런 트집을 잡아도 마지막에는 내 충고를 따라주는 면이 있어. 정말이지 고분고분해서 귀엽단 말이야. 좋은 성향이야."

나는 밥의 말에 조금 불쾌했으나 굳이 내색은 하지 않았다. 그 말에 억지스러운 내용은 없었으니까.

"그나저나 에자키 소년. 하나 걱정되는 게 있는데, 네 부모님이 외박을 허락해주시려나?"

나는 문제없다고 말했다. "당신이 내 부모한테 어떤 이미지를 갖고 있는진 모르지만, 적어도 그들은 내가 적당한 성적만 유지한다면 언제든 방임주의를 고수하지. 본인의 사회적 위치에 흠집만 내지 않는다면 내가 무단으로 거세를 한다고 한들 불만은 없을걸."

밥은 오늘 낸 목소리 가운데 가장 크게 웃었다.

"그거 참 걸작이로군. 네게 그런 유머가 있을 줄은 전혀 몰랐는데. 뭐, 사정이야 어찌 됐든 무단 외박은 좋지 않으니까. 제대로 부모님께 양해를 구하라고."

어째선지 밥이 악착같이 부모의 허락을 받는 것에 고집을 부리는 바람에, 나는 새삼스레 다시 한 번 생각해봤다. 그 점은 문제없다.

• **공부만 소홀히 하지 않는다면 마음대로 하렴.**

결과는 이미 아침에 나와 있었다. 내 인생의 상징과도 같은, 예언으로 정해진 빤한 결말. 손목시계 내부에서 돌아가는 장치처럼 정교하고 안정적인 인생. 예언은 절대 뒤집히는 법이 없다. 어쨌든 **미리 들려주는** 말이니까. 사실관계가 어긋나는 일은 절대 발생하지 않는다.

밥은 내게 다시 초대권을 내밀었다.

살집이 좋은 거뭇한 오른손에 들린 초대권은, 지독히도 안쓰러워 보일 만큼 그와는 어울리지 않는 분위기였다. 마치 공사현장에 막무가내로 딸려 들어온, 온실에서 자란 공주님처럼 보이기도 했다.

얼마 지나지 않아 이 초대권을 건네받을 지금의 나는 아직 몰랐다. 이 초대권을 손에 쥐었을 때 느껴질 기묘하고 기분 나쁜 감각을.

# 아오이 시즈하

피아노의 시인, 프레데리크 쇼팽의 작품을 연주하는 피아노 콘서트

나는 요시다 아저씨에게서 받은 티켓을 들여다보며 집으로 향했다. 태양 빛을 받은 홀로그램이 반짝반짝 몽상적인 프리즘을 발산했다.

쇼팽 유년기의 「폴로네즈」, 「론도」부터 후기 양식의 명작에 이르기까지 전곡을 5일에 걸쳐 들려드립니다.

무척이나 성대한 콘서트라는 생각이 들었다. 당연히 쇼팽은 세계에서 가장 유명한 작곡가이긴 하지만 그의 유년기 작품이 연주되는 일은 거의 없었다. 어차피 초창기 쇼팽의 곡은 그때까지 이어지던 고전파의 흐름을 계승해온 것뿐이어서 그의 개성이 충분히 발휘되었다고 보기도 힘들다. 스스로의 내면을 드러낸 중후한 음악이라기보다 화려하고 기교적이면서 외교적인 당

시 유행을 따른 음악이었다.

따라서 나는 쇼팽의 초기 작품을 연주하는 콘서트가 있다는 건 거의 들어본 적이 없었다. 그런데 이 콘서트에서는 쇼팽의 유년 시절부터 만년까지의 작품을 5일에 걸쳐 연주한다고 호언장담하고 있었다. 내가 아는 한 유례가 없다고 할 만큼 성대한 행사인 셈이다.

악기점에서 아저씨가 티켓을 건네줄 때는 웃으며 받긴 했지만 사실 나는 이곳에 가야 할지 말아야 할지 여전히 고민하고 있었다. 쇼팽은 내가 가장 경애하는 작곡가인데다 콘서트 내용에도 꽤 강렬하게 마음이 끌렸다. 그렇다고 과연 내가 이러한 행사에 (청중의 자격으로든) 참가해도 괜찮은 걸까.

2년 전 그날 이후, 나는 스스로에게 두 가지 패널티를 부과했다. 법이든 신이든 저승사자든, 그 누구도 나를 심판해주지 않으니 스스로 단죄해야 했다.

그중 하나가 이것이었다. '결코 피아노를 치지 말 것.'

철이 든 무렵부터 함께해오며 내게는 몸속의 장기 중 하나와 마찬가지라 해도 과언이 아닌 피아노 연주를 스스로 끊었다. 그게 첫 번째 패널티였다. 내게 내려진(내가 내린) 첫 번째 판결.

피아노 연주를 그만두고 청중에게서 터져 나오는 땅울림과도 같은 박수 소리도 포기한 채 단상에서 깨끗이 내려왔다. 그리고 피아노 뚜껑을 닫은 뒤 열쇠로 잠갔다.

요시다 아저씨는 내가 피아노를 치지 않게 된 사실을 알고 있으면서도 그 원인이 된 '그 사건'에 대해서는 아무것도 모른다. 내가 그 일에 대해 언급하기를 꺼린다는 걸 세심히 헤아리고 아저씨 나름대로 마음을 써주고 있는 것이리라. 아저씨는 일절 꼬치꼬치 캐묻지 않는다.

피아노를 배우기 시작한 유치원생 무렵부터 아저씨를 알게 되었는데, 진심으로 따뜻하고 친절한 분이다.

길을 걸으며 나는 재차 티켓으로 시선을 떨어뜨렸다.

장소: 도쿄 빅사이트 히가시 홀(접수: 히가시 6홀)
일시: 7월 23일~27일 오후 8시 입장 개시
아울러 본권을 지참하시면 이벤트 전 일정에 참가하실 수 있으며, 상기의 기간 동안 회장 근처에 위치한 유명 보스턴 호텔에서 숙박이 가능합니다(조식, 석식 포함).

정말로 후한 티켓이다. 요시다 아저씨는 이걸 어디에서 얻은 걸까. 이런 대규모 이벤트 티켓이라면 틀림없이 고가일 텐데. '난 이제 나이가 있으니 멀리 외출하는 건 좀 내키지 않구나. 세이지도 리스트를 연주하는 게 아니라면 안 가겠다고 할 테니 시즈하가 가는 게 가장 좋을 거야.' 요시다 아저씨의 온화한 미소가 떠올랐다.

주요 연주 예정곡: 폴로네즈 제6번—작품번호 53 「영웅」

에튀드—작품번호 10-12 「혁명」

여백과 무슨 관계가 있는 걸까. 닷새에 이르는 연주회인데도 소개된 작품이 달랑 두 곡뿐이었다. 어느 쪽이든 너무도 유명한 곡들이다. 각각 쇼팽 후기와 중기의 걸작.

그런데 나는 유명하다는 사실을 제쳐두고도 나열된 두 곡에서 뭔가 어디서 본 듯한 느낌을 받았다. 그 목록은 내게 어떤 특별한 의미를 부여하는 느낌이었다. 신경쇠약에 걸린 상태에서 선별해낸 한 쌍 같은, 특별한 관계성.

그러다 문득 기억이 떠올랐다.

이 목록은 내가 중학교 2학년 때, 다시 말해 4년 전에 참가했던 피아노 콩쿠르에서의 마지막 두 곡과 같았다.

그날, 끝에서 두 번째 차례였던 내가 연주한 곡이 「영웅」이었고 마지막 무대를 장식한 같은 학년의 여자애가 연주한 곡이 「혁명」이었다.

생각났다.

당시 나는 콩쿠르에서 멋지게 1위로 입상했다. 치밀한 레슨을 거듭하며 준비했던 과제곡 체르니 연습곡 이 「영웅」으로. 연주 당사자인 나조차도 회심의 연주였다고 생각할 정도였다. 연주하는 내내 손가락이 자동으로 움직이며 내 의지를 전달하기 위한 최적의 출력장치로 기능했다. 우아하고 힘 있는 현란한 음색이 홀 구석구석까지 빈틈없이 채워져 가는 게 느껴졌다.

나는 연주가 끝난 뒤 커다란 박수 세례를 받으며 쏟아지는 스포트라이트 속에서 인사했다. 모두가 내게 아낌없는 찬사와 축복을 보내주었다. 마치 지금 이 지구상에서 내가 가장 빛나고 있다는 착각을 느낄 만큼.

그러나 마지막에 등장한 여자애가 모든 분위기를 휩쓸어버렸다. 청중의 시선과 마음과 영혼까지, 모든 것을.

내 연주 같은 건 이미 까마득한 과거처럼 느껴지며 관객은 그야말로 혁명적인 그 여자애의 「혁명」에 마음을 빼앗겨버렸다. 물론 나 역시 예외는 아니었다.

연주장을 꽉 채웠던 내 화려한 「영웅」의 감동을 순식간에 냉각시켜서 날려버리고, 모든 것을 급격한 절망과 분노의 심연으로 이끌며 변혁을 가져왔다. 갑자기 밀어닥치듯 미끄러지는 요사스러운 저음과 격렬하게 주장을 되풀이하는 오른손의 고음. 모든 것이 화합하여 조화를 이루며 화학반응을 일으켰다.

그러한 나의 「영웅」과 그 여자애의 「혁명」.

운명적으로 나열된 목록이었다. 나는 접히지 않도록 조심하면서 티켓을 조심스레 가방에 넣었다.

나는 내 안에 뿌리내린 채 여전히 남아 있던 옛 영광에 슬며시 뚜껑을 닫고 접착테이프로 빈틈없이 단단히 봉했다. 함부로 과거 콘서트에 관한 일 따위를 떠올렸다가는 점점 더 자신을 주체하지 못할지도 모른다. 되도록 떠올리지 않는 편이 좋다.

앞으로는 피아노를 연주하지 않으리라.

그렇게 결심했다. 판결에 등을 돌려서는 안 된다.

나는 당시 「혁명」을 연주했던 여자애를 떠올렸다. 그 애는 지금도 피아노를 치고 있을까. 그랬으면 좋겠는데. 나는 진심으로 바랐다. 나를 대신하여 지금도 어딘가에서 그 애가 「혁명」을 일으켜줬으면 좋겠다.

# 오스가 슌

오전 11시가 넘어 눈을 떴다.

원래 일찍 일어나기를 힘들어하는 편은 아니어서 나는 아무런 일정이 없는 휴일에도 대개 8시쯤에는 일어난다. 그것도 자명종을 꺼둔 채. 그런 내게 11시 기상은 상당히 **늦장**을 부린 거나 마찬가지였다.

어제 다나카 씨 부인이 일찍 일어나면 그만큼 하루가 길어진다고 말했듯, 늦잠을 자면 어쩐지 손해 보는 기분이 드는 데다 어렴풋이 죄악감마저 느껴진다. 눈을 뜨자마자 머리맡 시계를 보고 무심코 쓸쓸한 표정을 짓고 말았다.

오늘 내가 이 시간에 일어나게 된 건 그야말로 명확한 이유가 있으므로 설명하기가 어렵지는 않다. 콕 찍어 말하면 어제 나는 좀처럼 잠들지 못했다.

야요이와 플라네타륨에 가고 이런저런 장소를 돌아다니다가

둘이서 자전거를 타고 집으로 돌아온 뒤 내 가슴 속은 터무니 없을 만큼 포화상태가 되었다. 몸 안에서 터빈이 빙빙 고속 회전하고 있는 것처럼 어쩐지 가슴이 두근거리는 데다, 여기에서 비롯한 따뜻한 감정 때문에 정신이 말똥말똥했다. 의식적으로 눈을 감아 봐도 전혀 잠이 올 기미는 보이지 않은 채 속절없이 시간만 흘러갔다.

사정이 이렇다 보니 이른 시간에 이불을 펴고 누웠는데도 실제로 잠이 든 건, 초목도 모두 잠든 야밤을 한참 지나 새벽 무렵이 다 되어서였다.


"늦게 일어났네."

토요일에는 일을 쉬는 엄마가 편안한 미소로 내게 말했다. 거실의 좌식 의자에 앉아 오전 중에 방영하는 정보 프로그램을 보고 있었다.

"안녕히 주무셨어요."

나는 인사를 한 뒤 평소처럼 엄마의 등을 힐끗 바라봤다. 등받이 의자 틈으로 겨우 들여다보니 오늘 엄마의 수치는 '53'이었다. 음. 문제없군. 오히려 양호한 수치다. 일단 확정된 엄마의 행복에 안도의 한숨을 내쉬었다.


내게는 아빠가 없다. 그건 어제 야요이에게도 털어놓았는데, 어쨌든 이제 나는 평생 아빠와는 만날 수 없게 되었다. 그러다 보니 내게 아빠라는 존재의 가치나 이상적인 모습 같은 건 전혀 감이 오지 않는다. 엄마와 자식이라는 관계 안에서 어떤 식으로 아빠라는 존재가 비집고 들어오는지 상상이 되지 않는다.

증발해버린 아빠에 대해 엄마는 직접적인 욕 같은 건 한마디도 하지 않았지만, 평소 이런 말은 하곤 했다. '난 정말 남자 보는 눈이 없었단다.' 결국, 아빠는 나쁜 인간이었는데 그걸 알아차리지 못했던 엄마에게 책임이 있다는 말처럼 들렸다.

당시 아빠와 교제 중이었던 엄마는 주변의 여러 반대에 부딪혔다. 그 남자는 너무 가벼워, 성실해 보이지 않아, 분명 바람피울걸, 등등. 어쨌든 주변의 비난이 꽤 차가웠던 모양이다. '근데 있지, 너무 주변에서 이러쿵저러쿵 말을 보태면 조금 반항하고 싶어지잖아? 무슨 말을 하는 거야, 내 판단은 옳아, 라고 말이지.' 그런 기세로 엄마는 단호히 주변의 의견에 귀를 닫았다.

그러던 어느 날, 내가 **생겨버렸다.**

그때 남자의 행동은 미국 특수부대도 놀랄 만큼 신속했다고 엄마는 말했다. '임신 사실을 알린 다음 날에는 이미 연락이 안 되더라. 대단한 곳은 아니었지만, 살고 있던 임대 아파트에서도 말끔히 이사해버린 상태여서 텅 비어있었고.'

아이는 부부를 이어준다고들 하는데 어떤 의미에서 난 그 정반대 역할을 한 셈이다. 나의 탄생이, 다시 말해 **발생**이 두 사람을 멋지게 갈라놓았다. '애초에 냉정하게 생각하면 일찌감치 헤어졌어야 했는데. 그런 남자와는……. 모두의 말이 맞았어.'

엄마는 아이에게 꺼내기에는 다소 애매하다 싶은 내용까지도 숨김없이 털어놨다. 결국 내게 이런 말을 하고 싶었던 거였다.

'항상 여자를 대할 때는 진지하게 행동하고 매너를 지키렴.'

자신과 동일한 전철을 밟게 될지도 모를, 이른바 불행한 여자를 만들어선 안 된다고 말하고 싶었으리라. 어찌 됐든 난 전과를 지닌 아빠의 자식이니까. 유전적으로 봤을 때 바람둥이에다 불성실한 인간의 기질을 갖고 있을지도 모를 일이었다.

그리하여 나는, 얼마나 스스로 훌륭한 일상을 보내고 있느냐와 별개로 지금껏 엄마의 가르침을 지키면서 나름대로 여자를 대할 때는 진지한 태도로 매너를 지키려 애쓰고 있다.

어제 야요이에게도 가능한 한 매너를 지키려고 노력했다. 어디까지나 그러한 **마음가짐**의 선만큼은 넘지 않았다.

그런데 지금 나는 중대한 실수 하나를 깨달았다.

지난밤, 야요이와 헤어지고 얼마 지나지 않은 오후 9시 26분에 그녀에게서 문자가 왔었다는 사실을 하룻밤이 지난 '지금'에야 알게 된 것. 문자는 읽지도 않고 방치된 채 벌써 반나절이 지난 상태였다.

깜짝 놀랄 만큼 커다란 실수를 저질렀다. 오스가 집안에서는 있을 수 없는, 이 무슨 매너 없는 행동이란 말인가. 죄책감이라는 이름의 지저분한 탁류가 내 마음속으로 쏟아져 들어왔다.

번호를 교환한 지 얼마 안 된 야요이가 문자를 보내리라고는 전혀 예상하지 못했던 나는, 어제 귀가 후 아무 생각 없이 휴대폰을 식탁 위에 덜렁 던져 놨다.

— 오늘 정말 고마웠어. 여름방학에 또 같이 놀자.

사소하면서도 따뜻한 문구에 가슴이 쿵쾅거리는 한편, 반나절 이상이나 문자를 방치해버렸다는 양심의 가책이 즉각 압박해왔다. 나는 번개처럼 재빨리 답장을 보냈다.

— 답장이 늦어서 정말 미안! 진짜, 진짜 미안해! 나야말로, 나로도 괜찮다면 어딘가로 또 놀러 가자!

고심할 새도 없이 문자를 보낸 탓에 뭔가 모자란 듯한 느낌의 답장이었지만 지금 필요한 건 스피드다. 더는 야요이를 기다리게 할 수는 없었다. 문자의 답장이 좀처럼 오지 않을 때의 불안이라는 게 어떤 건지 뼈저리게 알고 있으니까. 전송이 끝나자 나는 휴대폰을 탁 닫았다. 가능한 한 야요이가 상처 입지 않았기를 바라면서.

그때 곧장 답장이 왔다. 거의 휴대폰을 닫자마자 외부 디스플레이에 문자의 착신을 알리는 메시지가 떴다. 굉장한 스피드다. 나는 서둘러 휴대폰을 열었다.

어떤 내용의 문자일까. 문자가 늦었다며 화를 낼까, 아니면 어이없어할까. 혹시 어쩌면……. 순간적으로 이런저런 가능성을 예측하면서 나는 새로 들어온 문자를 확인했다.

그러나 그 문자는 나의 어떠한 예측도 보기 좋게 빗나가는 내용이었다.

— 갑자기 미안한데, 지금 만날 수 있을까? 전해주고 싶은 게 있어.


그 후 몇 차례 문자를 주고받다가 우리는 어제 헤어졌던 마쿠하리 상점가에서 만나기로 했다. 야요이가 말한 '전해주고 싶은 것'이란 게 대체 뭔지 궁금하기도 했지만, 무엇보다도 단순히 오늘도 그녀를 만날 수 있다는 사실이 나를 움직이게 하는 커다란 원동력이었다.

자전거를 타고 서둘러 약속 장소인 상점가의 헌책방 앞에 겨우 도착하니 벌써 야요이가 와 있었다.

야요이는 목 부분에 리본이 달린 하얀 반소매 블라우스에 격자무늬 치마를 입고 있었다. 그것을 보니 마음속에서 벅차오르는 뭔가가 느껴졌다. 익숙하지 않은 사복 차림 때문이었다. 내가 봐도 나는 정말 단순했다.

"미안, 오래 기다렸어?"

나는 흐트러진 호흡을 웬만큼 가다듬은 뒤 말을 걸었다. 야요이는 획획 고개를 저었다.

"……괘, 괜찮아. 지, 지금 막 도착했어."

어쩐지 야요이의 표정이 미안해하는 것처럼 보였다. 지금부터 무슨 사죄 기자회견이라도 열 것처럼 어딘지 모르게 반성과 긴장의 빛이 역력한 표정.

"갑자기 불러내서…… 미안."

"괜찮아. 나야말로 문자 답장이 늦어서 미안했어."

나는 자전거에서 내려 옆에 세웠다.

여전히 야요이는 어딘가 우울한 표정이었다. 뭔가 고민이 있는 것 같기도 하고 뭔가를 기억해내려는 것처럼도 보였다. 자그마한 입술을 꽉 깨물고 미간을 살짝 찌푸린 채였다. 그녀가 나를 불러낸 이유에서 공연히 수상한 냄새를 감지한 나는 조금 마음이 불안해졌다.

"어쩐지 기운이 없어 보이네. 괜찮아?"

그 말을 들은 순간 야요이는 발각될 뻔한 어떤 비밀을 감추려는 듯 당황해서 눈을 크게 뜨고 말했다. "괘, 괜찮아!"

"그래…… 그럼 다행이고."

나는 관자놀이를 긁적였다. 아무리 봐도 그녀의 반응은 그저 허세를 부리거나 강한 척하는 것으로밖에 보이지 않았다. 하지만 구태여 추궁하는 것도 모양 빠지는 일이어서 곧장 본론을 꺼냈다.

"그런데 '전해주고 싶다는 게' 뭐야?"

그러자 야요이의 표정이 다시 어두워지더니 미간에 주름마저 생겼다. 마치 비를 맞으면 오므라드는 미모사 꽃처럼 반사적으로.

"그, 그게…… 이, 이런 말을 한다고 해서 날 이상하게 생각하진 말아 줘."

야요이는 눈썹을 팔자 모양으로 하고 눈을 치뜬 채 나를 바라봤다. 그런 표정으로 부탁하는데 '노'라고는 절대 말할 수 없다. 나는 주저 없이 곧장 알겠다고 대답했다.

"이, 있잖아……."

야요이는 일단 그렇게 입을 뗀 뒤 말을 해야 할지 말아야 할지 다시 망설이는 것처럼 심호흡을 한번 했다. 땅바닥을 쳐다보다가 이번에는 좌우로 시선을 움직이더니 다시 나를 바라봤다. 눈이 마주치자 그제야 결심이 선 듯 그녀는 말을 이었다.

"어, 어째서 널 여기로 불렀는지…… 기, **기억이 안 나.**"

"뭐?"

무심코 되묻고 말았다. 야요이에 대해 '이상하다'고 생각하지 않으리라 약속했으면서 나는 그 발언이 '이상하다'고 생각하고 말았다. 그녀의 말은 내 안에 규정된 '이상한' 테두리를 아득히 넘어선 '이상한' 발언이었다.

의아해하는 내 표정을 보고 판단했는지 다시 야요이는 열심히 설명했다.

"내, 내가 생각해도 이상하다고 생각하는데…… 문자를 보낸 사람도 내가 맞고 널 불러내야겠다고…… 생각한 것도 사실인데. 왜 불렀는지, 어째서 꼭 불러내야만 했는지 잘 생각이 안 나."

야요이의 표정으로 보아 그건 결코 거짓말로 보이지는 않았다. 무엇보다도 그 사실에 가장 곤란해할 사람은 그녀 본인이었고, 스스로도 내게 이야기를 하면서 열심히 사태를 파악하려고 애쓰는 것처럼 보였다. 야요이는 말을 이었다.

"어, 어째선지 문자로 널 불러낸 건 기억이 나. 그래서 내가 보낸 문자를 확인했더니 '전해주고 싶은 게 있어'라고 쓰여 있는 거야. 그래서 분명히 난 뭔가를 전해줄 생각이었던 것 같은데……"

"그게 생각이 안 나는 거야?"

야요이는 고개를 끄덕였다. "새, 생각나진 않지만…… 아마 이게 아닌가 싶어."

그러면서 내게 자그마한 종이 한 장을 내밀었다.

"이게 뭔데?"

"아, 아마…… 무슨 티켓인 것 같아. 저, 정신을 차려 보니 그걸 들고 왔더라."

나는 야요이에게서 그 티켓이라는 걸 받았다.

깜짝 놀랐다.

티켓에 적혀 있던 가장 큰 글자의 타이틀을 읽으니 온몸에 소름이 돋았다. 거기에는 지나치리만치 정확하게 나를 저격하는 듯한 문구가 쓰여 있었다. 나는 물었다.

"이걸 어떻게 손에 넣었는지 기억나?"

"모, 모르겠어. 하지만 아마 누군가에게 받은…… 게 아닐까?" 야요이는 시선을 좌우로 미세하게 움직이면서 자신의 기억 속에서 열심히 답을 찾고 있었다. 그러더니 확신을 얻은 모양이었다. "맞아. 분명히 받았어. 아까 **누군가한테 받았어.**"

"어떤 사람이었는데? 남자야, 여자야? 아는 사람이야, 모르는 사람이야?" 나는 거듭 그녀의 기억에 질문을 던졌다.

야요이는 머리를 갸웃거리며 더욱 엄격하게 기억을 쥐어 짜내고 있었다. "미, 미안……. 그, 그건 기억이 안 나. 하지만 아는 사람……이었던 것 같아." 그녀는 자문자답하듯 그렇게 말했다. 그러고는 다시 머릿속 깊이 파고 들어가 "맞아. 만난 적이 있는 사람 같아. 누구인지는 기억나지 않지만" 하고 대답했다.

나는 티켓으로 시선을 떨어뜨렸다.

주식회사 레종전자가 주최하는 사람의 행복을 연구하는 모임. 진짜 행복이란 무엇일까, 사람의 등에서 행운을 바라보자.

행복. 행운. 등 뒤의 운수. 등 뒤의 숫자.

이 문구를 그대로 해석하면 사상적이고 종교적인 모임처럼 보이지만, 나는 안다. 이 티켓은 틀림없이 내게 보내진 거라는 사실을.

장소: 도쿄 빅사이트 히가시 홀(접수: 히가시 6홀)

일시: 7월 23일~27일 오후 8시 입장 개시

아울러 본권을 지참하시면 이벤트 전 일정에 참가하실 수 있으며, 상기의 기간 동안 박람회장 근처에 위치한 유명 보스턴 호텔에 숙박이 가능합니다(조식, 석식 포함).

무언가가 나를 부르고 있다.

누군가가 야요이에게 이 수상한 티켓을 건네주고서 그걸 다시 내게 전해주라고 말했다. 하지만 그녀는 그 기억을 거의 잃어버렸다. 기억은 야요이 안에서 단편적으로 구부러지고 뒤틀리며 티켓을 건네준 누군가를 수상한 존재로 변모시켰다. 마치 모든 게 꿈속에서 일어난 일처럼.

이건 뭐지. 정말이지 심상치 않다.

"미, 미안해, 오스가. 그, 그게…… 잘 설명하기가 힘들어서."

야요이는 진심으로 미안한 표정을 지었다. 어쩐지 양 갈래머리도 풀이 죽어 보였다.

"신경 쓰지 않아도 돼. 그것보다 고마워. 일부러 이걸 전해줘서."

내게도 이 상황이, 나아가 이 티켓이 대체 무엇인지 이해 불가능이다. 하지만 나는 적어도 야요이보다는 진상의 실마리가 어렴풋이 보였다.

4년 전. 사람의 등 뒤로 숫자가 보이기 시작하던 전날에 들었던 그 목소리를 떠올렸다. 내내 마음에 걸린 채 줄이 처지지 않은 금속 바리케이드 같은 응어리를 마음속에 계속 남겨왔던 그 말을.

"너, 넌…… 그 티켓에 짚이는 거라도 있어?"

"조금은." 내가 대답했다. "하지만 **짐작일 뿐**이야."

야요이는 다시 팔자 눈썹을 한 채 납득이 가지 않는 듯한 표정을 지었다.

"그, 그럼 넌 거기 갈 거야?" 그녀가 내 손안의 티켓을 가리켰다.

"모르겠어. 하지만…… 아마 가게 될 것 같아. 분명……." 나는 거기에서 일단 말을 끊은 뒤 머릿속으로 생각을 정리했다. 앞뒤 관계를 근거로 사태의 기이함을 살핀 뒤 말을 골랐다. "분명…… **그때**가 온 것 같아."


나는 자전거를 끌며 집으로 돌아왔다. 경보와 혼동될 만큼 커다란 매미 울음소리가 들렸고 주변에는 습도 높은 여름 공기가 만연해 있었다. 확실히 쾌적하진 않아도 모든 것이 문제없이 평소처럼 정상적으로 가동하고 있는 듯 보였다. 여름은 여름이고 일상은 일상이다. 그런데 아무래도 그게 아닌 모양이다. 뭔가가 일어나려 한다.

**그때**가 온 것이다.

나는 이따금 오른손의 티켓을 확인하면서 집을 향해 자전거를 끌고 갔다.

헤어질 무렵 야요이가 지금부터 일정이 있는지 물었다. 만약 아무런 일정이 없다면 어딘가에 가지 않겠냐며, 평소처럼 멈칫하는 말투로 목소리를 떨면서 얼굴을 붉게 물들인 채.

그 말에 나도 모르게 아무런 일정이 없다고 말할 뻔했으나 오늘은 오후부터 패스트푸드점 아르바이트가 있었다. 나는 사정을 설명하고 그녀에게 두 손 모아 사과했다. 오늘은 함께 놀 수 없다고.

작별 인사를 한 뒤 왠지 쓸쓸한 듯한 표정으로 돌아가는 야요이의 등에는 '52'가 적혀 있었다. 그리 나쁘지 않은 하루일 것이다. 그 사실에 조금 안도하면서 지금 나는 자전거를 끌고 있다.


정체 모를 티켓과 야요이에 대해 생각하면서 겨우 집이 있는 주택단지에 도착했다. 자전거를 보관소에 세워놓고 티켓을 주머니에 넣은 뒤 계단을 올랐다.

2층에 도착하니 옆집 다나카 씨(남편)가 난간에 양손을 올리고 기댄 채 서 있었다. 서글서글한 매력이 돋보이는 그답지 않게 심기가 불편해 보였다. 부인의 것으로 보이는 여성용 가방을 어깨에 걸친 채 다나카 씨는 어딘가 먼 곳을 바라보고 있었다.

뭔가 심각한 생각을 하는 중인지 내 존재를 알아차리지 못한 듯했다. 나는 말을 걸었다.

"안녕하세요."

그제야 정신이 번쩍 든 것처럼 어깨를 움찔거리더니 다나카 씨가 이쪽을 돌아봤다. "아아, 순이구나. 나갔다 오는 길이야?"

"뭐, 그런 셈이죠."

그는 웃어 보였다. 다만, 그 미소에는 평소처럼 과도하게 청량한 느낌은 없었다. 마치 점토공예로 제작한 것처럼 어딘가 꾸며낸 느낌이 드는 완성도 낮은 미소였다.

아무래도 기분 탓만은 아닌 듯했다. 그 증거로 다나카 씨의 등 뒤를 엿보니 어제는 '61'이던 수치가 오늘은 '38'이라는 상당히 낮은 숫자로 바뀌어 있었다.

"뭔가 안 좋은 일이라도 있으세요?" 내 질문에 그는 순간 놀란 듯한 표정을 짓다가 조금 **멋쩍어했다.**

"왜 그런 생각을 했어?"

"그렇게 쓰여 있으니까요. 다나카 씨의 등 뒤에."

그는 가볍게 웃은 뒤 난처한 표정을 지었다. "네게는 다 보이는 건가."

나는 어깨를 으쓱했다.

다나카 씨는 자세를 고쳐서 이번에는 난간에 등을 기댔다. 튼튼하다고는 생각하기 힘든 녹슨 난간이 삐걱거리며 그의 모든 체중을 떠받치고 있었다. 그 상태로 다나카 씨는 자연스럽게 주머니에서 담배를 꺼내고 지포라이터로 재빨리 불을 붙였다. 하얀 연기가 바람에 흩날렸다.

"넌 **인간의 목적**이 뭐라고 생각해?"

"네?" 그야말로 뜻밖의 질문이었다. 그것도 큼지막한 주제. 이런 낡아빠진 연립주택의 현관 앞에서 주고받을 논의로는 적당하지 않은 데다, 나 역시도 그토록 스케일이 큰 이야기에 결론을 내릴 수 있을 만한 인물은 아니었다.

"글쎄요, 잘 모르겠는데요."

"그렇겠지. 그건 그래." 다나카 씨는 웃었다. "아, 오해는 하지 말아줘. 결코 널 무시하는 건 아니니까. 나를 포함해서, 보통은 이런 식으로 인류의 근본을 파고드는 질문에는 쉽사리 답하지 못하는 법이라는 뜻이었어."

"괜찮아요. 신경 쓰지 마세요."

"그럼 다행이고." 다나카 씨는 연기를 토해냈다. "하지만 내가 아는 어떤 사람이 이런 말을 했어. 생물의 존재 이유는 결국 '자손을 남기는 것'일지도 모른다고. 어느 생물이든 그걸 목적으로 살아가고 있다고 말이야. 고양이든 펭귄이든 단세포생물이든……. 그러니 인간의 목적도 자손을 남기는 게 아닐까 싶다는 거지. 꽤 유치한 결론이긴 해도 줄기는 통한다고 생각해. 하지만 난, 단지 그것만이 목적은 아닐 거라 생각하고 싶은 거야."

다나카 씨는 담배를 가볍게 튕겨 재를 바닥으로 떨어뜨렸다. 재는 빨간 불꽃과 함께 땅바닥에 흡수되며 빛을 잃은 채 먼지가 되어갔다. 그 광경이 왠지 처량해서 애수를 자아냈다.

나는 다소 학문적인 이야기에는 전혀 호응하지 못한 채 촌스럽게도 결론을 말하길 재촉했다.

"그래서 결국 무슨 일이 있었던 거죠?"

다나카 씨는 눈을 감고 자조하는 표정으로 웃은 뒤 대답했다.

"싸웠지 뭐. 단순한 부부싸움." 그렇게 말하며 어깨에 걸치고 있던 부인의 가방을 내게 보여 줬다. "외출하려다가 별거 아닌 일로 말다툼했는데 공주님이 심통을 부려서 말이야. 내게 이걸 던지더니 어딘가로 가버렸어. 전력 질주로."

그건 좀 충격이었다. 내게 다나카 부부는 잉꼬부부 이미지가 강해서 싸움 따위는 상상도 할 수 없었다. 하물며 그 부인이 남편에게 가방을 던질 만큼 서슬 퍼런 모습을 보여 줬다니 더욱 믿기지 않았다.

다나카 씨는 나를 향해서가 아닌, 아마도 혼잣말로 마지막에 작게 푸념했다. "'그렇다면 행복해질 수 없다'니. 어째야 할지."

이번에는 담뱃재가 순순히 땅바닥으로 떨어지며 흡수되어 버렸다. 마치 그의 사념이 뚝뚝 떨어지는 것처럼.

'그렇다면 행복해질 수 없다.'

그건 부인이 한 말일까.

행복.

기쁨.

행운.

나는 주머니에 넣어둔 티켓을 꺼내 바라봤다.

'진짜 행복이란 무엇일까.'

나는 생각해 보았다. 결국 그건 아무도 모르지 않을까.

물론 등 뒤의 숫자가 보이는 나 역시도.

# 7월 23일

첫날

...

기타 케이스와 도미노,
후쿠자와 유키치와 훌륭한 가족

# 사에구사 논

"그럼, 다녀올게요!"

나는 현관에서 완벽한 경례를 하며 부모님과의 작별을 아쉬워했다. 잠시 허리를 세우고 경례 자세를 취했더니 등에 멘 배낭의 무게에 꺾여서 그대로 뒤로 넘어갈 지경이 되었다. 허둥지둥 자세를 바로 세우고 배낭을 다시 멨다.

"정말…… 괜찮겠냐, 논?" 걱정하는 아버지.

"적적해지면 곧장 돌아오렴." 걱정하는 엄마.

걱정이 많은 부모님은 마치 군대 소집 영장을 받은 아들을 보내기라도 하는 표정이었다. 걱정으로 밤을 지새울 듯한 분위기를 떨쳐내려고 나는 주먹으로 가슴을 한 번 툭 쳤다.

"괜찮다니까. 언제든 만전을 기해 어떤 고난이든 헤쳐 나갈 테니까. 진짜 걱정하지 마세요."

그러자 거실에서 남동생이 얼굴을 내밀었다.

"뭐야. 누나, 벌써 가? 어제는 오후 6시쯤 가면 시간이 맞을 거라고 하지 않았어? 아직 2시밖에 안 지났잖아."

헉. 이 녀석 어지간히 정곡을 찔러대네.

너무 흥분한 나머지 어제부터 거의 한숨도 자지 못한 데다 내 안에 넘쳐흐르는 강렬한 흥분감에 압도된 나머지 얌전히 집에만 있을 수 없게 되었다는 걸, 입이 찢어지는 한이 있어도 이 녀석에게는 말할 수 없다.

"살짝 일정이 변경됐거든. 조금 일찍 나서기로 했어. 동생아, 넌 집에서 텔레비전이라도 보렴."

"아, 네네."

나는 멀어져가는 남동생의 뒷모습을 끝까지 지켜보다가 다시 부모님에게 작별을 고한 뒤 드디어 현관 밖으로 뛰어나왔다.

거침없이 쏟아지는 여름 볕이 잔뜩 흥분한 내 기분을 대변하듯 열기를 띠며 오늘이라는 날을 더욱 특별하게 했다. 나는 마음속으로 크게 외쳤다. 이제 가볼까.


등 뒤의 큼직한 배낭과는 별개로 어깨에는 자그마한 숄더 파우치를 하나 멨다. 스이도바시역으로 걸어가는 길, 나는 파우치 안을 재차 확인했다. 주의하면 할수록 좋으니까.

지갑, 정기권 케이스, 손수건, 손거울, 마시멜로, 문고본, 럭키 티켓, 그리고 봉투.

봉투를 바라보는데 불현듯 누군가가 내용물을 빼내 가버리진 않을까 하는 터무니없는 불안에 사로잡힌 나머지, 자꾸 안을 확인하지 않고는 견딜 수 없었다. 봉투를 열면 그 안에는 후쿠자와 유키치* 영감 스무 명이 죽 늘어서 있었다. 에도 막부 말기에 보유하고 있던 군함 간린마루에 올라타 태평양을 건넜으며, 그 후 《학문의 권장》을 집필하고 게이오기주쿠대학의 창설에 힘을 썼다고 알려진 위인이다. 나는 안도의 한숨을 내쉬었다.

20만 엔.

이 봉투를 가지고 있는 것만으로 나는 5킬로그램쯤 되는 마음의 짐을 덜어진 느낌이었다. 기분 탓일까. 주위 사람들 모두가 내 파우치에 입맛을 다시는 하이에나처럼 보이기 시작했다. 이제 이곳은 세계 굴지의 대도시 도쿄 따위가 아니다. 사나운 육식동물이 꿈틀거리는 아프리카 대초원이 틀림없다. 긴장한 나머지 나는 침을 꿀꺽 삼켰다.

여기에서 빅사이트까지의 소요 시간은 지연 없이 환승이 매끄럽게 진행된다면 대략 40분 안팎. 티켓에 따르면 접수 개시는 오후 8시. 적잖이 늦은 감도 있지만 아무래도 이벤트 운영상 어쩔 수 없는 사정이 있는 거겠지. 첫날 접수는 늦더라도 둘째 날부터는 분명히 오전에 개최될 것이다.

나는 재차 북페스타를 머릿속으로 그려보며 싱긋 웃었다. 주위에 하이에나가 꿈틀거린다고 굴복할 내가 아니지. 지금부터 나는 이 유키치 영감을, 전진하라던 그의 말처럼 학문으로 이어지는 책과 바꿔야만 한다.

---

* 만 엔짜리 지폐의 주인공

북페스타여, 기다려라. 발걸음이 더욱 가벼워진다.

나는 14시 20분발 전철을 탔다. 가족 단위의 승객으로 전철 안의 자리는 거의 다 찼고 몇 명은 손잡이를 잡고 서 있었다. 평소라면 약간 냉방이 세다고 느낄 만큼 전철 안은 서늘했지만 열기로 가득 찬 지금의 내게는 바람 세기가 딱 좋았다. 나는 문 근처 공간에 내 영지를 만들어서 무거운 배낭을 바닥에 살짝 내려놓은 뒤 문고본을 꺼냈다.

여기에서 전철을 타고 첫 번째 환승역에서 14시 29분발 지하철로 갈아탄 뒤 두 번째 환승역에서 14시 53분발 경전철을 타고 국제전시장정문역에서 내릴 것이다. 머릿속에 수납해둔 시각표에 의지하여 정확한 노선도를 그린다. 지연만 되지 않는다면 도착 예정 시간은 15시 1분.

그 어리석은 남동생 말대로 확실히 출발이 약간 이른 감도 있다. 뭐, 미리 회장 앞에서 줄 서면 되니까. 아마도 전국에서 모여든 노련한 독서가들이 제각각 몸에서 '문장의 기운'이 느껴지는 특별한 분위기를 발산하며 줄을 서고 있을 게 틀림없다. 나도 그런 구질구질하면서도 인텔리전트한 분위기 속에 녹아들어야 하지 않겠는가. 음. 그야말로 탐나는 광경이다.

전철이 첫 환승역에 도착했다. 나는 묵직한 배낭을 다시 짊어지고 전철에서 내려 지하철로 향했다.

그나저나 배낭이 무거웠다. 안에는 다가올 나흘 동안 갈아입을 옷에다 예비로 가져온 책이 수십 권, 그 밖에 자잘한 소품 여러 개가 들어있었다. 짐을 최소한으로 줄였어야 했는데 물건의 선발기준이 느슨했던 건지도 모른다. 애용하는 전동칫솔은 아무래도 포기할 수 없었다고 쳐도 스탠드라이트까지 챙길 필요가 있었을까. 독서등 정도는 호텔에 설치되어 있을 것 같은데.

그렇게 사차원 급 용량을 허용한 천근만근의 배낭은, 한때 체육계에서 이름을 떨치던 내 체력을 순식간에 잡아먹으며 중심을 자꾸만 뒤로 끌어당겼다. 그때마다 나는 걸음을 멈추고 배낭을 바로 메며 중심을 앞쪽으로 되돌렸다. 전철 안과의 온도 차 탓인지 평소보다 훨씬 덥게 느껴졌다.

전철에서 지하철로 갈아타려면 개찰구를 한 번 나가야 했다. 정말이지 귀찮았다. 나는 개찰구를 눈앞에 두고 숄더 파우치에서 정기권 케이스를 꺼냈다.

비극은 늘 느닷없이 찾아오는 법.

바로 내 앞에서 걷고 있던 한 여자가 개찰구 직전에 갑자기 걸음을 멈춰 섰다. 전철표를 분실한 걸까. 아니면 정기권이 든 지갑을 꺼내는 걸 잊어버린 걸까. 애초에 이런 상황에서 원인이 뭔지 추론하는 건 아무래도 상관없다. 문제는 다른 데 있었다.

그 여자가 느닷없이 멈춰서는 바람에 나 역시 황급히 급브레이크를 걸어야 했다. 연쇄 추돌 사고를 일으켜서는 안 되니까. 하지만 그러한 나의 양심과 순간의 반사작용이 내 몸에 비극을 초래했다.

지금껏 내 중심은 마치 표면장력 같은 미묘한 힘으로 어떻게든 앞으로 유지되고 있었다. 그런데 그 균형이 급브레이크에 의해 보기 좋게 무너지더니 몸이 등 뒤의 배낭에 획 끌려갔다. 흡사 초등학생 대 럭비 일본 대표의 줄다리기처럼 압도적으로 일방적인 경기 같았다.

"으아악!"

스스로도 영문 모를 비명을 지르며 나는 등 쪽부터 힘껏 지면으로 내동댕이쳐졌다. 격렬한 부하가 걸린 배낭에서 토사물처럼 내용물이 얼마간 쏟아져 나왔다.

커다란 충격음과 한심한 내 모습에 주위의 시선이 모였다. 대도시 도쿄를 상징할만한 냉혹하고 무관심한데다 기계적이고 사무적인 눈빛들이 나를 찔러댔다. 아아, 무정한 도쿄여.

"죄, 죄송해요. 괜찮으세요?!"

앞의 여자가 고꾸라진 나를 인식하고 서둘러 이쪽을 돌아봤다. 나이는 이십 대쯤일까. 눈앞에 펼쳐진 참상에 여자는 대체 어떻게 손을 써야 할지 파악하느라 허둥대고 있었다.

나는 휙 뒤집힌 바다거북처럼 등딱지 같은 배낭이 무거워서 일어나지 못했다. 떼를 쓰는 아이처럼 양손과 발을 바동거리며 어떻게든 저항해보지만, 다시 일어설 수 있을 만한 조짐이 전혀 보이지 않았다.

그제야 해야 할 일을 발견한 것처럼 여자가 내 오른손을 잡아끌며 나를 일으켜 세웠다.

"죄송해요. 정말 죄송합니다!"

나는 괜찮다는 한마디만 내뱉은 뒤 핫팬츠에 달라붙은 먼지를 털고 바닥에 흩어진 짐들을 주워 모았다. 여자도 거기에 부응하듯 짐을 줍기 시작했다. 이게 뭐야, 개찰구 바로 앞에서 멈줘서다니 너무 상식 밖의 행동이잖아.

"죄송합니다. 제 부주의 때문에……."

"됐어요, 괜찮다니까요."

"그래도 죄송해요."

"신경 쓰지 마세요."

너무 집요한 사죄에 나는 점점 대응하기 귀찮아졌다. 개찰구 앞은 나름대로 인파가 많아서 아까부터 이쪽을 힐끔거리는 사람도 적지 않았다. 이목을 끌만한 짓은 하고 싶지 않은데.

"그…… 뭔가 보상을 하고 싶은데요."

"글쎄, 신경 쓰지 마시라니까요."

"맞다!" 그렇게 말하더니 여자는 자기 가방 안을 뒤지기 시작했다. "이것밖엔 없지만…… 받아주세요."

여자가 내민 것은 사탕이었다.

흐음. 흐으음.

굳이 보상하고 싶다더니 고작 사탕 하나를 내밀다니, 이건 또 무슨 경우란 말인가. 이토록 어정쩡한 보상을 할 바에야 차라리 아무것도 하지 않는 편이 조금이나마 기분은 더 나을 텐데. 나는 헛기침을 한 뒤 말했다.

"됐습니다."

"그, 그런……."

"애초에 딱히 화가 나지도 않았고 신경 쓰지도 않았어요. 그러니 앞으로는 이번 일을 교훈 삼아 개찰구 앞에서는 멈춰 서지 않도록 주의해 주세요. 그리고 원래 사탕은 싫어해서요." 그다지 먹고 있다는 실감도 나지 않는 데다 조심성 없이 입 안에 상처나 입히기 일쑤인, 득 될 것 하나 없는 식품. 이런 불량식품에 군이 다정스럽게 친근함을 뜻하는 '짱'이라는 말을 붙여 부르는 간사이 지역 사람들이 이해되지 않았다.

나는 비틀거리면서 배낭을 짊어진 뒤 "그럼 이만"이라는 말만 남기고 개찰구를 나갔다.

잠시 쓸데없는 시간을 소비하고 말았다. 내 머릿속의 시각표를 약간 수정하며 나는 지하철역으로 향했다. 태양이 기세 좋게 내리쬐며 내 머리를 이글이글 달궜다.

또다시 나는 숄더 파우치의 내용물이 신경 쓰여서 거듭 확인했다. 안에는 제대로 봉투가 들어있으며 유키치 영감이 나란히 얼굴을 채우고 있었다. 일단 안심이다.

뒤로 넘어진 충격에 그만 돈을 잃어버리고 마는 우당탕탕 활극으로 끝나는 실수는 어떻게든 피한 듯하다.

아까의 고꾸라진 기억을 머릿속에서 쫓아내고 나는 다시 북페스타를 향해 마음을 쏟았다. 즐거운 일을 목전에 두면 얼마간 역경이 따르는 법.

기운을 차려야 한다.

오늘은 내 삶에서 최고로 익사이팅한 하루가 될 게 틀림없다. 지하철로 향하는 계단을 내려가면서 등 뒤로 온화한 순풍이 불고 있다는 게 또렷이 느껴졌다.

# 에자키 준이치로

　나는 수첩을 볼펜으로 두드리면서 좀 전에 써넣은 예언을 바라봤다.

- 어쨌든 뭔가 재미난 거라도 건지면 좋겠군.
- 동지가 아니잖아.
- 그럼 목소리를 들은 적이 있을까?
- 연인 동반이 조건이라네요.
- 틀리더라도 이상한 생각은 하지 말아 주세요.

　상당히 내용이 다양하다. 드물게 누구의 발언인지 전혀 예상이 가지 않는 것도 많았다. 나는 의자에 깊숙이 몸을 파묻은 채 천장을 올려다봤다.

　맞다. 오늘은 지난번 그 이벤트가 있는 날이었지.

　딱히 흥미도 없었던 탓에 별반 신경 쓰지 않았더니 하마터면 외출하는 것조차 잊어버릴 뻔했다. 어느 정도 불가사의한 예언의 내용에 대해 일단 그 나름의 대답을 내놓으며 나는 마음속 안개를 흐트러뜨렸다.

인적이 많은 장소로 나가면 나와 관계없는 타인의 잡담이 귀에 들어오는 법이다. 아무런 맥락도 없이 단편적인 한두 마디가.

아마 오늘도 아카데믹 엑스포에 가면 인파들의 다양한 목소리에 노출되겠지. 오늘의 예언이 그 결과다. 따라서 어느 것이든 예상해봤자 의미가 없다. 모두 나를 향해 직접 내뱉어진 말은 아닐 테니까.

그건 내 귀가 멋대로 받아들인, 타자를 위한 타자의 말. 다만, 최초의 예언만은……

**"어쨌든 뭔가 재미난 거라도 건지면 좋겠군."** 밥은 오늘도 변함없이 낡아빠진 정장 차림으로 블렌드 커피를 홀짝였다. "그런데 개장은 몇 시부터지?"

나는 주머니에 넣어둔 티켓을 꺼내 시간을 확인했다.

"오전 10시야."

"뭐라고? 완전 지각이잖아, 에자키 소년. 벌써 오후 3시가 넘었다고."

"그렇게 서두를 필요는 없잖아. 만약 티켓의 내용이 진짜라면 이벤트는 닷새 동안이나 할 테니까. 빨리 가면 그만큼 금방 질린다고."

"흐음." 밥은 때를 밀듯이 목덜미를 천천히 쓰다듬은 뒤 말했다. "참 너답군."

"여기 나왔습니다."

주문한 샌드위치를 마스터가 건넸다. 내게는 오늘의 첫 식사다.

아침이든 점심이든 저녁이든 나는 집에서 밥을 먹은 적이 거의 없다. 집에는 식재료는커녕 조리도구조차 갖춰져 있지 않다. 요리하는 사람이 아무도 없으니까. 엄마는 원래 요리나 집안일에 솜씨나 적성이 없는 사람이었다. 오히려 엄마는 가능한 한 모든 것을 아웃소싱에 맡기는 게 최선이라고 확신했다. 무슨 일이든 전문가에게 맡기는 게 제일이라는 말을 신뢰해서 그 방면의 전문가를 존경한 나머지 그런 결론에 이르른 것은 당연히 아니었다. 그저 엄마는 어떤 일이든 그것을 본인이 했을 때 번거로워지는 게 싫을 뿐이다. 그리하여 오늘도 엄마는 성향이 비슷한 몇몇 친구들과 함께 피부 관리실에 가서 '미용'을 아웃소싱하는 중이다.

아버지 역시 가정적인 사람은 아니다. 아버지는 그 무엇보다도 '부'를 각별히 사랑했다. 인생 최대 목적은 부를 수집하는 것이며 그것 이외에는 있을 수 없다고 굳게 믿고 있었다. 운이 좋게도 아버지는 회사에서 시류나 시대의 경제적 흐름을 읽어내는 능력을 발휘하고 있다. 그 뛰어난 능력 덕분에 멋진 자산운용으로 눈덩이처럼 돈을 불리고 있었다. 늘어난 자금은 다시 새로운 자금을 부르고, 잉여분은 자산이 되어 부동산와 고급 승용차로 바뀌어 갔다. 어차피 중산층 수준이지만, 현시점에서 '부'에 충실한 아버지의 노력은 그럭저럭 성과를 내고 있었다. 어렵지 않게 이 근방에 백 평이 넘는 주택을 짓고, 현관 앞에 외제 차 두 대를 전시해놓을 만큼은 되었다.

그런 부모님과 나의 관계는 소원하다고 해도 무방할 만큼 냉랭하다. 집이라는 공간은 그저 단순히 의무적으로 부여된 공통의 잠자리일 뿐, 그 이상의 기능은 하고 있지 않다. 최소한의 필요한 대화만 나눌 뿐이라서 냉정히 분석한다면 함께 생활할 필요조차 없을지도 모른다.

그런데도 그들에게 '나'라는 존재는 결코 방해물도 거북한 존재도 아니었다. 오히려 환영받는 느낌이다.

나는 멍청하지도 불량하지도 않았다. 적어도 지시한 일은 무난히 소화해냈고 시키는 대로 학원에도 다녔으며, 사춘기 때 부릴법한 반항도 없이 순조롭게 학업생활을 해 매년 도쿄대 입학생을 여럿 배출해낸 사립고등학교에 들어갔다.

간판만 보면 훌륭하고 우수한 아들로 보일 게 틀림없다. 불만은 없으리라 생각한다. 오히려 주위에서는 그 교육방침을 칭찬할지도 모른다.

피부 관리실에 다니며 실제 나이보다 조금 젊어 보이는 엄마.

번드르르한 야심으로 자산운용에 여념이 없는 아버지.

고분고분하고 반항기도 없는 우등생 아들.

사람들은 말한다. 훌륭한 집안이라고.

그야말로 우스꽝스럽다.

나는 더블 에스프레소를 다 마시고 샌드위치도 말끔히 해치웠다. 추시계는 오후 4시를 조금 넘어선 곳을 가리키고 있었다.

오늘도 축음기에서는 클래식이 흐르고 실내에는 커피 향이 충만했다. 가게 이름도 모르는 이 찻집에서는 시간이 조금 더디게 흘러가고 있었다.

슬슬 가볼까.

나는 자리에서 일어나 카운터 위에 돈을 올려뒀다.

"에자키 소년, 드디어 출발인가?"

"응. 그럴까 해."

마스터가 내게 인사했다. "안녕히 다녀오세요."

나는 지갑을 주머니에 넣은 뒤 출구 손잡이에 손을 댔다.

"에자키 소년."

떠나는 내게 밥이 말했다.

"조심해서 다녀오라고. 외박할 때는 생각지도 못한 트러블이 생기는 법이거든."

"걱정해주는 건가?" 나는 반농담조로 물었다.

밥은 눈을 가늘게 뜨고 다정하게 웃었다. 풍채 좋은 그 몸으로 모든 것을 감싸 안을 듯한, 완벽하리만치 포용력 깊은 미소. 밥은 한바탕 웃은 뒤 눈을 뜨고 내 눈을 똑바로 바라보며 말했다.

"당연하잖아, 에자키 소년. 앞으로 나흘간이나 널 못 만나니까 걱정하는 게 당연하지. 내게 넌⋯⋯." 밥은 나를 손가락으로 가리켰다. "아들 같은 존재니까."

나는 작은 웃음만 남긴 뒤 문을 닫고 가게를 나와 혼잣말로 밥에게 중얼거렸다.

나도 당신을 아버지처럼 생각하고 있어.

# 아오이 시즈하

오후 5시, 전철 안.

결국 나는 피아노 콘서트에 가고 있었다. 소리도 없이 흔들리는 객차 안, MP3플레이어에서는 밴드 베이스볼베어의 「드라마틱」이 흘러나왔다. 경쾌하면서 싱그러움이 가득한 음악이 기분 좋게 귀를 간질였다.

사실 어제 나는 티켓을 되돌려줄 생각에 일단 요시다 아저씨에게 그 뜻을 전하러 갔다. 모처럼 받은 선물이지만 분명 고가일 게 빤한 데다 내게는 콘서트에 갈 자격이 없다고.

하지만 요시다 아저씨는 다정하게 고개를 저으며 티켓을 받으려 하지 않았다. '만약 날 생각해서 그러는 거라면 그럴 필요는 없단다. 그 티켓은《피아노 음악 진흥 협회》라는 곳에서 무료로 받은 거니까 결코 비싼 게 아니야. 오히려 네가 안 간다고 하면 달리 줄 사람도 없으니 결국 티켓은 무용지물이 되고 말겠지.

그거야말로 아깝잖니.'

여전히 고민하는 내게 요시다 아저씨는 설명을 덧붙였다.

'네가 대체 어떤 짐을 지고 있는 건지 난 모르니까, 복잡한 사정을 말할 수는 없겠지. 하지만 콘서트에 가고 싶은 마음이 있다고 해서 그게 나쁜 건 아니란다. 누구도 비난하지 않아. 네가 가고 싶다면 꼭 가보는 게 좋지 않을까. 억지로 강요하는 건 아니지만 말이다.'

그 다정한 말이 나를 슬며시 지지해준 덕분에 지금에 이르렀다.

내가 부재하는 5일 동안 '그 남자'를 보살피는 일은 병원의 간호사가 맡아주기로 했다. 얼마간 이곳에 들르지 못할 것 같은데 내가 해왔던 시중을 부탁해도 될지 물으니 간호사는 웃으며 흔쾌히 허락해주었다. 일상에서 타인과의 확실한 유대는 사소하지만 잠시나마 내 마음에 안도감과 평온함을 가져다주었다.


신바시역에서 내린 나는 경전철로 갈아타기 위해 일단 역 밖으로 나왔다. 역 앞 로터리에는 다양한 목적지로 향하는 사람들이 서로 뒤섞인 채 각자의 목적에 따라 부산히 오가고 있었다. 혼잡하지는 않았지만, 그리 한산하지도 않았다.

그 한구석에서 거리 공연을 하는 청년들을 발견했다. 남자 2인조로 둘 다 어깨에 어쿠스틱 기타를 늘어뜨린 채 하얀 티셔츠와 청바지를 입고 있었다. 보아하니 그게 두 사람의 유니폼인 듯했다. 그들의 입 모양만으로도(이어폰을 한 탓에 소리는 들리지 않았다) 파워풀한 성량과 생기 넘치는 약동감 같은 게 느껴졌지만 안타깝게도 주위에 모인 사람은 한 명도 없어서 현재 청중은 제로였다. 그런데도 그들은 서로 눈을 맞춰가며 주위의 무관심에도 기죽지 않고 노래를 부르고 있었다.

그들이 궁금해진 나는 MP3플레이어의 중지 버튼을 누르고 귀에서 이어폰을 뺐다. 그러자 예상보다 살짝 불협화음이 느껴지는 두 사람의 육성이 내 귀에 들어왔다. 성량은 충분했지만 두 사람의 목소리는 아쉽게도 크기가 다른 나사와 드라이버처럼 잘 맞지 않았다.

그런데도 오랜만에 본 거리 공연에 무심코 마음이 움직인 나머지 그들 쪽으로 발걸음을 향했다. 내가 정면에 서자 그들은 서로 희미한 기쁨의 눈빛을 교환하면서 한층 연주에 열을 올렸다. 역시 관객이 드문 모양이었다.

환승까지 이미 시간이 얼마 남지 않았다는 걸 확인하면서 나는 그들의 노래 한 곡을 전부 들었다. 가사에 '너'와 '사랑'이라는 단어가 40번 이상은 튀어나오는 비교적 **달달**한 노래였지만, 그보다는 멜로디 라인과 기타 연주가 훌륭했다. 노래가 끝나자 두 사람은 나를 향해 깊이 허리를 숙이며 감사의 말을 전했다. 나는 작게 인사한 뒤 그들 앞에 입을 쩍 벌리고 있던 기타 케이스 안에 천 엔짜리 지폐를 슬쩍 던져 넣었다.

"괘, 괜찮으시겠어요?" 고음을 담당하던 남자가 생각지도 못한 높은 보수에 눈이 휘둥그레지면서 물었다.

나는 고개를 끄덕인 뒤 말했다. "네. 정말 훌륭한 연주였어요."

그런데도 여전히 남자는 납득이 되지 않는 듯 미안한 표정으로 머리를 긁적였다.

"아니…… 하지만 우린 이렇게 큰돈을 받은 적이 없는데."

나는 놀랐다.

"평소 이만큼도 못 받는다는 건가요?"

"네. 일단 지폐는 전혀요."

거리의 뮤지션이란 직업도 참 힘들겠구나. 그런 생각을 하고 있는데 저음의 남자가 뭔가 떠올랐다는 듯 갑자기 가방 안을 뒤적이기 시작했다.

"저기요! 이거, 받아줘요."

고음의 남자도 '그런 방법이 있었네'라는 듯한 표정으로 "맞다, 그러면 되겠네"라고 말했다.

순수한 미소로 저음의 남자가 내게 건넨 건 CD 한 장이었다.

"이거, 우리가 얼마 전에 만든 첫 싱글이에요. 한 장에 오백엔. 천 엔에는 좀 모자라지만 혹시 괜찮으면 들어봐 줄래요?"

"감사합니다." 나는 CD를 받았다.

재킷을 보니 거기에는 보란듯이 커다란 하트 마크가 그려져 있었고, 그 가운데에는 곡의 타이틀이 적혀 있었다. 타이틀을 본 순간, 나는 말을 잃었다.

「나의 생명, 너의 생명」

'생명'

그 단어는 내 마음 깊은 곳의 가장 건드려서는 안 되는 부분을 정확히 자극하고 짓눌렀다.

반사적으로 손끝이 그 CD를 **부수려** 했다. 꺼림칙한 기억을 떨쳐 버리려는 듯, 과거의 사건을 없던 것으로 되돌리려는 듯이. 몸의 깊은 곳에서부터 묵직한 압력이 끓어올라 손가락 끝으로 전도되더니, 그 힘이 물건에 닿으려 한다.

지카의 목소리가 들려온다. 그리고 '그 남자'의 얼굴이 떠오른다.

나의 생명, 너의 생명.

지카의 생명, 그 남자의 생명.

"역시, 필요 없나요?"

그 목소리에 겨우 제정신으로 돌아왔다.

아무래도 나는 상당히 난처한 얼굴을 하고 있었던 모양이다. CD를 쥔 오른손과 미간에 무의식적으로 필요 이상의 힘이 들어가 있었다. 당황한 나는 말을 얼버무리며 CD가 아직 **망가지지 않은 것**을 확인한 뒤 다시 감사의 말을 꺼냈다.

"잠깐 넋이 나가 있었나 봐요, 죄송해요……. CD는 감사히 받을게요. 빨리 들어보고 싶네요."

"그럼 다행이고요. 저희야말로 감사합니다."

"전철 시간 때문에 이만 가볼게요. 계속해서 라이브도 힘내세요."

나는 두 사람과 손을 흔들며 헤어졌다.

역을 향해 걸어가는데 등 뒤에서 다시 두 사람의 연주가 들리기 시작했다. 여전히 어딘가 맞지 않는 두 사람의 화음과 투명하고 아름다운 기타의 음색이 내 등 뒤로 쏟아졌다.

나는 왜 그때 천 엔짜리 지폐를 기타 케이스 안에 넣었던 걸까. 생각해 본다. 아무런 망설임도 없이 주저하지 않고 기꺼이 돈을 냈다. 어째서 그렇게까지 그들에게 흥미를 품었던 걸까.

대답은 간단했다.

부러웠다.

자유롭게 음악을 하는 그들이. 마음껏 자기 세계를 음으로 만들고 표현해내는 그들이 너무 부러웠다. 부러워서 견딜 수 없었다.

그래서 나는 그 두 사람에게, 어쩌면 '자유'를 향해 다가가고 싶었던 건지도 모른다. 그러지 않을 수 없었다.

이제 피아노는 칠 수 없다. 그런 내가 다가갈 수 없는 자유로운 세계에, 아주 잠시라도 가만히 발을 내딛어보고 싶었다.

복잡하게 뒤얽힌 생각에 휩싸인 채 「나의 생명, 너의 생명」을 가방에 넣었다.

과연 나는 오늘부터 5일 동안 쇼팽의 음악을 온몸으로 흠뻑 감상한 뒤에도 여전히 피아노를 끊은 채 지낼 수 있을까. 그 강렬하면서도 혼이 넘쳐흐르는 음악을 듣고도, 여전히 나는 이성적으로 나를 통제할 수 있을까. 가슴을 편 채 '이젠 피아노를 치지 않아요'라고 말할 수 있을까.

경전철을 타기 위해 천천히 계단을 올랐다.

대답은 정해져 있다는 생각이 들었다.

# 오스가 슌

내가 국제전시장정문역에 도착한 시간은 오후 4시 59분 무렵이었다. 티켓에는 오후 6시 입장 개시라고 적혀 있었으니 약간 서두른 것 치고는 나름대로 딱 적당한 시간이 아닐까 싶었다. 재차 티켓을 확인하며 전철에서 내렸다.

기나긴 여름 태양은 여전히 주위에 충분한 햇살을 쏟아내고 있었다. 그래서 더위 또한 주춤하는 기색은 보이지 않았다. 정말이지 끈질긴 태양이다. 나는 티셔츠를 부채처럼 펄럭이면서 티켓에 적힌 접수장소인 히가시 6홀로 향했다. 한 걸음 내디딜 때마다 등에 익숙지 않은 커다란 가방이 어깨를 파고들었다.

아르바이트 일은 오늘부터 5일 동안 그럭저럭 휴가를 얻었다. 애초에 시간제여서 기본적으로 휴가를 얻는 건 어렵지 않았지만, 5일이라는 비교적 긴 기간을 쉬려면 나름대로 번잡스러운 일이 생긴다. 평소 근면성실하게 일하는 태도를 인정받은 덕분인지 몇몇 동료에게 부탁했더니 흔쾌히 대체해주기로 해서 떳떳하게 5일간의 자유를 손에 넣었다. 다만, 앞으로 이 기간에 어떤 일이 일어날지는 나도 잘 모르겠지만.

지금부터 대체 이곳에서 무슨 일이 일어날까.

한편으로는 지금 그런 의문이 내 안에서 조용히 사라지려 했다. '반' 기억상실의 야요이한테 수수께끼 같은 티켓을 건네받은 그 날 이후, 나는 몇 번이나 오늘을 상상해왔다. '사람의 행복을 연구하는 모임'이란 대체 어떤 이벤트인 걸까. 몇 명의 사람이 모일까. 어쩌면 등 뒤의 숫자가 보이는 사람이 나 외에도 무더기로 있는 건 아닐까. 그래서 그런 사람들이 모여 모종의 대회 비슷한 것을 여는 건 아닐까. 그렇다면 나는 거기에서 어떻게 협력하면 되는 걸까, 등등. 어쨌든 스스로도 머리가 어떻게 되는 게 아닐까 싶을 만큼 여러 가지 가능성을 생각해봤다. 하지만 지금으로서는 그 모든 게 쓸데없는 기우였던 것처럼 느껴진다.

여하튼 지금 박람회장 앞에 펼쳐진 광장에는 **아무도 없었다.** 사람은커녕 먹이를 탐내는 비둘기조차 없어서 더할 나위 없이 한산한 분위기였다. 마치 휴일의 학교나 폐장 후의 유원지처럼, 어쨌든 허무하고 고독하기 이를 데 없는 공기가 이곳을 지배하고 있었다. 박람회장 밖에서 안을 바라보고 있기는 했지만, 앞으로 몇십 분이 흐른 뒤 이 안에서 뭔가 커다란 이벤트가 있으리라 생각하기에는 무리가 있었다.

혼자서 한숨을 내쉰 뒤 조용히 도쿄 빅사이트를 올려다봤다. 불안정하게 느껴지는 가느다란 기둥에 얹힌 거대한 역삼각형이, 형태 자체로 커다란 의미를 지니는 것처럼 장엄하면서도 과묵하게 우뚝 솟아 있었다. 그 광경을 바라보고 있으니 잃어버린 미래도시에서 배회하는 마지막 인류가 된 기분이 들었다. 나는 살짝 몸을 떨었다.

정말 아무도 없었다.

이거야 원, 수고한 보람이 없잖아. 그런 생각을 하면서 재차 주위를 빙 둘러봤다.

그러자 건물 끝에 설치된 벤치에 앉아 있는 한 사람이 눈에 들어왔다. 여자애 같았다. 마치 증명사진을 찍으려는 것처럼 미동도 하지 않은 채 허리를 꼿꼿이 펴고 있었다. 양손을 포개 허벅지 위에 올리고 다리는 가지런히 모은 채다. 몇 살쯤 됐을까. 자세한 건 가까이에 가 봐야 알 수 있을 것 같았다. 딱히 단서도 없던 터라 어쩔 수 없이 나는 여자 쪽으로 다가갔다. 어쩌면 여자는 뭔가 알고 있을지도 모른다.

가까이 다가가자 서서히 여자의 모습이 또렷하게 눈에 들어왔다. 윤기 나는 새카만 머리는 어깨까지 살짝 길게 늘어져 있고, 조금 차가워 보이는 크고 동그란 눈동자는 먼 곳을 바라보고 있었다. 포인트로 자그마한 프릴이 달린 우아한 하얀색 캐미솔과 살짝 기장이 긴 검정 스커트 차림에 갈색 뮬을 신고 있었다.

한편, 그토록 시크하고 멋스러운 차림과는 대조적으로 여자애의 얼굴에는 대체로 표정이라 부를만한 것이 하나도 없었다. 얼굴 근육에 아무런 힘도 들어가 있지 않아서 희로애락 중 어느 표정도 없었다. 완벽한 무표정. 만약 여자의 모습을 무언가에 비유해달라고 한다면 나는 망설임 없이 '얼음'이라고 대답할 것이다. 한사코 움직임을 거부한 채 당당하리만치 차갑다. 언뜻 봤을 뿐이지만 나는 여자에게서 그런 인상을 느꼈다.

가까이 다가가 봐도 몇 살인지 전혀 감이 오지 않았다. 무척 어려 보이기도 하고 이미 성인처럼 보이기도 했다. 나와 같은 나이라 해도 이해가 됐고 중학생이라 해도 수긍이 갔다. 스물대여섯 살이라고 하면 고개를 갸웃할 것 같지만 나보다 서너 살 위일 가능성도 배제할 수는 없었다. 그러한 의미에서도 미스터리한 여자였다.

여자는 내가 가까이 다가가고 있는데도 딱히 시선을 이쪽으로 돌리려고 하지 않았다. 내 존재를 전혀 알아차리지 못한 건지, 혹은 전혀 관심이 없는 건지. 아니면 이미 내가 뿜어내는 분위기에 생리적 불쾌감을 느끼고 있는 걸까. 어느 쪽이 정답인지는 몰라도 어쨌든 여자의 시선은 여전히 먼 곳을 향한 채였다.

나는 여자의 2미터 앞까지 접근한 뒤에야 과감히 말을 걸어 보았다.

"저기, 안녕. 그게…… 난 오스가 슌이라고 하는데 잠시 뭐 좀 물어봐도 될까?"

'여자에게 말을 걸 때는 우선 네 이름을 말하렴. 이름도 밝히지 않은 채 다가오는 남자만큼 믿음이 안 가는 사람도 없으니까.' 나는 엄마의 가르침에 따라 이름을 밝힌 뒤 말을 걸어 보았다. 옆에서 들으면 조금 부자연스러울지 몰라도 그렇게 배웠기 때문에 어쩔 수 없었다. 나는 여자의 반응을 기다렸다.

그러나 여자는 아무런 대답도 하지 않았다.

시선조차 내 쪽으로 움직이지 않는다. 어쩌면 나는 정지화면이나 조각상을 보고 있는 걸지도 모른다. 그런 착각을 느낄 만큼 여자는 미동조차 하지 않았다. 나는 다시 말을 걸어보았다.

"딱히 난 이상한 사람이 아니야. 다만 뭐 좀 물어보고 싶어서……. 혹시 오늘 여기에서 뭔가 이벤트가 개최된다는 거 알고 있어?"

"알아."

여자의 갑작스런 대답에 순간 멈칫했다. 내가 처음 느꼈던 '얼음' 같은 인상과 별반 다르지 않게 목소리 또한 어딘지 냉기를 띤 서늘한 느낌이었다.

여자는 앞을 똑바로 바라본 채 목소리를 내더니 드디어 천천히 내 쪽을 봤다. 깊이 가라앉을 것 같은 눈동자가 날 바라보고 있으니, 이루 말할 수 없는 기묘한 감각에 사로잡히는 기분이었다. 빨려 들어갈 것 같아서 도망치고 싶은데 결박당해버린 느낌이었다.

어쨌든 내 안에서 무언가가 고동쳤다. 나는 일단 침을 삼킨 뒤 말을 이었다.

"……난, 여기에 왔는데." 그렇게 말하며 티켓을 여자 앞에 내밀었다.

"이거 말인데, 정말 여기에서 개최되는 걸까?"

"**그것도** 개최될 거야." 여자는 내 티켓을 제대로 보지도 않은 채 대답했다. 한번 눈이 마주치자 돌변한 여자는 내 눈에서 시선을 떼지 않았다.

"'그것'도'라는 건, 그거 말고도 다른 이벤트가 있다는 소리야?"

"응. 여러 가지." 여자는 벤치의 좌측 절반을 가리켰다. "앉아. 서 있는 것도 힘들잖아?"

"고마워." 나는 여자가 가리킨 벤치에 앉아 땅에 가방을 내려놨다. 새삼 옆에서 여자의 얼굴을 쳐다보니 역시나 기분이 이상했다. 예전에 어디선가 여자를 본 것 같기도 하고, 전혀 초면인 듯한 기분도 들었다.

지금 이렇게 얼굴을 바라보는 동안에는 얼굴이 예쁘다든가 눈이 크고 코가 오똑하다든가, 그 특징에 대해 감상을 늘어놓을 수 있는데, 잠시라도 여자에게서 시선을 떼면 곧장 그 생김새가 기억에서 사라져버렸다. 결코 개성 없는 얼굴은 아닌데 실물을 직접 보지 않으면 어딘가 초점이 맞지 않는 사진처럼 흐릿한 기억만 남는다. 머릿속에 몇 개의 몽타주를 늘어놔 봐도 전혀 정답을 찾을 수 없다. 그런 떨떠름한 기분에 사로잡힌 채 여자의 얼굴을 다시 바라보니 그제야 기억이 되살아났다. 그래, 맞아. 이런 청초한 분위기의 얼굴 생김새였지.

어쨌든 이토록 짧은 시간에 상당히 커다란 신비로움을 느끼게 하는 여자였다.

"너도 여기 이벤트에 초대된 거야?" 나는 티켓을 가리키며 물어봤다.

그러자 여자는 조용히 고개를 가로저었다. 마치 산들바람에 흔들리는 나뭇잎처럼.

"그럼 여기서 뭐 해?" 나는 거듭 물었다.

"글쎄……. 굳이 말하자면." 여자는 시선을 조금 아래로 떨어뜨렸다가 다시 나를 봤다. "도미노랄까."

"도미노라는 게, 그 도미노?"

"맞아, 그 도미노."

무심코 나는 여자의 발밑과 벤치 위를 확인해 봤지만, 도미노라 할 만한 것은 보이지 않았다. 그런 내 시선의 움직임을 눈치챘는지 여자가 말했다.

"예를 들면 그렇다는 거야."

나는 조금 창피해져서 관자놀이를 긁었다.

여자는 말투가 상당히 느렸는데 한 음 한 음을 즐기듯 정확히 발음했다. 한 음이라도 부정확한 발음을 한다는 건 여자에게 있어서 무엇과도 바꿀 수 없는 굴욕일지도 모른다. 스피드보다 정확성을 중시하면서 발음하는 여자의 말투는, 어김없이 한번씩 말문이 막히면서 주뼛주뼛 이야기하는 야요이와는 정반대였다. 나는 다시 여자에게 물었다.

"도미노라니, 그건 무슨 뜻이야?"

"글쎄……." 여자는 다시 아래를 내려다봤다가 나를 봤다. "도미노라는 건 지극히 타자 의존적인 경기란 생각이 들지 않니?"

"타자 의존적?"

"그래. 도미노를 실행하는 인간은 결국 그 현상이 한창일 때는 일절 관여할 수 없어. 도미노를 늘어놓을 수 있을 만큼 늘어놓은 뒤 나중에는 물리법칙의 기분을 살필 뿐이지. 어쩌면 기도 할 뿐인지도 몰라. 다시 말해 엄밀히는 경기에 참여할 수 없는 거야. 설령 아무리 긴 시간과 방대한 수고를 들였다 해도. 나도 그것과 같아. ……난 지금 모든 도미노를 말끔하게 늘어놓는 걸 마쳤어. 이제 할 일은 최초의 도미노를 살짝 밀어주는 거야. 그 것만이 내가 해야 할 마지막 일이지. 그다음에 할 일은 기도뿐 이야. 모든 게 원만히 진행되기를. **마지막의 도미노**가 깨끗하게 소리 내며 쓰러지기를 빌 뿐이지."

여자의 이야기를 들어도 무슨 말인지 전혀 이해되지 않았다. 그렇다고 일부러 들춰내서 다시 물어보기도 미안한 마음이 들 어 일단 수긍한 것처럼 고개를 끄덕였다. 나는 화제를 바꿨다.

"나 말고 누가 여기를 지나갔어? 사람이 너무 적으니까 걱정 이 돼서."

"지나갔지. 딱 한 사람." 여자는 말했다.

"딱 한 사람만?"

"그래, **아직** 한 사람만. 네가 두 번째."

머릿속이 사태의 복잡함 때문에 점점 혼란스러워졌다. 여자는 내가 초대된 이벤트가 문제없이 개최될 거라고 말했다. 게다가 그 밖에 다양한 이벤트도 열릴 거라고 했다. 그런데 아직 한 사 람밖에 오지 않았다니. 나는 눈썹을 팔자로 만들었다.

"아까 지나간 사람은 어떤 느낌이었어?"

"여자애야." 여자는 말했다. "커다란 배낭을 짊어진 여자애. 이 벤트 개시까지는 아직 상당한 시간이 남았는데도 이렇게 빨리 오다니……. 저렇게나 기뻐해 주니 아마 주최자도 더할 나위 없이 만족하겠지."

흐음, 여자애라. 어떤 여자애일까. 하긴, 예상해봐야 무슨 소용인가. 이미 아까부터 예상 밖의 일이 연달아 일어나고 있는데. 내 머리로 예측하는 건 무리였다.

나는 크게 한숨을 내쉰 뒤 휴대폰으로 시간을 확인했다. 오후 5시 30분이었다. 6시가 입장 개시이니 이제 슬슬 접수하러 가봐야 한다. 여자가 말하길, '인간의 행복을 연구하는 모임'은 제대로 개최되는 모양이니까.

나는 벤치에서 일어나 여자에게 말했다.

"그만 가볼게. 이것저것 알려줘서 고마웠어. 참고가 됐어."

"그럼 다행이네, 오스가 슌."

나는 순간 그녀가 왜 내 이름을 알고 있는지 놀랐다가, 만나자마자 내가 자기소개를 했던 게 생각나서 순간 부끄러워졌다. 이상한 의심을 품지 말자며 반성한다.

"그런데 네 이름은 뭐야?" 나는 물어보았다.

"나?"

"응."

"글쎄……. 이름이라."

여자는 좀 전까지도 몇 번이나 그랬던 것처럼 다시 땅을 바라본 뒤 시선을 들었다. 무언가를 생각할 때마다 하는 여자만의 정해진 루틴인 듯했다. 여자는 말했다.

"이름은 딱히 없는데."

나는 어안이 벙벙해졌다. "없다니. 그럴 리가 없잖아."

"아니, 그런 경우도 있어." 여자는 말했다. "이름은 사물을 불필요하게 규정하고 고정해버리는 경향이 있지. 그래서 난 이름을 갖고 있지 않고 가지고 싶지도 않아. 본래 만물은 그 본질에 딱 들어맞는 이름을 붙이고 싶어 하는데, 대체로 이름에 따라 오히려 그 본질이 바뀌어버리는 경우가 많아. '다로'는 '다로'라고 이름을 붙이니까 '다로'가 되려 하고, '조지'는 '조지'가 되려 하지. 당연히 '오스가 슌'은 '오스가 슌'이 되려고 하겠지. 그러니 만약 내가 지금 여기에서 '러셀'이라고 이름을 밝힌다면 나는 곧 '러셀'이 되려 할 테고, 네 눈에도 나란 존재는 '러셀'이라는 딱지가 붙게 되는 거야. 사물의 본질이 변하고 마는 거지. 어쩌면 축소되어 버린다고 봐도 좋겠지. 무슨 말인지 알겠어?"

전혀 모르겠다. "그…… 관념론 같은 건 그렇다 치고. 아무리네가 이름을 가지고 싶지 않아도 이름이라는 건 태어나는 순간갖게 되는 거잖아. 이름의 필요성에 대해 네가 납득을 하든 못하든 상관없이 네게도 이름은 있을 거 아냐?"

"내가 이름을 말하지 않는 게 불만이야?"

"딱히 불만은 아닌데. 하지만 알려줘도 되지 않을까, 그런 생각은 들어." 나는 어쩐지 여자의 이름을 캐내고 싶어졌다.

여자는 내 말에 체념한 듯 눈을 감은 뒤 대답했다.

"좋아. 그러면 '메이'라고 해둘까."

나는 겨우 들은 대답에도 미간을 찌푸렸다. "'메이라고 해둘까'라니, 그 말은 결국 본명이 아니란 뜻이야?"

"마음에 안 들어?"

"만약 가명이라면."

"맞아. 그거 참 아쉽네. 하지만 미안하게도 이 이상 아름다운 이름은 갖고 있지 않아. 다른 이름은 네 마음에 안 들게 분명해."

"그럼 다른 이름도 있다는 거야?"

"응." 여자는 태연스레 대답했다.

나는 일단 한숨을 내쉬었다. 참나, 이름 하나 대답해주는 게 이렇게나 속 터져서야. 처음에는 분명하게 이름이 없다고 하더니, 막상 뚜껑을 열자 이름이 몇 개씩이나 있단다. 정말이지 무척이나 불가사의한 여자다.

"알았어." 나는 말했다. "네가 알려주는 이름이 무엇이든 만족할게. 그러니까 이번에는 아무리 마음에 안 드는 이름을 들어도 불평하지 않을 테니, 다른 이름을 알려줘."

"글쎄…… 그렇다면."

여자는 그렇게 말하고 나서 충분히 뜸을 들였다. 만약 내가 이와부치였다면 도중에 질려서 돌아가 버렸을지도 모른다고 생각할 만큼 긴 시간이었다. 여자가 어쩌면 어떤 착오로 대답하기를 잊어버린 게 아닐까 싶은 생각도 들었다. 그 정도로 긴 시간이 흘렀다.

이러쿵저러쿵 한 번 더 묻는 편이 좋지 않을까 생각하고 있을 때, 여자가 드디어 입을 열었다. 내가 정확히 단번에 이름을 알아들을 수 있도록 신경 쓰는 것처럼 느껴질 정도로 아까보다 더욱 천천히 말했다.

"'누아르 레버넌트'라고 할게."

나는 여전히 알아듣지 못한 채 되물었다. "느, 누아르?"

"'누아르 레버넌트.' 그게 내 이름이야. 내 존재를 규정하기에 충분한 이름이지."

나는 그 의미 불명의 단어에 무심코 불평 한마디를 내뱉을 뻔했지만 그걸 꿀꺽 삼키고 어떻게든 입을 다물었다. 약속은 약속이니까. 나는 기를 쓰고 반론을 제기할 만한 성격의 남자는 못 된다. 여자를 대할 때는 매너가 있어야만 한다.

"알았어. 여러 가지로 알려줘서 고마웠어요. 누아르 레버넌트 씨."

"네, 저야말로. 오스가 슌 씨, 만나서 영광이었어."

누아르 레버넌트는 그때 처음으로 자그마한 미소 같은 걸 보였다. 표정을 허물어뜨린 여자는 더 이상 '얼음'의 이미지에서 탈피하더니, 그때부터는 내 눈에 너무 어리게 보였다. 묘하게 세련되고 품격을 갖춘 말씨나 노련한 분위기 때문에 어느 정도 어른스러워 보였지만 역시나 이 여자는 나보다 어릴지도 모른다.

누아르 레버넌트는 말했다.

"너랑 한 번은 만나야겠다고 생각했어. 어떤 사람인지 조금 궁금해서 말이야." 누아르 레버넌트는 귓가의 머리를 쓸어 올리며 말을 이었다. "그나저나 네게는, 너희들에게는 이제 앞으로 이런저런 일이 닥칠 텐데 아무쪼록 잘 부탁할게. 정말로 부디 잘 부탁해."

그 말투에 약간의 이상함을 느끼면서 나는 누아르 레버넌트와 헤어졌다. 나는 떠나면서 여자의 등을 엿보려 했지만, 이상하게도 숫자가 잘 보이지 않았다. 그동안의 경험상, 숫자를 잘 확

인할 수 있는 각도라는 걸 숙지하고 있다고 생각했는데 여자의
등 뒤로 아무리 시선을 파고들어 봐도 그 수치는 결국 보이지
않았다. 좀 더 뒤쪽으로 돌아가서 봐야만 했을까. 저 각도에서
는 늘 보였던 것 같은데.

어쨌든 정말 불가사의한 여자애였다.

대체 여자의 정체는 뭐였을까. 그 이상한 존재감은 내 마음에
너무도 깊이 자국을 남긴 것 같은 기분이었지만, 여자에게서 시
선을 떼고 잠시 걸었더니 역시나 그 얼굴이 생각나지 않았다.
이런 코였나, 저런 눈이었던가. 아무리 떠올려 봐도 어느새 기억
에 무수한 얼룩이 생기더니 결국 얼굴이 기억나지 않는다. 이상
하네. 그러더니 이번에는 여자와 나눴던 대화 내용이 점점 기억
나지 않는다. 무슨 이야기를 하고 어떤 맞장구를 쳤는지, 그것
들은 마치 파도에 부서진 모래성처럼 점점 불명확한 형태로 바
뀌어 간다. 너덜너덜 지붕이 떨어지고 담장이 무너지고 성이 허
물어져 간다. 기억나지 않는다.

다섯 걸음 정도 더 걸으니 이미 나는 여자의 이름도 존재조차
도 잊어버리고 만다. 여자의 이름이 뭐라고 했더라. 여자는 대체
뭐였지.

아무리 노력해도 생각나지 않는다. 좀 전까지 누군가와 이야
기를 나누고 있었는데 그게 누구였는지 기억나지 않는다. 확실
히 여자였던 것 같은데. 아니, 잠깐만. 어쩌면 남자였을지도 모
른다. 뭐지, 대체 누구였더라.

그리고 급기야 나는 기억하지 못했다는 것조차 기억나지 않

게 된다. 마음에는 뻥 하고 공백의 시간이 생겼지만, 누군가에 의해 그 공백이 더는 공백이라고 느낄 수 없는 무언가로 바뀌고 만다.

나는 잊어버린 것을 잊어버렸다.

결국 아무것도 잊어버리지 않은 게 되었다.


드디어 히가시 6홀이 위치한 히가시 전시동 안으로 들어갔다. 전시동 안은 넓은 광장 같았지만, 역시 인적 없이 섬뜩한 정적만이 공간을 지배하고 있었다. 광택이 나는 하얀 타일도, 근미래 느낌의 전면 유리 통로도, 멈춘 상태의 무빙워크도, 모든 게 어딘가 오싹해서 나를 불안하게 만들기 위한 연출처럼 느껴졌다.

그 안에서는 내 발소리만 거짓말처럼 선명하게 울렸다. 한 걸음 한 걸음이 정성스레 반영되면서 나의 고독감은 점점 늘어갔다. 마치 그 소리는 '이곳엔 당신밖에 없습니다'라고 말하는 것 같았다. 역시 이벤트라는 건 개최되지 않는 걸까. 아무리 생각해도 이 인기척 없는 정적은 부자연스러웠다. 나는 그런 의문과 불안을 가슴에 품은 채 천장에 걸린 안내 표시에 따라 히가시 6홀로 향했다.

계단을 내려가니 거기에는 드디어 메인 박람회장이 죽 늘어서 있었다. 정면 왼쪽에는 커다랗게 '히가시 4홀'이라 적혀 있고 반대편 오른쪽에는 '히가시 1홀'이라고 적혀 있었다. 모두 셔터가 내려가 있어서 안은 확인할 수 없었지만 상상하기에 아마도 상당히 커다란 홀임이 틀림없었다. 일단 셔터 자체가 10톤 트럭이라도 가볍게 삼킬 수 있을 만큼 거대했다.

그런 웅장한 홀이 죽 늘어선 박람회장을 한 걸음씩 음미하듯 구석으로 걸어가니, 왼쪽에 있던 '히가시 4홀'이라는 표시가 '히가시 5홀'로 바뀌었다. 아무래도 히가시 6홀은 이곳의 가장 구석 쪽에 있는 듯했다. 목적지가 가까워진 것을 확인하고 나는 혼자 숨을 삼켰다.

그때, 문득 누군가 훌쩍거리며 울고 있는 듯한 목소리가 들려왔다. 작게 코를 훌쩍이는 것처럼 감정을 억누른 오열의 조각 같은, 어쨌든 그런 음산한 느낌의 목소리였다.

박람회장 내에는 에어컨이 돌아가서 시원하기는 했지만 수많은 조명이 꺼져서 어스레하고 음산한 공기가 떠다니고 있었다. 나는 필요 이상의 한기를 느꼈다. 제발 기분 나쁜 환청 같은 건 들리지 않았으면 좋겠다. 나는 유령이니 귀신이니 하는 초자연적인 존재에 대해 결코 강한 내성을 지니지 못했다. 호러 장르의 텔레비전 방송이나 영화는 최대한 피할 정도였다. 우연히 유령 비슷한 걸 만나기라도 한다면 곧장 기절할 자신이 있었다.

한번 심호흡을 한 뒤 다시 걸음을 옮겼다. 우는 목소리 따위. 그래, 기분 탓이다. 옛날부터 귀신 따위는 없다고 믿어오지 않았는가. 기운을 북돋아본다.

그러나 내 귀는 이번에야말로 분명히 흐느껴 우는 목소리를 인식했다. 깊은 회한 끝에 비명의 죽음을 맞이한 비극적인 유령의 흐느낌 같은 것을. 의심할 여지도 없을 만큼, 발뺌할 수 없을 정도로 완벽하게. 온몸의 피부라는 피부에는 모두 소름이 돋았다.

여기에서 보기에 히가시 1홀에서 5홀까지는 전부 셔터가 내려져 있었다. 그 모두가 견고하다는 말로도 부족할 만큼 공고하고 엄중하게.

그런 밀폐된 공간 속에서 목소리가 새어 나올 수 있을 것 같지는 않았다. 그렇다면 그 목소리의 발생지는 필연적으로 한 곳으로 압축된다. 내 목적지이기도 한 '히가시 6홀.'

여기에서 내부는 확인할 수 없지만 아무래도 히가시 6홀의 셔터는 내려져 있지 않은 듯했다. 그 증거로 내가 지나고 있는 어스레한 박람회장 복도로 내부 조명이 은은히 새어 나오고 있었다. 이벤트가 있는지 없는지 현재는 아직 알 수 없지만 적어도 히가시 6홀이 활짝 열려 있는 건 확실했다. 다른 홀은 모두 닫혀 있어도 저쪽만큼은 틀림없이 열려 있다.

대체 거기에 뭐가 기다리고 있을까.

약간의 공포심 탓에 내심 되돌아가는 편이 좋을 것 같다는 나약한 생각도 들었지만, 발길은 빛이 새어 나오는 히가시 6홀 입구로 천천히 나아갔다.

도리어 무서운 걸 보고 싶어 하는 마음이 생긴 걸까, 아니면 이미 유령의 암시에 홀린 걸까. 어쨌든 나는 무언가에 이끌리듯이 걸음을 옮겼다.

한 걸음, 두 걸음, 세 걸음.

흐느끼는 목소리도 커졌다.

네 걸음, 다섯 걸음, 여섯 걸음.

커다랗게 열린 히가시 6홀 입구에서는 예상대로 빛이 흘러나

오고 있었다. 대답은 바로 저기에 있다.

'사람의 행복을 연구하는 모임'이란 뭘까.

저곳에는 누가 있을까.

흐느껴 울고 있는 건 대체 누구일까.

나는 마른 침을 삼킨 뒤 큰맘 먹고 그 안을 들여다봤다. 어둑한 박람회장 복도와 홀 안에서 넘쳐나오는 눈부신 빛의 대조에 내 눈은 순간 그 기능을 잃어버렸다. 나는 서둘러 눈을 감고 빛을 떨쳐낸 뒤 손으로 더듬듯이 다시 눈을 떴다.

눈동자 속 조리개가 그제야 제 기능을 발휘하며 강력한 빛 속에서 사물을 확인하는 데 필요한 빛의 양을 조절해갔다. 시계가 넓어지면서 눈앞의 풍경이 윤곽선으로 드러났다.

그건 상당히 색다른 광경이었다.

무심코 나는 한 발 뒤로 물러나며 멈칫했다.

눈앞에 보이는 광대한 히가시 6홀의 내부는 그야말로 '텅 빈 상태'였다. 그건 비유 따위가 아니라, 말 그대로 순수하게 텅 빈 상태. 까칠까칠한 노출 콘크리트가 노골적으로 펼쳐지며 맞은편 벽에서 기둥까지의 정경이 낱낱이 눈에 들어왔다. 시야를 가리는 건 무엇 하나 없었다. 기다란 탁자도 없고 접이식 의자 하나 놓여 있지 않았다.

앞으로 뭔가의 이벤트를 진행한다기보다 오히려 누군가에게 대여해주기 위해 철저하게 청소를 마친 뒤라고 하는 편이 더 이해 될 수 있는 광경. 어쨌든 아무것도 놓여 있지 않았다.

다만 문제는 지금부터였다.

어째선지 그 가운데 한 여자가 꿇어앉아 있었다. 힘없이 털썩, 중력에 굴복하듯 무릎과 양손을 바닥에 붙인 채 고개를 숙이고 있었다.

이따금 생각난 것처럼 흐느껴 울기를 반복하면서 뭔가 어쩔 도리가 없는 일에 절망하고 있는 것처럼 보였다. 바닥을 향해 있는 탓에 표정까지는 확인할 수 없었지만, 그 터무니없이 낙담한 모습은 주변 분위기에서 충분히 파악할 수 있었다. 어쨌든 둥글게 말린 등에 떠 있는 숫자는 '41.' 상당히 절망적이라 할 수 있었다.

아무도 없는 홀에서 고개를 숙인 채 흐느껴 우는 소녀.

이건 누가 봐도 이상한 광경이었다.

이처럼 언뜻 보면 순도 100퍼센트 호러 같은 장면을 바라보면서도 내가 평정을 잃지 않은 채 견딜 수 있는 데에는 이유가 있었다. 실로 단순 명쾌한 이유.

유령이라 하기에 그 여자애는 너무 생기 넘쳤다. 어둑어둑하고 창백하며 여차하면 피라도 흘릴 것 같은 전형적인 유령의 모습과는 전혀 사는 세계가 달라 보였다. 얼핏 봐서 귀신인지 아닌지를 판단할 수 있을 턱이 있냐며 반문하는 이가(이곳에 그런 사람은 없지만) 있을 수 있겠으나, 만약 실제로 그 여자의 분위기를 본다면 틀림없이 공감하리라 생각한다. 이 아이가 귀신일 리는 없다고.

그리하여 내가 귀신이나 유령 같은 초자연적인 현상 때문에 당황하는 일은 일단 없었다. 하지만 이 광경이 무척이나 이상하다는 사실에는 변함이 없었다.

나는 천천히 여자에게 다가가 말을 걸어 봤다.

"저기……."

내가 첫 두 마디를 내뱉은 순간, 여자애는 뭔가의 스위치가 켜진 것처럼 기세 좋게 내 쪽을 돌아봤다.

상당히 격렬하게 울고 있었는지 눈은 벌겋게 부었고 입가에도 힘이 없어 보였다. 숏컷 머리는 자다 일어난 것처럼 새 둥지 상태로 흐트러져 있었다. 울고 있어서 그런지 꽤 어려 보였다. 나보다 연하인 건 틀림없어 보인다. 대체 몇 살쯤일까. 어쨌든 상당히 피폐해진 모습이어서 그런지 나는 영문도 모른 채 측은한 마음이 들었다. 까딱 잘못하면 덩달아 울고 싶어질 만큼.

그러더니 별안간 나를 바라보고 있던 여자의 표정이 어두워지기 시작했다. 아기가 막 울음을 터트리려고 할 때의 징조처럼 침묵하는 동안 얼굴에 커다란 파문이 일기 시작하더니 당장이라도 다시 눈물이 쏟아질 것 같은 표정이 된다.

"잠깐…… 왜, 왜 그래?"

나는 당황했다.

무의식적으로 여자의 마음을 상하게 하고 만 것일까. 어쩌지. 어떻게 해야 할까. '까꿍'하는 정도로는 어림없을 테고, 나는 눈물이 쏙 들어가 버릴 정도로 웃긴 개그도 모른다. 뭐라도 해야 할 텐데. 당장이라도 터져버릴 듯한 눈물에 어떻게 대처해야 할지 고민하던 그때, 여자는 목 놓아 울기 시작했다. 때를 놓쳐버렸다.

'으아앙'이라는 표현이 딱 들어맞을 만큼 너무도 장엄하게, 아무런 거리낌이 없어서 훌륭하기까지 한 울음이었다.

여자의 흐느낌은 홀 전체에 반사하듯 울리며 몇 배나 소리가 증폭되어 구석구석 메아리쳤다.

여자는 대성통곡 앞에서 어쩔 줄 몰라 하는 내게 그제야 입을 열었다. 마치 떡방아를 치는 것처럼 오열과 오열 사이에 뭔가 대사를 섞어서 외쳤다.

"책이…… 책이 없어!"

# 사예구사 논

"한 권도…… 책이 한 권도 없다고요!"

내 눈에서는 끊임없이 눈물이 넘쳐흘렀다. 아니, 눈물만이 아니다. 격앙된 감정과 주체할 수 없는 실망과 무너진 희망과 마음의 포효, 모든 것이 흘러넘쳤다.

〈우는 것도 일종의 쾌락〉이라고 했다.《수상록》에 나오는 사상가 몽테뉴의 말이다. 그러나 이 처사는 너무 지독하다. 하느님, 부처님, 이나오 님*. 왜, 어째서 북페스타가 열리지 않는 건가요. 그러니 이제 울 수밖에 없잖아요.

지금 내 눈앞에 나타난 이 남자도 분명 책을 사랑하고 책과 함께 그 인생을 살찌워온 노련한 독서가임이 틀림없다. 딱 봐도 정말 사람 좋아 보이고 벌레도 죽이지 못할 것 같은, 그야말로

---

\* 이나오 가즈히사. 전 프로야구선수이자 감독

무엇에든 무해한 삶을 살아온 듯한 분위기를 풍기는 오빠다. 쉬는 시간에는 교실이나 도서관에 틀어박혀 과묵히 책을 읽는 부류인 것만은 확실하다. 그야말로 동지. 말로 표현하기 힘든 이 절망을 유일하게 서로 알아줄 수 있는 진짜 동지다. 그렇게 생각하니 한층 눈물이 다시 솟구쳐 올랐다. 동지여, 이 절망을 그대와 어찌 나누면 좋을까.

〈타인 또한 같은 슬픔으로 괴로워하고 있다는 생각이 들면 마음의 상처는 치유되지 않아도 마음은 편해진다. (극작가, 윌리엄 셰익스피어)〉

그도 무슨 이유인지 당황한 기색을 감추지 못한다. 그럴 만하다. 어쨌든 책이 없으니까. 이벤트 자체가 존재하지 않았다. 절판본과 희귀본, 각 출판사의 특별 부스, 저명한 작가들의 강연회. 그런 꿈의 세계는 어딘가로 사라지고 무가지조차 놓여 있지 않았다. 미용실 잡지 코너도 이보다는 충실하리라. 너무하다. 진짜 너무하잖아.

"저, 저기…… 난 오스가 순이라고 하는데. 넌 여기에서 뭘 하고 있었던 거야?" 사람 좋아 보이는 청년이 당황한 표정으로 물었다.

거참, 동지여. 뭘 하고 있었냐고? 그 무슨 말인가. 그야 당연하지 않은가. 난 눈물을 닦고 떨리는 목소리를 진정시킨 뒤 이야기했다.

"기다리고 있었어요. 계속."

"기다리다니…… 뭘?" 오스가라는 인물은 거듭 딴청을 피웠다.

나는 약간 거칠게 쏘아붙였다. "당연히 '책'이잖아요! 이번 세기 최대의 '북페스타'라고요! 그런데, 그런데 이 모양이잖아요. 뭐냐고요, 이건, 이 참담한 광경은." 나는 아무것도 없는 휑한 공간을 오른손으로 가리켰다. "물론 아직 오후 6시여서 개장까지는 조금 시간이 있어요. 하지만 두 시간도 안 걸려서 준비가 끝날 거라고 누가 믿겠어요. 왜 아무것도 준비를 안 하는 거죠? 대체 이게 어떻게 된 거냐고요?"

오스가라는 청년은 점점 표정이 흐려졌다. "미, 미안. 나도 잘 몰라."

나는 순간 움찔했다. 이러면 안 돼. 선량한 동지에게 엉뚱한 화풀이를 해버리다니. 그는 잘못이 없다. 오히려 이 오스가란 사람도 버젓한 피해자가 아닌가. 그가 조금 시치미를 뗐다고 해서 내가 평정심을 잃다니, 나답지 않다. 나는 솔직히 사과했다.

"죄송해요…… 조금 이성을 잃었나 봐요."

"아냐, 괜찮아. 네가 굉장히 실망한 상태란 건 알 것 같으니까." 남자는 여전히 곤혹스러운 얼굴로 말했다. "사실을 말하면 난, 그 뭐라고 했더라, 북페스티벌?"

"북페스타." 나는 정정했다.

"그래, 그 북페스타에 온 게 아니라서."

"뭐라고요?"

나는 얼빠진 소리를 내고 말았다. 이 사람은 대체 무슨 말을 하는 건가. 그렇다면 여기에 뭘 하러 왔단 말인가. 야구장에는 야구 관전을 하러 가고, 슈퍼마켓에는 물건을 사러 가고, 공중

목욕탕에는 목욕하러 가듯, 7월 23일 도쿄 빅사이트에는 북페스타에 참여하러 오는 게 당연하지 않은가.

이해 불가능한 전개에 골머리를 앓고 있는데, 오스가란 인물이 커다란 여행용 배낭 속에서 티켓 한 장을 꺼내 내게 보여 줬다.

"난 이것 때문에 왔는데 뭔가 아는 게 없을까?"

나는 그 티켓을 들여다봤다.

거기에는 커다란 글자로 '사람의 행복을 연구하는 모임'이라고 적혀 있었다. 그건 전혀 들어본 적이 없는 이벤트인데다가, 상당히 종교적이어서 어쩐지 향 냄새가 나는 것 같았다. 무심코 본능적으로 그와 조금 거리를 두고 싶어졌다.

하지만 일단 이벤트 내용은 제쳐두고라도 지금 가장 주목해야 할 지점은 무엇보다 이 이벤트의 개최 장소와 일시였다. 자세히 확인해 보니 내 목적이었던 북페스타와 보기 좋게도 시간과 장소가 겹치고 있었다. 북페스타는 오후 8시 입장 개시라고 되어 있지만, '사람의 행복을 연구하는 모임'이라는 괴상한 이벤트는 오후 6시 입장 개시였다. 두 시간 만에 회장을 송두리째 바꾸는 일은 불가능하게 느껴지는 데다가 아무리 생각해도 현실적이지 않았다. 이건 어떻게 된 상황일까.

사태는 추리소설처럼 복잡하게 뒤얽힌 것 같았지만 그런 뒤죽박죽된 상황에서도 하나만큼은 확실히 말할 수 있었다.

이 오스가란 인물. "동지가 아니잖아!"

"동지?" 그는 미간에 삼각 조각칼로 깎은 것 같은 깊은 주름을 모으며 나를 내려다봤다. 곤혹스러운 그 표정은 정말이지 미텁지 못할 만큼 약해빠져서 '문장의 기운' 따위 조금도 느껴지지 않는, 상당히 얼빠진 표정이었다.

나는 머리를 감싸 쥐고 다시 바닥에 주저앉아 콘크리트와 한 몸이 되어갔다. 참으로 각박한 세상 아닌가. 내게 유토피아였을 북페스타는, 슬프게도 글자 그대로 해석하자면 어디에도 없는 곳(그래서 유토피아)이며 그런 절망을 서로 알아주리라 여겼던 남자도 동지가 아니었다. 어쩜 세상은 이토록 잔인할까. 완벽한 절망이 내 마음을 짓누른다. 새카맣게 닳아 없어진 숯처럼 까맣고 고통스러운 절망이.

〈완벽한 문장이란 건 존재하지 않는다. 완벽한 절망이 존재하지 않는 것처럼. (소설가, 무라카미 하루키《바람의 노래를 들어라》서두)〉

무라카미 선생님. 아쉽게도 후자의 완벽한 절망은 존재하는 것 같네요. 어쨌든 지금 내 상황을 그렇게 부르지 않는다면 달리 표현할 도리가 없으니까요. 이거야말로 완벽한 절망입니다.

이토록 탁해진 절망 속에서도 무심코 흘린 내 한숨은 그야말로 무색투명했다. 그 사실에 나는 재차 한숨을 내쉬었다.

두 번째 한숨에 호응하듯 어디선가 찍찍 바닥을 끄는 듯한 발소리가 울려 퍼졌다. 이 소리는 슬리퍼일까, 혹은 샌들일까. 어쨌든 누군가가 이쪽을 향해 오고 있었다. 나는 박람회장의 커다란 입구로 시선을 돌렸다.

거기에는 젊은 남자가 한 명 서 있었다.

보통 몸집에 중간 정도의 키. 여기저기로 흩날리는 부스스한 머리카락에, 발에는 매우 얇은 비치 샌들을 신었다. 무지의 회색 폴로셔츠에 짙은 청바지 차림. 어깨에는 자그마한 드럼백을 짊어지고 있었다. 그런 머리 모양과 단정치 못한 분위기의 차림새와는 대조적으로 눈매만큼은 날카로우면서도 맑아 보였다. 모든 것을 냉담하게 바라보며 어떤 일에도 동요하지 않는 당당한 시선.

그 남자를 발견한 오스가라는 인물도 어딘가 의아스러운 표정이었다. 아무래도 그 역시 아는 사람은 아닌 모양이었다.

남자는 샌들을 끌면서 천천히 이쪽으로 다가왔다. 전혀 당황하지 않은 채 자기 페이스대로. 그 모습에서 나는 무심코 어떤 것을 감지했다.

'문장의 기운.' 이거야말로 '문장의 기운'이 아닐까.

말하자면, 당대 기성 문학에 비판적이었던 무뢰파 소설가 다자이 오사무와 사카구치 안고가 풍겼을 '문장의 기운.'

나는 절망 속에서 그제야 동지를 찾아낸 건지도 모른다.

〈명랑해지자. 견딜 수 없을 만큼 지독한 불행 같은 건 있을 수 없으니. (시인, 제임스 러셀 로웰)〉

나는 떨리는 목소리로 물었다.

"저, 저기…… 책을 찾으러 왔나요?"

# 에자키 준이치로

"아닌데."

**"동지가 아니잖아!"** 자그마한 여자애가 말했다.

나는 학생으로 보이는 남녀를 앞에 두고 주머니에 넣어뒀던 티켓을 확인했다. 7월 23일, 오전 10시 입장 개시, 접수는 히가시 6홀. 시간은 그렇다 쳐도 날짜와 장소는 여기가 틀림없다. 오늘은 7월 23일이고 여기는 도쿄 빅사이트의 히가시 6홀이다.

그런데도(대략 예상한 사태이긴 하지만) 지금 상황을 봐서는 여기에서 아카데믹 엑스포라는 이벤트가 열릴 것 같진 않았다. 나는 밥의 말을 떠올렸다.

'내 해석이 틀리지 않는다면 이 초대권은 진짜야.'

아쉽게도 당신의 해석은 완전히 틀린 것 같군. 학문에 관한 이벤트 같은 건 새빨간 거짓말이었어.

하지만 그런 사실에도 기죽는 일 없이 회상 속의 밥은 말을 이어갔다.

'만약 이게 새빨간 거짓말이어서 이 이벤트가 아니라 대신 요상한 이벤트가 개최됐다고 해봐. 어떨 것 같나? 그건 그것 나름 훌륭하지 않을까. 신흥종교의 포교 활동이든 다단계 판매 설명회든, 네게는 **불변적**이고 **빤한** 인생에 파문을 일으키는 훌륭하고 혁명적인 이벤트가 아닐까 싶은데. 제목을 붙이자면 **세상의 이면을 엿보는 투어**려나.'

머릿속의 밥은 모든 말을 마친 뒤 평소처럼 히죽 웃었다. 잘 닦인 양철판처럼 깊숙이 패인 정중앙에 거무스름한 빛을 머금은 미소.

나는 눈앞의 두 사람에게 물었다.

"그래서 여긴 무슨 모임이지? 피라미드야, 종교야?"

그러자 뭔가에 토라진 듯 주저앉아 있던 여자가 다른 남자를 가리키며 말했다.

"종교라면 아마 이쪽일걸요. 행복과 관계된 종교라던데요."

"뭐? 아, 아냐. 난 그런 쪽이 아닌데."

어딘가 어수룩해 보이는 남자는 당황해서 양손을 휘저었다. 아무래도 대화 내용으로 봐서 이 두 사람도 초면인 듯했다. 나는 언쟁하는 두 사람에게 아카데믹 엑스포 티켓을 보여 줬다.

"난 이것 때문에 왔는데 뭔가 아는 게 있나?"

두 사람은 집어삼킬 듯이 내 티켓을 들여다봤다. 마치 처음 보는 생물을 상세히 관찰하는 것처럼 꼼꼼하게 열심히. 그러나 잠시 후 두 사람은 거의 동시에 시선을 거둔 뒤 각자 내게 뭔가를 보여 줬다.

그건 내가 가지고 있는 것과 똑같은 티켓이었다.

여자가 가지고 있던 티켓에는 '북페스타'라고 적혀 있었다. 이야기를 들어보니 여자는 이걸 목적으로 여기에 온 모양이었다. 그래서 나를 발견하자마자 책을 찾으러 왔냐고 물었던 건가.

한편 남자가 가지고 있던 티켓에는 '사람의 행복을 연구하는 모임'이라고 적혀 있었다. 여자가 말한 대로 확실히 종교적인 느낌이었다. 남자는 이걸 목적으로 여기에 왔다고 했다. 남자에게 이런 쪽으로 흥미가 있냐고 물으니 그는 대답하기 어려운 듯 말 끝을 흐렸다.

"딱히 그런 건 아닌데 조금 짐작 가는 게 있어서."

여하튼 어느 티켓이든 개장 시간은 엇갈려도 장소를 포함한 상세 내용은 대체로 일치했다.

나는 확실히 처음부터 이 '아카데믹 엑스포' 티켓에 회의적이었다. 변두리 찻집의 우편함에 아무런 예고나 관련성도 없이 이런 어마어마한 티켓이 배달될 리 없다고. 그런 까닭에 이벤트가 거짓이라 해도 당연히 놀라지는 않았다. 오히려 수긍이 갈 정도였다. 그러나 이 상황에는 이해하기 힘든 부분이 많았다. 전혀 다른 이벤트로 알고 온 세 사람이 한자리에 모여 있다. 그리고 그 어느 쪽의 이벤트도 개최되지 않는 상황이다. 어느 것 하나 납득이 가지 않았다.

'조심해서 다녀오라고. 외박할 때는 생각지도 못한 트러블이 생기는 법이거든.'

무심코 나는 쓴웃음을 흘렸다. 처음에 밥의 의견과 훈계는 조금 빗나간 것처럼 들렸으나 최종적으로는 제대로 본질을 파악한 것이다. 역시 밥은 별난 인간이다.

"저, 저기……?"

난데없이 등 뒤에서 목소리가 들려왔다. 여자 목소리였다.

뒤돌아보니 거기에는 또 다른 여자가 서 있었다. 젊은 여자. 이쪽도 학생일까.

여자는 약간 푸른빛을 띤 하얀 원피스를 입은 채 작은 바퀴가 달린 여행용 캐리어를 끌고 있었다. 여자치고 키는 큰 편. 160센티미터 이상은 되어 보였다. 호리호리한 체형에 손끝부터 발끝까지 일관되게 늘씬했다. 표정과 몸가짐의 분위기가 그야말로 무척 세련되어서 품격이 느껴졌다. 검은 생머리는 한 올도 예외 없이 훌륭하게 중력을 따라 곧게 뻗으며 광택의 고리를 만들어내고 있었다.

세상의 깨끗한 부분만 긁어모아 만든 것 같은 깔끔함과 어딘지 모를 지성이 느껴지는 여자였다.

"저기…… 여기가 히가시 6홀 맞나요?" 여자가 물었다.

나를 포함한 세 사람이 고개를 끄덕였다.

"피아노 콘서트는 중지된 건가요?"

나를 포함한 세 사람이 한숨을 내쉬었다.

# 아오이 시즈하

"……그런 연유로 우리도 지금 여기에 막 온 참이에요." 오스가라는 이름의 남자가 말했다.

세 사람에게서 대강의 이야기를 들었는데도 여전히 사태 파악이 잘 되지 않았다.

무엇보다 나는 피아노 연주를 들을 수 없다는 게 적잖이 아쉬웠다.

피아노를 외면한 이후, 직접(그것도 프로의) 연주를 들을 기회가 단 한 번도 없었다. 그런 만큼 나는 상상 이상으로 오늘 열리는 콘서트를 기대하고 있었던 모양이다. 벚꽃이 다 져버린 뒤처럼 뭐라 말할 수 없는 상실감이 내 마음 속을 둥둥 떠다니고 있었다.

어쩌면 다행인지도 모른다. 이제 피아노는 치지 않겠다고 결심했으면서, **그런 짓을 저지른 주제에** 혼자 태평히 콘서트를 보러 온 자체가 잘못이었다. 원인은 모르겠지만 콘서트가 취소된 건 신으로부터의 메시지일지도 모른다. 분명 그럴 것이다. 나는 반쯤 열었던 내 금기의 문을 다시 꼭꼭 잠갔다. 자물쇠 채우는 소리를 되새기며 마음을 다잡았다.

"맞다. 호텔! 호텔은 어떻게 되는 거죠?" 사에구사라는 이름 의 여자애가 말했다.

사에구사 옆에는 상당히 커다란 배낭이 놓여 있었다. 분명 숙 박을 위한 어마어마한 짐이 들어있겠지. 배낭만 봐도 한껏 '기대 에 부푼' 여자애의 마음이 물씬 느껴졌다. 불룩한 배낭은 그 애 의 심정을 대변하고 있었다.

"이벤트 자체가 거짓말이었으니 그것도 보나 마나일 것 같은 데." 에자키가 말했다.

"하지만 확인은 해봐야죠!" 사에구사가 씩씩거렸다.

내 티켓뿐만 아니라 사에구사, 에자키, 오스가, 모두의 티켓 이 '호텔 초대권'을 겸하고 있었다. 회장에서 도보로 몇 분 거리 에 있는 유명 보스턴호텔의 4박 5일 초대권(조식, 석식 포함). 그 러나 에자키의 말대로 이벤트 자체가 취소된 거라면 이 호텔 숙 박권도 무효일 것 같다는 생각이 들었다. 핵심 이벤트가 취소되 었는데 숙박만 가능할 리는 없으니까.

우리가 받은 티켓은 각각의 이벤트 이름과 상세 내용, 개장 시간 이외에는 완전히 똑같은 문장과 형식으로 만들어져 있었 다. 홀로그램 디자인부터 티켓 자체의 색과 형태, 절취선 위치, 글씨 폰트, 이벤트에 관한 여러 주의사항까지 전부 같았다. 마치 다른 색깔의 동일한 상품처럼.

게다가 누구의 티켓이든 주최자는 '주식회사 레종전자'로 되어 있었다(굳이 세세한 차이라면 에자키의 티켓만 주최자 항목의 글씨가 유독 작아서 알아보기 힘들었지만). 결국 우리가 참가하려던 이벤트는 모두 주식회사 레종전자가 같은 장소에서 (시간은 각각 조금씩 차이가 있었지만) 같은 날에 주최하려 했다는 말이 된다. 대체 레종전자는 왜 이런 식의 중복 일정을 잡은 걸까. 대기업이 개최한 이벤트 치고는 용납되기 힘든 실수가 벌어졌다.

"어쨌든 호텔에 가보자고요!"

우리는 사에구사의 힘찬 주장에 떠밀리듯 아무것도 없는 히가시 6홀에서 호텔로 이동하기로 했다. 느릿느릿한 걸음들. 이벤트가 취소되어서 다들 맥이 빠진 것 같았다. 발걸음이 그리 가볍지만은 않았다.

"저기…… 좀 이상한 질문을 해도 될까."

몇 걸음 걸었을 때 맨 뒤에서 따라오던 오스가가 입을 열었다. 우리 셋은 걸음을 멈추고 그를 돌아봤다.

내가 왜 그러냐고 물었다.

"그게, 지금 우리의 경우 말인데 굉장히 이상하단 생각 안 들어?"

우리는 당연하다는 듯 일제히 고개를 끄덕였다. 뭘 새삼스레 묻느냐는 표정으로.

오스가는 아랑곳하지 않고 말을 이었다.

"각자 다른 이벤트를 목적으로 여기에 왔는데 그런 건 하나도 열리지 않았어. 장소도 개최일도 주최자도 같았는데 어느 이벤트도 존재하지 않았지. 개장 시간은 조금씩 차이가 있었지만."

역시나 이제 와서 새삼스러울 것도 없는 이야기였다. 다시 우리는 고개를 끄덕였다.

"그런데도 우린 거의 같은 시각에 여기에 모였지."

확실히 그랬다. 냉정하게 생각해 보니 그 상황은 작위적으로 느껴졌다. 가장 먼저 사에구사가 온 뒤 내가 도착한 시점까지 채 한 시간도 되지 않아 우리는 마치 의도한 것처럼 비슷한 시간대에 집합했다.

오스가는 스스로를 납득시키려는 듯 조금씩 이야기의 속도를 올렸다.

"왠지 모르겠지만 지금 내겐 이 상황이 단순한 취소로 생각되지 않아. ……어쩌면 그저 지나친 생각일진 몰라도 난 이 티켓을 봤을 때, 그러니까 '사람의 행복을 연구하는 모임'이라는 이벤트 이름을 본 순간 직감했어. 이건 **나를 부르는 거**라고 말이야."

"하아……." 사에구사가 맞장구를 치면서 되물었다. "그러니까 그건 결국 '종교가 날 부른다'는 뜻?"

"아냐, 틀렸어. 그런 뜻이 아냐." 오스가는 말을 골랐다. "그게 아냐. 마치 난 직접 어깨를 툭툭 치며 호출당한 것처럼 숙명적인 무언가를 느꼈어. 이건 날 지명해서 부르는 거니 가야만 한다고. 애초에 티켓을 손에 넣은 경로부터 이상한 점이 많았거든. 티켓을 내게 건네준 건 친구였는데, 그 여자애는 어떻게 이걸 입수했는지 잊어버렸다고 했어. 난 당연히 그 애의 말을 들고 고개를 갸우뚱했지. 하지만 그 여자애의 상황과 티켓의 내용을 보고 직감했어. 이건 결코 간과할 수 없는 사건이다, 무언가가 날 부르고 있는 거라고……. 그러니까 지금 여기에 있는 너희들에게도 우연 이상의 뭔가가 존재하고 있을 것 같은 생각이 들어. 이건 '우연히' 일정이 겹치는 이벤트도 아니고 '우연히' 취소된 것도 아냐."

우리는 오스가의 갑작스러운 열변에 놀랐다. 대체 무슨 말을 하는 걸까. 이야기가 다다르는 곳은 어디일까. 어떤 결론이 날까. 그러한 의문이 우리의 머릿속을 조용히 떠다니고 있었다.

언뜻 보면 마치 터무니없는 말을 하는 것처럼 보이기도 하지만 그 이상으로 우리는 뭔가 커다란 기대감 같은 걸 느끼고 있었다. 답을 알 수 없는 상황 속에서 어쩌면 오스가는 뭔가 대답에 가까운 실마리를 붙잡고 있는 건지도 모른다. 오스가는 몸짓을 섞어가며 서서히 이야기의 고도를 내리고 착륙 태세를 취했다.

"솔직히 나도 실제로 여기에 오기 전까지는 반신반의였어. 그저 단순히 '우연'의 연속일 뿐 별 의미는 없을지도 모른다고 말이야. 하지만 각각 다른 목적을 지닌 네 사람이 아무것도 없는 박람회장에 모인 지금에야 난 확신할 수 있을 것 같아. 역시 이건 날 부르는 거였어. 정확히 말하자면 **모두를 부르는 거였어.**"

"결국 하고 싶은 말이 뭐지?" 에자키가 물었다.

에자키의 말대로(그의 말투에는 조금 가시가 있었지만) 확실히 오스가의 이야기에는 핵심이 빠져 있는 느낌이었다. 마치 분쟁지대를 피해 멀리 빙 돌아서 물자를 운송하는 트럭처럼 이야기를 풀어가는 방식이 완곡했다. 오스가는 이야기의 핵심을 말하지 않았다. 거기다가 살짝 추상적이기도 했다.

오스가는 에자키의 발언에 잠시 주저하는 것처럼 입술을 깨물었다. 그러더니 소중히 간직해온 와인의 뚜껑을 따듯이 천천히 입을 열었다.

"내게는……." 오스가는 한번 말을 끊었다. "……'평범하지 않은' 면이 있어. 단순히 성격이라든가 버릇 같은 게 아니라 좀 더 근본적인 의미에서 '평범하지 않은' 면이."

에자키는 순간 눈썹을 움찔했다. "어떤 식으로 '평범하지 않다'는 거지?"

"보이지 않는 게 보여." 오스가가 말했다.

에자키는 바지 주머니에 양손을 찔러 넣은 채 잠시 콘크리트 바닥을 바라보고 있었다. 바닥의 검은 얼룩의 수를 헤아리고 있는 것처럼. 그러더니 갑자기 오른발 샌들을 벗고 발가락을 두세 번 꾹꾹 오므린 뒤 다시 신었다. 그러고 나서 에자키는 입을 열었다.

"확실히 그건 '평범하지 않'군."

오스가는 순순히 고개를 끄덕였다. "여기에서 본론을 말하면…… 만약 단순히 나의 지나친 생각이라면 굉장히 부끄럽긴 하지만, 아마도 내 예상이 거의 맞을 것 같아. 그러니 과감하게 질문을 할까 해." 오스가는 작게 심호흡을 했다. "다들 어딘가 **평범하지 않은** 면이 있는 게 아닐까?"

평범하지 않은 면.

즉, 일반적인 규격에서 벗어나는 면.

말 그대로의 의미에서 보자면, 세상 누구든 스스로를 지극히 평범하고 개성이라고는 전혀 없는 인간이라 여기는 이는 없으리라 생각한다. 개성이 없다고 말하지만 아주 미세한 차이가 은근히 확고한 개성을 만들어낸다. 누구라도 따분한 구석은 있겠지만 사람에게는 각자 다른 면이 있다. 바로 아이덴티티다. 따라서 그런 의미에서 보자면 다들 '평범하지 않다.' 나는 꽃의 종류를 누구보다도 많이 알고 있다. 단거리 달리기라면 누구에게도 지지 않는다. 잠에서 잘 깬다. 가리는 게 없다. 혀가 길다. 고양이를 싫어한다. 그리고 피아노를 칠 수 있다. 각자가 모두 남들이 지나간 적이 없는 길을 걸어온 선구자인 셈이다. 평범하지 않은 단 한 명이다.


그러나 오스가가 묻고 있는 건 그런 게 아니었다. 좀 더 근본적으로 이질적인 것. 근본적으로 '평범하지 않은' 면.

그렇다면 난 어떨까. 자문해본다.

오스가의 질문과 같은 맥락에서 봤을 때 '평범하지 않은' 건 뭘까.

그때 에자키가 고개를 들었다.

"아마…… 나도 '평범하지 않은' 것 같군." 에자키가 맞은편 기둥을 보며 말했다. "들리지 않는 게 들리니까."

그 말을 들은 오스가는 웃는 것 같기도 하고 괴로워하는 것 같기도 한 혼란스러운 표정으로 고개를 끄덕인 뒤 자연스레 사에구사 쪽을 봤다. 대답을 재촉하는 것이다.

사에구사는 어딘가 방심한 사람처럼 허공의 한 점을 멍하니 보고 있다가 오스가의 시선을 깨닫고 당황해서 입을 열었다.

"나, 난……." 사에구사는 헛기침을 하며 쉰 목소리를 가다듬었다. "이, 읽을 수 없는 걸 읽어요. 아마도, '평범하지 않'아요."

심장 소리가 크게 들렸다. 기분 나쁠 정도로 선명하게.

나는 지독히 목이 마르면서 호흡도 빨라졌다. 온몸 구석구석 땀을 흘리고 있었다. 흥건하고 서늘하게.

내 차례가 되었다. 필연적으로 내게 시선이 집중되며 세 사람의 눈동자 여섯 개가 나를 응시하고 있었다. 하지만 결코 적대적인 시선은 아니었다. 오히려 어딘가 운명을 느끼는 듯한 따스한 시선이었다. 다만 조금은 묵직한 시선이기도 했다.

나는 떨리는 목구멍을 억누르면서 눌러 짜듯이 목소리를 냈다.

"난…… 나도 분명 '평범하지 않'아."

어쩐지 나는 거의 울상이 되었다. 이유는 전혀 모른다. 무언가의 끝과 무언가의 시작이 서로 대항하며 내 눈물샘을 확실히 자극하고 있었다. 조금 전까지 피아노 콘서트를 볼 생각에 설레었던 스스로가 아주 먼 옛날의 존재인 것처럼 느껴졌다. 나는 크게 숨을 내쉰 뒤 단숨에 말을 토해냈다.

"난…… 망가뜨려. 뭐든 망가뜨리고 말아."

오스가는 모두의 대답을 들은 뒤 마지막 질문을 던졌다.

**"그럼 목소리를 들은 적이 있을까?"**

나는 마음속으로 분명하게 고개를 끄덕였다.

응. 들은 적 있어.

훗날 나를 구원해준 동시에 악몽 같은 나날을 불러오기도 한, 커다란 레버가 내 안에 생겼던 4년 전 그날. 확실히 목소리를 들었다. 지금에 와서는 그 목소리가 남자였는지 여자였는지도 가물가물하다. 분명히 목소리라는 음성 정보였는데 이젠 그저 순수한 문자 정보에 지나지 않았다.

그러나 여전히 한 글자 한 구절 똑똑히 기억하고 있다.

**그때**가 온 것이다.

나는 기억 한구석에서 잔뜩 먼지를 뒤집어쓴 채 망각했던 그 밤의 목소리를 조용히 떠올렸다.

그건 당신께 맡기겠습니다.

그러니 그날까지 마음껏 사용해주세요.

다만 혹여나 그날이 오면 제게 협력하셔야 합니다.


그날이 왔는데 협력을 거부한다면 당신은…….

# 오스가 슌

우리는 호텔로 향했다.

유명 보스턴 호텔은 도쿄 빅사이트에 딱 붙어있다고 해도 좋을 만큼 가까이에 자리하고 있었다. 박람회장에서 도보로 고작 몇 분 정도에 있는 하얀 외장의 고층 호텔이었다.

올려다보니 호텔 창문 대부분에 불이 들어와 있었다. 빅사이트에 아무런 이벤트가 없는 오늘 같은 날에도 나름대로 투숙객이 찬 모양이다. 우리는 묵직한 침묵을 지키며 호텔 입구로 들어섰다.

새하얀 바닥과 벽, 천장으로 된 내부는 자못 호텔다웠다. 따뜻한 계열의 조명이 곳곳에 어슴푸레한 빛의 윤곽을 자아냈다. 우리는 곧장 프런트로 향했다.

호텔직원이 패스트푸드점 아르바이트생과는 비교도 되지 않을 만큼 세련된 인사로 우리를 맞이했다. 포마드로 빈틈없이 연출해낸 올백이 인상적인 중년 남성이었다.

우리는 각자 티켓을 프런트에 내밀며 숙박권으로 사용할 수 있는지 물어보았다.

호텔직원은 티켓 네 장을 재빨리 검토하더니 품위 있는 미소를 띠며 말했다. "네, 이용하실 수 있습니다."

그 말에 우리는 무심코 서로의 얼굴을 바라봤다.

"정말로 나흘이나 묵을 수 있다고요? 그것도 식사 포함으로?" 우리는 거듭 물었다.

호텔직원은 눈을 감으며 고개를 끄덕였다. "네, 물론입니다. 말씀은 익히 들었습니다."

이벤트는 없었다. 그런데 호텔에서는 숙박할 수 있는 모양이다. 역시 여기에는 뭔가가 있다. 호텔직원은 우리의 당황스러움과 놀라움에 아랑곳하지 않은 채 천천히 뒤돌아 서랍 안에서 카드키를 꺼냈다.

"그럼 객실로 안내해드리겠습니다. 짐은 담당자에게 맡겨주세요. 객실까지 들어다 드리겠습니다."

호텔직원은 카운터에서 나와 우리 앞에 섰다. 그리고 별도의 젊은 호텔직원이 어디선가 나타나더니 우리 옆에 섰다. 키가 크고 얼굴 윤곽이 뚜렷한 남자였다.

젊은 호텔직원은 짐을 들어 주겠다고 말한 뒤 우리의 짐을 하나씩 노련하게 짊어졌다. 남자는 가장 무거워 보이는 사에구사의 배낭을 짊어졌는데도 끄떡없어 보였다. 역시나 꽤 숙달된 듯했다.

우리의 몸이 가벼워지자 올백의 호텔직원은 오른손으로 방향을 안내했다.

"그럼 엘리베이터로 객실이 있는 22층까지 모시겠습니다."

"잠깐만요." 내가 말했다. "지금 가는 건 누구 방이죠?"

"누구 방이라시면?" 호텔직원은 눈을 크게 뜨고 물었다.

"네. 우리 넷 중 누구의 방인가요?"

호텔직원은 곤혹스러운 표정을 지었다. "죄송합니다. 4인 객실로 예약이 되어 있는 터라 손님 모두 한 객실에 묵으시는 것으로 되어 있습니다만……."

"네?" 우리 모두 반문하고 말았다.

"4인 객실이요?"

"네. 예약은 네 분이라고 들어서 4인 객실을 준비해두었습니다. 뭔가 불편하신 점이라도 있으신지……." 호텔직원은 걱정스러운 듯 이쪽을 바라봤다.

"불편하다고 해야 할까, 우리도 아직 사태 파악이 잘 안 돼서……. 예약한 사람이 대체 누구죠?"

내 질문에 호텔직원은 싫은 내색 하나 없이 정직한 눈으로 고개를 끄덕이며 말했다. "잠시만 기다려주세요. 지금 확인해드리겠습니다." 그러고는 기민하게 프런트로 되돌아갔다.

잠시 후 그는 뭔가 자료가 담긴 파일을 손에 들고 돌아왔다. 젊은 호텔직원은 여전히 짐을 짊어진 채였다.

올백의 호텔직원이 막 들고 온 자료를 눈으로 훑으며 말했다.

"예약하신 분은 '주식회사 레종전자' 님이십니다. 죄송합니다만 인터넷으로 예약하셨기 때문에 실제 담당자분의 모습은 뵙지 못했습니다. 예약하실 때 '예약일에 손님이 전용 초대권을 들고 오시면 객실로 안내해 드리라'는 메모가 있어서 그 방침에 따랐습니다. 요금은 이미 계좌이체되어 지불되었습니다."

"괜찮으면 그 자료를 봐도 될까요?"

"네." 호텔직원은 파일 안에서 종이 한 장을 꺼내 내게 건네주었다. 나는 수수께끼 투성이의 전개에 당황하면서도 자료를 눈으로 훑었다. 나머지 세 사람도 내 옆으로 와서 자료를 들여다봤다.

고객 성함…주식회사 레종전자 님

고객 전화번호…0120(909)2×710

고객 주소…도쿄 오타구 덴엔초후 시 1-2×

숙박 인원…4명(남자 2명 : 여자 2명)

이용 플랜…4인 객실 이용 : 1층 레스토랑 '그렉타운' 조식, 석식 포함

숙박 일정…7월 23일~7월 27일

예약 방법…인터넷 예약

금액…선불 : 지불 완료

고객 요구사항…예약 당일 손님은 당사에서 준비해드린 특별초대권을 들고 방문하실 예정입니다. 만약 당사 로고가 들어간 특별초대권을 들고 오신 손님이 방문하실 경우 신속히 객실로 안내해주시길 부탁드립니다.

(레종전자 담당자로부터)

예상대로 이벤트의 주최자이기도 한 주식회사 레종전자가 이곳 호텔도 예약해둔 모양이었다. 우리는 내용을 확인한 뒤 재차

서로를 쳐다봤다. 단서를 잡았다거나 심증이 가는 이가 없는지 서로 확인하기 위해. 물론 내게 심증 같은 건 없었고 다른 사람들도 마찬가지인 듯했다.

"괜찮으시다면 그 종이는 가지고 가셔도 됩니다만……." 호텔 직원이 말했다.

너무 긴 시간 종이를 붙잡고 있었던 터라 마음을 써준 건지도 모른다. 나는 감사하다고 말한 뒤 종이를 챙겼다.

"그럼 슬슬 객실로 가실까요?" 호텔직원의 권유에 그제야 우리는 어리둥절한 채 엘리베이터로 향했다.

조금씩이나마 자그마한 정보가 모일 때마다 우리의 확신도 서서히 굳어졌다. 이건 역시 '우연' 같은 게 아니다. 그 '목소리의 주인'이 우리를 불렀다. 그리고 뭔가 커다란 것을 우리에게 들이밀고 있었다. 까맣고 어스름한데다 소름이 끼칠 만큼 차가운 무언가를. 이제부터 왜 우리가 여기 모이게 된 건지 알아낸 뒤 거기에 '협력'해야만 한다. 그렇지 않으면 우리는…….

"객실은 이쪽입니다."

22층은 이 호텔의 최상층이었다. 나는 편모 가정에서 태어나 가난하게 살아가는 까닭에 호텔이라는 공간은 너무도 아득하고 먼 곳이었다. 그런 내게도 호텔 최상층 객실이라고 하면 '굉장할 것'이라는 막연한 이미지가 있었다. 아니나 다를까, 안내받은 객실은 펄쩍 뛰어오를 정도는 아니어도 나름 고급스러운 느낌이 물씬 풍겼다. 8평 이상은 충분히 될법한 거실에는 세련된 카펫이 깔려 있고, 바로 연결된 두 곳의 침실에는 각각 침대가 두 개씩 놓여 있었다. 비데가 설치된 화장실은 욕실과 정확히 분리되어 있고, 여기저기 벽장이 여러 개 달려 있었다. 거실에는 커다란 텔레비전에 인터넷이 가능한 데스크톱 컴퓨터, 큼직한 스테레오 스피커까지 갖춰져 있었다. 어느 물건이든 너무 평범하지도 화려하지도 않은, 실용성과 아름다움을 두루 갖춘 것들이었다. 괴상한 형태의 도자기라든가 사자 모양의 카펫이라든가, 그런 식의 장황한 장식품은 일절 없었다. 덕분에 여전히 브라운관텔레비전의 신세를 지고 있는 구닥다리인 내게도, 그렇게까지숨 막히는 공간은 아니었다.

무엇보다도 방에서 한눈에 내려다보이는 오다이바의 야경이상당히 압권이었다. 번쩍번쩍 빛나는 빌딩가의 조명과 흔들거리는 달빛을 반사하는 도쿄항. 적잖이 감동적인 경치였다. 야요이와왔더라면 좋았을 텐데. 남몰래 터무니없는 생각을 하기도 했다.

그런 들뜬 망상도 잠시, 지금 우리에게는 해결해야만 하는 과제가 산처럼 쌓여있었다. 대체 어째서 우리가 여기에 있는 걸까. 왜 여기에 모인 걸까. 뭘 해야만 하는 거지.

누가 먼저랄 것도 없이 우리는 테이블을 둘러싸고 있는 거실소파에 앉았다. 마치 마작이라도 시작하려는 것처럼 자리 하나씩 진을 치고.

새삼 우리는 간단한 자기소개를 다시 했다. 출신지와 나이, 이곳에 오게 된 경위, 그리고 각자의 '평범하지 않은' 점을 소상하게.

먼저 자기소개를 한 건 나였다.

이름은 오스가 슌이고, 지바현 출신으로 지역의 학교에 다니는 고등학교 2학년이다. 이렇다 할 취미나 특기도 없지만, 굳이 말하자면 고등학교에 입학한 뒤 계속 패스트푸드점에서 아르바이트를 하는 게 대수롭지 않은 특징일지도 모른다. 아르바이트하는 가장 큰 이유는 그저 가난해서.

아까도 말했듯, 친구인 여자애한테 티켓을 받아서 여기에 오게 되었다. 티켓에 관해서는 아무것도 기억나지 않지만 이걸 내게 건네주라는 누군가의 말을 들었던 것 같다고 그 애가 말했다.

그리고 가장 핵심적인 나의 '평범하지 않은' 점은 사람의 등에 숫자가 보인다는 것. 아마 그건 '행복 편찻값'으로, 그 사람이 그날 얼마만큼 행복한지가 수치화된 것이다. 마음만 먹으면 지금도 모두의 등 뒤에서 숫자를 볼 수 있다.

대충 그런 이야기를 했다.

"그럼 내 등 뒤에는 대체 어떤 숫자가 적혀 있죠?" 사에구사의 질문에 나는 솔직히 대답했다.

"'41'이야."

"흥." 자학하듯 사에구사는 기세 좋게 코웃음을 쳤다. "그럴 거예요. 이렇게나 열 받는 날은 처음이니까요. 악몽 같은 하루예요. 환승하려다 개찰구 앞에서 넘어지기까지 했죠. 군자금을 20만 엔이나 가지고 왔는데 수확은 완전히 제로고요." 말이 끝난 뒤에는 부루퉁한 표정으로 입술을 삐죽 내밀었다.

나는 남은 두 사람에게도 숫자를 알려줬다. 에자키는 '56'이고 아오이 누나는 '44'라고.

"그래, 그 정도가 맞을 거야. 피아노 콘서트를 기대하고 있었는데 그만큼 아쉬웠거든." 투명한 미소와 청아한 시냇물 같은 목소리로 아오이 누나가 대답했다. 에자키에게서는 딱히 감상을 듣지 못했다. '56'이 적절한 수치인지, 아니면 기대에 미치지 못하는지 표정만으로 그 진위를 확인할 수 없었다.

다음으로 자기소개를 한 사람은 사에구사. 도내 스이도바시에 사는 고등학교 1학년. 나보다 한 살 어리다고 했다(나중에 판명된 사실이지만 넷 중에 가장 어렸다).

겉으로 보기에는 솔직히 더 어려 보였다. 가지런한 숏컷 머리에, 오열하느라 제정신이 아니었던 아까까지는 몰랐는데 앞머리가 일자로 가지런했다. 자그맣고 가녀린 체구였지만 '홀쭉'한 느낌이 아니라 '샤프'한 인상이었다. 몸집은 작지만(그래서 더욱 그렇게 보이는 건가 싶은데), 탄력 있고 부드러운 피부와 강인해 보이는 체력이 조화를 이루며 어딘지 모르게 쾌활한 분위기를 연출했다.

"편하게 '논'이라고 불러주세요." 마치 영어 회화의 예문처럼 밝은 톤으로 말했기 때문에 나도 '논'이라 부르기로 했다.

취미는 오로지 독서뿐으로, 독서야말로 자기 존재를 증명해주는 거라고 논은 외쳤다. 여기에 온 이유도 북페스타라고 말했으니 그 집요함은 충분히 짐작할 수 있었다. 티켓은 책을 읽다가 손에 넣었다고 논은 말했다. 서점에서 산 책 사이에 들어있었다고.

논의 '평범하지 않은' 점은 그 취미와도 어울리게 '손가락으로 책을 읽을 수 있다'는 것. 어떤 책이든 책자든, 그게 대충 책의 형태라면 검지로 책등을 훑는 것만으로 책을 읽을 수 있다고 했다. 손가락으로 읽은 책은 결코 잊어버리는 일이 없다고. 한 페이지는 말할 것도 없고 한 글자 한 구절, 맨 뒤쪽에 첨부된 삽화조차 잊어버리는 일이 없단다. 굉장히 편리해 보여서 부럽기까지 했다.

솔직히 사람의 등 뒤로 숫자가 보인다고 한들 딱히 별다른 이득도 없으니(오히려 안타까운 심정이 되는 경우가 많다) 그나마 실용적인 쪽이 좋을 것 같다는 시답잖은 생각으로 자연스레 이어졌다. 시험 점수도 잘 나올 것 같고 여러모로 이익일 듯했다.

세 번째 차례는 에자키 준이치로라는 이름의 남자였다. 도쿄의 니시닛포리에 산다고 했다. 그는 나와 같은 나이의 고등학교 2학년. 분위기 자체가 나보다도 어른스럽게 느껴져서 나이가 더 많을 줄 알았는데 버젓이 같은 학년이었다. 에자키는 무슨 일에든 어지간해서는 평정심을 잃지 않을 것 같은 노련한 느낌을 지니고 있었다.

대화 중에 내가 에자키 님이라고 불렀더니 "일일이 '님'을 붙이는 건 불편하니까 그러지 않아도 돼. 나도 '오스가'라고 부를 테니까 존칭 같은 건 붙이지 마"라며 단호히 말해서, 논과 마찬가지로 이름만 부르기로 했다. 그가 풍기는 분위기 때문에 이름을 막 부르는 건 좀 꺼려졌지만, 어쨌든 그러기로 했다.

에자키의 첫인상은 살짝 갈피를 잡기 힘들었다. 늘 무언가를 주체하지 못한 나머지 모든 것에 대한 의욕이 사라져버린 듯한 시선으로, 따분함이라는 세 글자를 어깨에 짊어지고 걷고 있는 느낌. 하지만 결코 부정적인 인상이 아니라 혼자서도 잘 살아가는 쿨한 남자라는 이미지가 있었다. 솔직히 나는 그처럼 쿨한 분위기를 조금 동경했다. 독립적인 분위기 자체가 단순히 멋있으니까.

에자키는 단골 찻집에서 티켓을 받았다고 말했다. 자세한 사정은 길어서 생략하지만, 어쨌든 받았을 때부터 어쩐지 수상쩍은 티켓이라는 생각을 했단다. 아카데믹 엑스포라는 이벤트에도 딱히 흥미는 없었다고 했다. 여기에 온 건 그저 충동적인 기분 탓이었다고.

에자키의 '평범하지 않은' 점은 아침에 일어나자마자 예언이 들려온다는 것. 매일 아침 반드시 다섯 개의 예언이.

반드시 그 예언들은 그날 중으로 어딘가에서 듣게 된다고 했다. 이쪽도 나보다는 실용적이다. 당장은 이렇다 할 응용 방법이 떠오르지 않지만, 잘만 이용하면…… 어떻게든 뭐라도 될 것 같다. 스스로의 빈약한 발상에 눈물이 나올 지경이다.

"그럼 오늘은 어떤 예언을 들었어?" 내 질문에 에자키는 주머니에서 수첩을 꺼내 휙휙 넘기더니 가운데 부분을 들여다봤다. 저기에 예언이 적혀 있는 건가. 에자키는 찾던 페이지를 발견했는지 내 쪽을 바라봤다.

"아쉽지만 오늘은 이미 다섯 개 중에 세 개를 들어버렸어. 지금부터 들을 예정인 건 두 개뿐이야. 그것도 딱히 재미있어 보이는 말은 아냐." 에자키가 심드렁한 말투로 대답했다.

"그 두 개만이라도 알려줘." 내 부탁에 에자키는 어쩔 수 없다는 듯 수첩의 새로운 페이지를 한 장 찢어서 거기에 볼펜으로 뭔가를 쓰기 시작했다. 다 쓰자마자 그걸 접어서 내게 건넸다.

"거기에 앞으로 듣게 될 두 개의 예언을 적어놨어. 네 번째 예언은 누가 말할지 모르겠지만 다섯 번째 예언은 아마도 여자가 할 거 같네. 뭐 대충 예상은 가네……." 에자키는 논을 힐끗 본 뒤 시선을 돌렸다. "오늘이 끝날 무렵에 확인해 봐."

"고마워." 나는 종이를 주머니에 넣었다.

마지막 순서는 아오이 시즈하. 이쪽은 가나가와현 출신으로 고등학교 3학년. 나보다 한 살 많았다. 상당히 교양 있어 보이는, 기품이 흘러넘치는(에자키보다는 부드럽고 따뜻한) 분위기였기 때문에 어쩐지 '연상의 우아한 누나' 같은 이미지여서 연상이라는 말에 놀라지는 않았다. 한마디로 말해 청초하고 청순한 분위기여서 바라보고 있으면 기분이 좋아졌다.

아오이 누나는 피아노 콘서트를 보러 이곳에 왔다고 했다. 티켓은 지인인 악기점 주인에게서 받았다고. 예전에는 본인도 피아노를 쳤지만, 최근에는 여러 사정이 있어서 그만두게 되었다고 했다. 아오이 누나가 유창하게 피아노를 연주하는 모습은 그야말로 그림일 것 같았다. 자못 그녀의 분위기와 잘 어울렸다.

핵심인 '평범하지 않은' 점에 대해 질문을 던지자 아오이 누나는 갑자기 슬픈 듯이 눈을 내리깔았다. 거기에 대해서는 말하기를 꺼리는 느낌이었다. 하지만 잠시 후 뭔가를 결심한 것처럼 그녀는 우리를 똑바로 바라보고 입을 열었다.

"아까도 잠깐 말했지만 난 뭐든 망가뜨리고 말아."

"……그건 어떤 의미죠?" 나는 물었다.

아오이 누나는 깨끗하고 하얀 이마에 자그마한 주름을 만들며 고민하다가 조용히 이야기를 이어갔다. "말로 설명하는 건 굉장히 어려운데. 내 마음속에는 커다란 레버 같은 게 있어. 선로의 레인을 바꿀 때 밀어서 넘어뜨리는 것 같은, 녹슬고 무거운 데다 딱딱해서 쉽사리 넘어가지 않는 레버 말이야. 그래서 만약 뭔가 망가뜨리고 싶은 게 눈앞에 있을 때 난 거기에 손을 대고 마음속으로 레버를 맞은편으로 넘어뜨려. 그러면 겉으로 봤을 땐 아무런 상처가 없어 보여도 대상물의 기능이며 본질을 내부에서부터 망가뜨릴 수 있어." 거기까지 말한 뒤 아오이 누나는 생각을 고쳐먹은 것처럼 이야기를 끊었다. "실제로 보여 주는 쪽이 빠르겠지. 누구든 뭔가 불필요한 물건 없을까? 더는 사용하지 않아도 되는, 정말 필요 없는 거 말이야."

그러자 에자키가 가방에서 볼펜을 네다섯 자루 꺼내더니 그녀에게 건넸다. 어째서 그렇게나 볼펜을 많이 가지고 다니는 건지 나로선 알 길이 없었다.

"이거라면 이제 필요 없어. 망가뜨려도 돼."

"정말?"

"응." 에자키가 대답했다. "어딘가에서 받은 싸구려야. 쓸데없이 가방에서 자리만 차지해서 좀 거추장스러웠거든."

"알았어, 그렇다면……." 아오이 누나는 볼펜 중 두 개를 조심스럽게 집은 뒤 찬찬히 세부를 살펴보기 시작했다. 손잡이 부분의 고무와 뚜껑의 꼭지부터 펜촉까지 상세하게. 마치 앞으로 거행될 볼펜의 장례 의식 같았다.

관찰이 끝나자 그녀는 한 자루만 다시 손에 쥐고 눈을 감았다. 오른손 전체로 주먹을 쥐듯이 볼펜을 감싸 쥐었다.

"이건 레버를 **정중앙 정도까지만 밀어서** 망가뜨릴 거야."

정중앙 정도까지가 무슨 뜻일까 생각하기가 무섭게 아오이 누나는 깊게 한숨을 내쉬더니 천천히 눈을 떴다.

"자. 확인해봐."

그녀가 볼펜을 에자키에게 돌려줬다.

"벌써 망가뜨린 건가?"

"응."

볼펜을 받은 에자키는 좀 전의 수첩을 꺼내 시험 삼아 뭔가를 써보려 했다. 새 페이지를 펼친 뒤 볼펜 꼭지를 누른 다음 천천히 종이 위에서 펜촉을 움직였다.

그러나 아무것도 써지지 않았다. 아무리 종이와 펜을 마찰시켜도 일절 잉크가 나오지 않았다. 마치 속이 빈 만년필처럼 펜은 그저 종이를 괴롭히듯 긁기만 할 뿐이었다.

아오이 누나 말대로 볼펜의 기능은 본질적으로 망가져 버렸다.

"이번엔 레버를 끝까지 넘어뜨려서 해볼게." 우리가 놀라움에서 벗어나기도 전에 그녀는 두 번째 볼펜을 들었다. 이번에는 아까보다 좀 더 힘 있게 볼펜을 오른손에 쥐었다. 대체 무슨 일이일어나고 있는 건지 긴장한 나머지 우리 사이에는 정적이 흘렀다. 눈 깜빡이는 소리마저 용납하지 않을 만큼 완벽한 정적이.

그때 '빠직' 하는 자그마한 소리가 정적을 깨뜨렸다. 아오이 누나는 아까와 마찬가지로 천천히 눈을 뜨더니 손가락을 하나씩 폈다. 그러자 그녀의 오른손에서 산산조각이 난 볼펜 파편이 흩어지며 떨어졌다. 열매의 씨앗 정도 크기로 조각난 볼펜이 테이블 위로 쏟아졌다.

에자키가 준 볼펜은 이번에는 물리적으로 파괴되고 말았다.

"아까보다 좀 더 힘을 주면 이런 식으로 부서져." 아오이 누나는 조금 씁쓸한 말투로 대답했다.

"괴……굉장해." 논이 감탄 섞인 말을 내뱉었다. "정말 무엇이든 망가뜨릴 수 있어요?"

"그래. 가정이긴 하지만 거의 모든 걸 파괴할 수 있는 것 같아. 근데 솔직히 이런 게 가능하다고 해서 굉장할 건 아무것도 없어. 실제로 물건을 망가뜨린 건 정말 오랜만이야. 예를 들면 일상에서 처분하고 싶은 쓰레기는 있어도 진심으로 망가뜨리고 싶은 건 별로 없잖아? 그러니 이런 능력 같은 건 아무런 의미도 없어."

"그래도 굉장한데요." 논은 어쩐지 흥분하고 있었다. "있잖아요……, 그럼 지금까지 언니가 망가뜨린 것 중에서 가장 큰 건 뭐였어요? 아니면 가장 굉장한 것." 흥미진진하다는 표정으로 논이 질문을 던졌다. 그 질문들은 마치 가장 커다란 공룡의 종류라든가 가장 속도가 빠른 놀이기구를 물어보는 것처럼 그야말로 순진무구함에서 비롯한 것이었다. 그리고 실제 논으로서도 그런 종류의 질문을 한 것이리라.

그러나 아오이 누나의 표정은 확연히 어두워졌다.

이야기의 초점이 아오이 누나의 '평범하지 않은' 점에 관한 이야기로 맞춰지자 그녀는 다소 표정이 슬퍼 보이긴 해도 그 세밀한 사정을 지금껏 확실히 밝히지는 않았었다. 아오이 누나는 시선을 바닥에 떨어뜨린 채 멍하니 테이블 모서리 부분만 바라봤다.

그러나 잠시 후 들릴 듯 말 듯 작은 목소리로 대답했다.

"사람……이려나."

그러고는 얼마 동안 우리 사이에는 묵직한 침묵이 흘렀다. 막 끓은 물이라도 단숨에 얼려버릴 만큼 차가운, 몸이 쇠사슬로 묶인 것처럼 거북한 침묵이.

상당히 긴 시간(실제 얼마나 시간이 흘렀는지는 모르지만 적어도 나는 5분 이상 지난 것처럼 느껴졌다)이 흐른 뒤, 아오이 누나는 "농담이야"라며 전부 거짓말이라고 했다. 그렇게 넘기기 힘들 만큼 긴 시간이 흘렀지만, 암묵적으로 다들 거짓말처럼 여기기로 했다. 혹은 잘못 들은 것처럼.

우리는 어색한 웃음을 지으며 경직된 분위기를 서서히 풀어나갔다. 아오이 누나가 담담히 고백하기 전의 시간으로 되돌아가기 위해.

자기소개를 모두 마친 뒤에야 우리는 지금 상황에 대한 파악을 시작했다. 대체 누가 무슨 이유로 어떤 목적 때문에 우리를 이곳에 모이게 한 걸까.

지금 우리에게 공통점이라 할 만한 건 거의 없었다. 출신지도 나이도 성별도 취미도 취향도, 모두 일관성이 없었다.

유일하게 주어진 공통점이라면 다들 '평범하지 않다'는 것. 그리고 그 능력이 생기던 날에 어떤 목소리를 들은 적이 있다는 것이었다.

그 후에도 우리는 서로의 공통점이나 어떤 법칙성에 관해 논의를 이어갔다. 예전에 어디선가 만난 적이 있는지 공통의 지인이나 친구는 없는지부터, 혈액형이라든가 별자리 같은 시시한 이야기까지. 그러나 공통점은 전혀 발견되지 않았다. 그러기는커녕 이야기를 해나갈수록 우리에게 공통점이 전혀 없다는 사실만 더욱 도드라졌다.

어쩔 수 없이 공통점 찾는 일은 그만두고 이번엔 티켓과 호텔에서 건네받은 자료에 관한 논의로 옮겨갔다. 가장 이목을 끈건 당연히 '주식회사 레종전자'라는 글자. 현재 우리에게 제시된유일한 단서였다.

"누구든 레종전자와 관련된 사람은 없을까?" 내 질문에 모두가 애매하다는 표정을 지었다. 하긴, 레종전자와 전혀 관계가 '없다'고 단언할 수 있는 이는 드물었다. 솔직히 나 역시도 어딘가에서 레종전자에 신세를 지고 있는 듯한 기분이었으니까.

주식회사 레종전자는 두말할 필요도 없는 일본 유수의 전자기기 메이커다. 텔레비전과 오디오, 컴퓨터부터 가전제품까지손을 뻗고 있는 일본 톱클래스의 유명 기업이다. 나로서는 레종전자가 전자기기 산업 내에서 어떤 색깔을 가지고 있으며 얼마만큼의 점유율을 자랑하는지 모르지만, 어쨌든 엄청나게 유명한 회사다.

그러고 보니 우리 집 텔레비전도 레종이었던 것 같기도 하고 아닌 것 같기도 했다.

"'빙 얼라이브 앳 자 휴먼'이네요." 느닷없이 논이 말했다.

나는 별안간 주문과도 같은 말을 외는 논에게 그게 뭐냐고 물었다. 그러자 논은 의기양양한 표정으로 나를 내려다봤다.

"오스가 오빠, 텔레비전 광고도 안 봐요? 기업의 캐치프레이즈잖아요."

"캐치프레이즈?"

"네. '빙 얼라이브 앳 자 휴먼. 레종'이잖아요."

"하아……."

내가 무식한 건지 아니면 그저 논의 발음이 나빠서 알아들을 수 없는 건지는 모르겠지만, 어쨌든 무슨 말인지 도통 파악할 수 없었다.

"그러고보니, 내 MP3플레이어가 레종 제품이긴 한데……." 아오이 누나가 말했다.

그러고는 가방 안에서 MP3플레이어를 꺼내 보였다.

까만 광택을 뿜내는 손바닥 크기의 MP3플레이어로, 굉장히 고가인 듯했다. 이어폰에는 선이 없었다. 아무래도 무선인 모양이었다.

다들 각자 지닌 물건을 확인해 보니 우리 중에서 현재 레종전자 제품을 지닌 사람은 아오이 누나뿐이었다. 아쉽게도 이것만으로는 어떤 결론을 끌어내기가 힘들 것 같았다.

"맞다. 전화를 해보면 되잖아요." 논이 말했다. "여기에 전화번호도 적혀 있으니까." 논은 아까 호텔직원에게서 받은 테이블

위의 자료를 가리켰다. 확실히 거기에는 수신자 부담번호로 시작하는 그럴싸한 기업의 전화번호가 적혀 있었다.

고객 전화번호…0120(909)2×710

"내가 당장 걸어볼게요. 낱낱이 캐물어 봐야겠어요."

논은 생각났을 때 곧장 실행해야 한다는 듯 휴대폰을 꺼내 번호를 눌렀다. 그러고는 전화기를 귀에 댄 채 조용히 응답을 기다렸다.

그러나 이내 얼굴을 찌푸리고 말았다.

"……연결이 안 되잖아." 논은 불쾌한 표정으로 종료 버튼을 눌렀다.

"아무리 봐도 자릿수가 많은 것 같군." 에자키가 차가운 목소리로 말했다. "번호도 주소도 다 엉터리야."

나는 고개를 갸웃거렸다. "무슨 말이야? 번호가 엉터리인 건 알겠는데 어째서 주소까지 엉터리라는 거지?"

에자키는 주소가 적힌 부분을 검지로 두 번 두드렸다.

고객 주소…도쿄 오타구 덴엔초후 시 1-2×

"덴엔초후 시에 레종전자의 사업소가 있을 리 없으니까."

"그래?" 나는 모두의 표정을 살폈다.

아오이 누나가 친절한 목소리로 대답했다. "고급주택가거든. 아마 커다란 빌딩 같은 건 없을 거야."

그런 건가. 도쿄에 살지 않는 나로서는 도쿄도 내의 분위기 같은 건 모른다. "'텐엔초후 시에 집이 들어선다'란 말도 있잖아요." 논이 다시 영문 모를 말을 꺼냈지만, 나 말고 다른 두 사람도 무슨 뜻인지 이해하지 못한 눈치였다.

논의 발언은 그렇다 치고, 그나저나 전화번호도 주소도 허위라면 호텔 예약을 한 사람은 주식회사 레종전자의 이름만 빌렸을 뿐 레종전자와 전혀 무관한 인물이라는 걸까. 아니면 역시나 레종전자와 밀접하게 관련된 누군가일까.

모처럼 자그마한 실마리를 발견했다고 생각했는데 금세 다시막다른 골목과 마주쳤다.

내가 골머리를 앓고 있는 사이에 논은 다시 휴대폰으로 뭔가의 번호를 누르기 시작했다.

"그럼 '레종전자 고객센터'에 걸어볼게요."

"번호는 알아?"

"네. '타운 페이지*'를 읽은 적이 있거든요."

무슨 말을 하는 건가 싶었는데 곧장 감이 왔다. '손가락'으로 전화번호부를 읽은 모양이다. 그러니 전화번호도 기억하고 있는게 틀림없다. 무엇보다도 정말 편리해 보였다. 역시나 부럽다는 생각이 약간 들었다.

그나저나 논의 영어 발음은 상식 이하로 느껴질 만큼 형편없었다. 뭔가 마법이라도 걸린 것처럼 혀가 잘 돌아가지 않았다. 마치 물에 빠진 사람이 아주 살짝 수면으로 올라왔을 때 가까

---

* 일본의 통신회사 NTT의 직능별 전화번호부 명칭을 뜻함

스로 웅얼거리듯이 내뱉는 발음처럼 들렸다. 어떻게 하면 발음이 저렇게 되는 걸까.

"아, 여보세요?" 논이 입을 열었다. 아무래도 전화가 연결된 듯했다. "그게 말이죠, 질문이 있는데요……. 뭐라고 물어봐야 하나."

"내가 대신 받을까?"

논은 아오이 누나가 띄워준 구명보트에 주저 없이 올라탔다.

아오이 누나는 휴대폰을 넘겨받았다. 그러고는 실로 노련하게 레종전자 고객센터와 대화를 주고받았다. 이쪽의 의문을 하나하나 질문한 뒤 상대의 대답을 신중하게 정성껏 기록하면서 마치 회사원 생활 5년 차 정도는 된 것처럼 우아하게 맞장구를 쳤다. 아오이 누나는 10분쯤 대화를 나누다가 고맙다는 말과 함께 전화를 끊은 뒤 우리에게 통화 내용을 설명해주었다.

"일단 도쿄 빅사이트 건 말인데, 아무래도 레종전자는 아무것도 모르는 눈치야. 이벤트 회장의 예약은 물론이고 티켓을 만든 적도 없대. 호텔 건에 대해서도 물어봤는데 아무것도 모른대. 굉장히 친절하게 그러한 사실은 없다고 말하더라. 뭐, 결국……." 아오이 누나는 안타깝다는 듯 웃었다. "아무것도 모른대."

완벽하게 다시 원점이다. 매달릴 수 있을 것 같은 바위에는 전부 뛰어들어봤지만, 어디든 맥없이 무너져버렸다. 결국 우리는 나아가야 할 방향조차 확실하게 정할 수 없는 상황에 직면한 것이다.

그 후 비슷한 방법으로 논의 전화번호부에서 번호를 찾아낸 아오이 누나가 도쿄 빅사이트 쪽에도 전화를 걸어 봤다. 도쿄 빅사이트 측에서는 오늘 히가시 전시동은 모두 주식회사 레종 전자 측에서 이용 예약을 했으며 요금도 지불한 상태라고 호텔 과 똑같이 말했다. 결국 상황은 여전히 제자리였다. 한 걸음 나 아갔다가 다시 한 걸음 물러선 상태였다. 나도 모르게 맥 빠진 한숨이 새어 나왔다.

"난 컴퓨터로 조사 좀 해볼게요. 레종전자에 대해서." 논은 그 렇게 말한 뒤 거실에 있던 컴퓨터를 켰다. 익숙한 손놀림으로 컴퓨터를 조작하는 모습을 보니 상당히 기계에 능통한 것 같았 다. 논은 클릭과 타이핑을 반복하면서 인터넷의 세계로 풍덩 뛰 어들었다. 컴퓨터를 만진 경험이 적어서 잘은 모르지만, 어쨌든 논은 레종전자의 조사에 착수한 듯했다.

나는 어지러이 돌아가기 시작한 상황에 피곤해진 나머지 멍 하니 위를 올려다봤다. 천장에는 예쁜 샹들리에가 반짝반짝 빛 나고 있었다. 마치 보석이나 살아있는 생물처럼. 그런 광경을 보 고 있자니 점점 내 처지를 알 수 없게 되었다.

야요이에게 티켓을 받은 뒤 전철을 타고 도쿄까지 와서 '평범 하지 않은' 세 사람을 만났다. 호텔 객실로 안내받고 어느새 레 종전자를 조사하기 시작했다. 애당초 내가 왜 이런 일을 해야만 하는 걸까. 이쯤에서 '참 이상한 사건이었어. 그럼 난 이만 가볼 게'라고 말한 뒤 돌아가 버린다 한들 별문제는 없다. **나 개인적인** 손실과 이득을 따졌을 때 딱히 여기에 머물러야 할 이유는 없 었다.

오히려 이렇게 어스름하고 기묘한 세계에서 한시라도 빨리 벗어나, 가난하지만 따뜻한 우리 집으로 돌아가고 싶은 열망이 강했다.

그러나 우리에게는 당장 이 과제를 해결해야만 하는 이유가 있었다.

4년 전에 들렸던 그 '목소리'의 존재. 내가 사람의 등에서 숫자를 보게 되기 전날 밤, 꿈속에서(어쩌면 꿈이 아니었을지도 모른다) 들은 선명한 목소리.

'그건 당신께 맡기겠습니다. 그러니 그날까지 마음껏 사용해 주세요. 다만 혹여나 그날이 오면 제게 협력하셔야 합니다. 그날이 왔는데 협력을 거부한다면,

당신은······.

당신은······.'

그 이상의 목소리는 들리지 않았다. 마치 짓다 만 철교처럼 목소리는 여기에서 뚝 끊겼다. 목소리가 분명치 않아서 잘 들리지 않았다기보다 그저 침묵한 탓에 멈췄던 게 아닐까. 나머지는 스스로 생각하라는 거였나. 어쨌든 그 이후의 대사는 모른다.

"만약에 말인데, 우리가 그날 들었던 목소리에 '협력하지 않겠다'고 하면 어떻게 되는 걸까?" 나는 세 사람에게 질문을 던져 보았다. "뭔가 패널티 같은 게 있는 걸까?"

"글쎄." 에자키가 입을 열었다. "적어도 우리를 '평범하지 않은' 상태로 만든 '누군가'니까. 뭔가 우발적으로 우리에게 패널티를 부여한다고 치면 그야말로 간단히 그럴 수 있겠지. 예를

들면……." 에자키는 따분하다는 듯 말했다. "죽이는 것도 가능할 것 같은데."

나는 침을 꿀꺽 삼킨 뒤 다시 샹들리에를 올려다봤다. 그것은 변함없이 반짝반짝 빛나고 있었다. 나는 저렴한 월세의 낡아 빠진 연립주택에서 엄마와 단둘이 사는 보통의 고등학생이다. 그런 내가 어쩌다 보니 도쿄 중심부에 우뚝 솟은 건물의 꼭대기에 와 있었다. 벌써 다른 두 세계를 넘나든 듯한 기분이었다.

"우선 지금 상황에서 발버둥 칠 수 있을 만큼은 노력해보는 수밖에." 에자키는 정말 따분하다는 듯이 말했다. 전혀 의도하지 않았는데 억지로 말하게 된 것처럼.

내가 소파에서 자세를 고쳐 앉는데 등 뒤에서 느닷없는 목소리가 들려왔다. "우왓, 가방 귀엽다!" 목소리의 장본인은 물론 논이었다. 귀찮은 컴퓨터 작업에는 이미 질린 모양이었다.

"레종전자에 대해 조사하는 게 아니었어?" 내가 뒤돌아 묻자 논은 내게 화면을 보여 주며 설명했다.

"그러고 있다고요, 오스가 오빠. 내가 혈안이 돼서 레종전자에 관한 정보를 샅샅이 찾다가 이 가방에 다다른 거예요!" **논**은 컴퓨터 화면을 가리켰다. "여기에 따르면, 무슨 이유에서인지 지금 레종전자는 상당한 규모의 모니터 요원을 모집하는 캠페인을 하고 있는데, 참가자 전원에게 무료로 선물을 준다며 홍보하고 있어요."

나는 논이 가리키는 가방을 바라봤다. 적갈색 가죽으로 만든 여성용 가방으로, 군데군데 은근히 배합된 금색의 금속 장식이 멋스러워 보였다. 가방에는 문외한인 터라 그게 '무슨' 가방인지는 역시 모르지만, 어쨌든 세련된 여자가 들고 다니는 모습은 쉽게 상상이 갔다. 뭐랄까, 이 가방을 예전에 어디선가 본 듯한 기분도 들었다. 어디였더라. 그나저나 이런 야무진 가방을 무료로 선물해주다니 인심이 후하다. 모니터를 해주는 것만으로도 수지가 맞는 걸까.

"여기에 가 봐야겠어요!"

"뭐?"

"모니터에 참가하는 거예요." 논은 주먹을 쥐며 말했다. 눈이 지나치게 반짝반짝 빛나고 있었다. "이대로 인터넷에서 예약할 수 있고 참가비도 무료예요. 일요일마다 열리니까 내일도 할 거예요. 게다가 그 뭐랄까……. 여기에는 확실히 뭔가가, 우리의 지금 상황을 극복할 수 있는 커다란 힌트가 숨겨져 있는 게 틀림없어요. 맞아요, 확실해요."

어쩐지 후반부의 대사는 갖다 붙인 것처럼 어색했다.

"무슨 모니터인데?" 나는 물었다.

"그게 말이죠, 간단한 상품 테스트랑 설문조사. 거기다 사내 견학 투어도 있대요."

무엇보다도 좀 전의 '우왓, 가방 귀엽다!'라는 목소리가 내 머릿속에서 생생히 메아리치고 있었다. 논은 지금 상황을 극복할 수 있는 힌트 따위와는 무관하게 그저 순수하게 가방을 욕심내는 것처럼 보일 뿐이었다.

"모니터에 참가한다고 해서 어떤 힌트를 얻을 거라는 생각은 안 드는데."

"무슨 말을 하는 거예요! 〈배에 올라탈 때는 서슴지 마라〉라며 소설가 투르게네프도 외쳤잖아요. 여기에 꼭 가야 해요!"

"가방이 탐나서는 아니고?"

"헐! 그런 건 전혀 상관없어요."

처음의 괴성이 마음에 걸렸다.

"가보는 것도 괜찮겠군." 에자키가 입을 열었다. "어차피 실마리가 될 만한 건 거의 없어. 가볼 수 있다면 그러는 것도 나쁘지 않아."

"꺄아! 찬성해줘서 고마워요!" 논은 생각지도 못한 지원군의 등장에 힘껏 목소리를 드높였다. "그렇다니까요. 에자키 오빠 말대로 여기에 꼭 가봐야 해요. 흠흠." 논은 팔짱을 끼고 뭔가를 음미하듯 몇 번이나 고개를 끄덕였다. 상당히 신이 나 보였다.

일단 수긍하고 나자 논은 돌연 진지한 얼굴로 돌아와서 검지를 세우며 말했다.

"그런데 말이죠. 한 가지 문제점이랄까, 모니터에 참가하려면 조건 같은 게 있어요."

"어떤 조건인데?" 내가 물었다.

**"연인 동반이 조건이라네요."**

"뭐?"

"그러니까 모니터에 참가하려면 '커플'이 함께 접수해야 하나봐요. 남녀 한 쌍이어야만 참가할 수 있다는 거죠."

무슨 조건이 저래.

나는 어쩐지 황당한 조건에 고개를 갸웃거리며 논이 보고 있던 홈페이지를 확인해봤다. 정말로 거기에는 '이번 모니터는 현대의 젊은 커플을 대상으로 하고 있사오니, 반드시 두 분이 한 팀으로 참가해주시기 바랍니다'라고 적혀 있었다.

다소 납득이 가지 않았지만, 잘 생각해 보면 원하는 데이터 샘플을 얻기 위해 타깃을 정하는 게 그리 이상한 이야기는 아닐지도 모른다.

"누구, 애인 있는 사람 없나?" 에자키가 말했다. "사귀는 사람이 있는 쪽이 가는 게 맞겠지. 굳이 우리 중에 급조해서 가짜 애인을 만들 필요도 없으니까."

'누구, 애인 있는 사람 없나?'

그 질문을 듣자 내 머릿속에서는 곧장 야요이의 모습이 떠올랐다. 시종일관 어딘가 불안한 발걸음으로 외로이 걷는 야요이의 모습 말이다. 뒤돌아보거나 산들바람이 불 때마다 살랑살랑 흔들리는 양 갈래머리가, 커다랗고 촉촉한 눈동자가, 흩뿌리듯 풍기는 그 앳되고 사랑스러운 분위기가, 또렷이 되살아났다. 야요이가 내 눈앞에 아른거렸다.

나는 혼자 얼굴이 빨갛게 달아오르는 걸 느끼면서도 애써 마음을 가라앉혔다. 아무렇지 않은 척 노력했다.

"너도 없나?" 에자키의 질문에 나는 평정을 가장하며 고개를 끄덕였다.

"응. 없어. 아쉽게도." 사실대로 대답했다.

에자키는 별 감흥 없는 목소리로 말했다. "그럼 미안하지만 네가 사에구사랑 같이 가줘. 귀찮지만 난 여기에 가볼까 해."

에자키는 좀 전의 자료에 적혀 있던 주소를 가리켰다.

고객 주소…도쿄 오타구 덴엔초후 시 1-2×

"어쩌면 뭔가 아는 인간이 살고 있을지도 모르니까." 에자키는 그렇게 말하면서 소파에 깊이 파묻히듯 자세를 고쳐 앉았다. "그다지 내키지는 않지만."

맞다. 가능성은 희박해도 그곳에 가볼 만한 가치는 충분히 있었다.

그리하여 나는 내일 논과 함께 레종전자 모니터에, 에자키는 자료에 적힌 덴엔초후 시의 1번가에(아오이 누나도 동행해서) 가보기로 했다. 뭐가 뭔지는 몰라도 우선 행동 지침은 섰다(모니터에 한해서는 그리 도움이 될 것 같진 않지만).

회의가 대강 매듭지어지자 계산이라도 한 듯 방 안에서 전화벨이 울렸다. 호텔직원에게서 걸려 온 전화였다. 그는 1층 레스토랑에 우리의 저녁 식사 준비가 완료되었다고 전했다.

우리는 레스토랑에 가서 석식을 먹고(연어 마리네, 어니언 수프, 닭고기 소테 등등, 차례대로 끝도 없이 음식이 나왔다. 가난하게 살아온 내 삶에서는 분명 최고의 식사였다) 다시 방으로 돌아왔다. 여자팀부터 순서대로 샤워한 뒤 각자 잠옷으로 갈아입고 이를 닦은 다음(놀랍게도 논은 본인 전용의 전동칫솔을 가지고 있었다) 열두 시 조금 전에 침실로 들어갔다. 마침 방이 두 개여서 남자팀과 여자팀으로 나뉘어 각자 침대에서 잘 수 있었다.

잠들기 직전, 문득 에자키가 건네준 예언이 적힌 종이가 생각났다. 나는 가만히 가방 안에 개켜둔 바지의 주머니를 뒤져 종이를 펼쳤다. 거기에는 에자키의 말대로 두 문장이 나열되어 있었다.

- **연인 동반이 조건이라네요.**
- **틀리더라도 이상한 생각은 하지 말아 주세요.**

알고는 있었지만 역시 놀라고 말았다. 확실히 첫 번째 문장은 아까 들었다. 에자키의 예언은 정확히 들어맞았다.

하지만 두 번째는 들은 기억이 없었다. 어쩌면 단순히 내가 놓친 걸까.

그때 갑자기 침실 문이 확 열렸다. 문 맞은편에는 잠옷 차림의 논이 서 있었다. 핑크 바탕에 하얀 물방울무늬가 들어간 잠옷을 입고 머리에는 수면용 모자 같은 것을 쓰고 있었다. 피에로가 쓸 법한, 푹신푹신한 천으로 만든 삼각 모자였다. 장난기가 가득한 모습이었다.

**"틀리더라도 이상한 생각은 하지 말아 주세요!"**

"그래그래." 논은 내 말을 제대로 듣지도 않은 채 다시 기세 좋게 문을 닫아버렸다. 그 말만 전하러 온 모양이었다.

"대단한데. 한마디 한 구절 정확하게 들어맞았어." 나는 에자키에게 말했다.

둥글게 만 등을 내 쪽으로 향한 채 벌써 침대에 누워있던 그는 아무런 맥락도 없이 중얼거렸다. "따분한 인생이야." 그 발언의 의도가 뭔지 나는 잘 알 수 없었다.

그러나 등 뒤의 '56'이라는 숫자만큼은 오늘 하루가 에자키에게 어떤 날이었는지 슬쩍 말해주고 있었다.

나는 슬며시 웃은 뒤 침대에 들어가 조용히 잠에 빠져들었다.

# 7월 24일

둘째 날

...

메뚜기와 화재,
그리고 성관계

# 사에구사 논

오전 9시 정각, 전철을 타고 시나가와역에서 내렸다.

태평양처럼 끝도 없이 광대한 역 안에는 자동 개찰구가 무수히 늘어서 있었다. 빛이 흘러넘치는 천창과 손잡이처럼 늘어진 수많은 전광게시판.

평일이면 분골쇄신하며 경제 성장에 이바지하느라 분주한 샐러리맨의 열정적인 파도가 거대하게 밀려오는 이곳 시나가와도, 일요일인 오늘은 그야말로 평화로웠다. 정장 차림의 사람들이 몇몇 눈에 띄기는 했지만 많지는 않았다. 일본이 자랑하는 사이버시티 시나가와도 제대로 휴일을 만끽하는 모양새였다.

"길은 알아?" 오스가 오빠가 물었다.

"물론이죠." 최근 들어 가장 자신감 넘치는 표정을 지어 보였다. 그 정도는 식은 죽 먹기다. 이 몸이 누군데.

오스가 오빠는 지바현 시골에서 온 탓인지 일렉트로닉스한 도심의 터미널 역에 압도당한 상태였다. 명왕성 근처에라도 다다른 우주인처럼 신기한 표정으로 두리번두리번 주변을 둘러보고 있었다. 오스가 오빠, 시골에서 온 티가 나잖아요.

개찰구를 나온 우리는 도보로 10분 정도 걸리는 레종전자 본사로 향했다. 당연히 목적은 모니터 참가다. 그것을 빌미로 가방을 얻어내려는 건 절대 아니다. 결코 그런 의도는 없다. 가방을 받으러 가는 건 최종목적이 아니라 그저 덤일 뿐. 틀림없는 사실이다.

"가방이 탐나는 거지?"

"네?!" 내 마음을 들여다본 듯한 오스가 오빠의 기습 질문이 곧장 정곡을 찔렀다. "가, 갑자기 무슨 말 하는 거예요! 그럴 리가 없잖아요."

"왠지 굉장히 신나 보여서……."

"기분 탓이에요, 기분 탓."

"……등에 '58'이라고 적혀 있는데."

헉. 이 얼마나 무서운 능력인가. 내 본심과 원래 목적이 제멋대로 입증된 셈이다. 이거야 원, 으스스하네.

나는 형세가 불리해지자 논점을 딴 데로 돌렸다.

"그런데요, 오빠. 사람의 등에서 본다는 그 숫자 말이에요, 내 나름대로 의문이 있는데 얘기해도 돼요?"

"뭔데?" 오스가 오빠는 완벽하게 걸려들었다.

나는 물었다. "그 숫자는 누가 정하는 걸까요?"

"뭐?"

"그러니까 오빠가 매일 목격한다는, 사람 등 뒤에 떠오르는 **숫자를 대체 누가 산출하느냐,** 이 말이에요."

"미안. 잘 모르겠는데……."

나는 일단 과장되게 한숨을 내쉬었다. "난 완벽한 대답을 바라는 게 절대 아니에요. 그냥 추측만으로도 충분해요. 대체 그 숫자를 산출해내는 이가 누구라고 생각하는지 오빠의 의견이 궁금해서요."

그는 큰 계약 건수를 놓친 영업사원처럼 심란한 표정을 했다. "글쎄…… 그런 건 생각해 본 적이 없어서 잘 모르겠지만, 일종의 '신' 같은 존재가 정하는 게 아닐까? 적당한 말이 잘 안 떠오르네."

나는 이야기 주제가 조금 전의 가방에서 확실히 멀어졌다는 걸 피부로 느끼면서 속으로 혼자 웃었다. 그리고 그 문제를 확실히 벗어나기 위해 재차 이야기의 근원을 파고들어 갔다.

"오스가 오빠, 이 세상에서 행복에 대한 논의는 오래전부터 끊이지 않았어요. 사람들은 '행복'의 진상을 규명해서 그 과정을 수많은 책과 명언으로 남겨오고 있죠. 예를 들면 그 유명한 셰익스피어가 있어요. 그는 〈세상에는 행복도 불행도 없다. 그저 사고에 따라 바뀌는 것이다〉라는 유명한 말을 남겼어요. 훌륭한 명언이자 격언이죠. 난 이 말에서 '행복'의 기본원리를 도출하고 싶어요. 즉, '행복'이란 건 보편적 존재에 의해서가 아니라 누군가의 사고와 판단에 기초해서 규정된다는 사실이에요. 이해되나요?"

"으, 응. 어쩐지." 그는 그다지 이해하지 못한 표정으로 대꾸했다.

나는 말을 이었다. "그러니 만약 '행복'이라는 것이 오빠에게는 수치로 가시화된다면 그건 분명 누군가가 **그 수치를 자의적으로 설정하고 있다**는 말이 돼요. '신'이니 뭐니 하는 전지전능한 존재가 아니라, 좀 더 평범한 인물에 의해 이루어지는 거죠. '신'이라는 고상한 존재가 사람의 행복을 획일적으로 대충 수치화하는 식으로 적당히 일할 리가 없잖아요. 만인에게 보편적으로 두루두루 적용할 수 있는 '행복'의 척도 같은 건 결국 존재하지 않아요. 예를 들어 누군가한테 마시멜로를 받았으니 플러스 3점이라든가 개똥을 밟았으니 마이너스 18점이라든가, 그런 기준이 있을 리 없으니까요. 각자 느끼는 방식에는 차이가 있어요. 따라서 그런 기본원리를 무시한 채 '신'이 건성건성 일하고 있을 거라는 가설을 난 받아들일 수 없어요."

"그럼, 이런 건 어떨까." 오스가 오빠가 말했다. "다들 마음속으로 느끼는 감각이 수치화되어 있는 거라면? '오늘은 이 정도쯤 행복해'라는 식으로 그 수치를 정하는 게 당사자 자신이라고 말이야."

"그것도 말이 안 돼요." 나는 무엇이든 부정했다. "그 가설대로라면 수치는 '편찻값'이 될 수 없어요. 모두가 본인 좋을 대로 자기 기준에 따라 행복지수를 정해버리면, 행복지수가 수치로 나타난다 한들 서로 비교할 수가 없어서 그다지 유용한 지표가 되지 않을 테니까요. A 씨의 수치 60과 B 씨의 수치 60은 근본적인 차이가 있게 마련이죠. 누군가 동등한 조건에서 정해 놓은 수치라면 몰라도 각자가 멋대로 정해도 되는 거라면 수치의 진폭이 엄청나게 커지고 마니까요." 일단 나는 헛기침을 했다. "구체적으로 말해볼까요? 예를 들면 이거예요. 여기에 고양이 한 마리를 데려와서 A 씨에게 이렇게 묻는 거죠. '50점을 기준으로 했을 때 이 고양이는 얼마나 귀엽나요?' 그때 A 씨가 그 고양이를 '죽을 만큼 귀여워'라고 느껴서 70점이라고 평가했다고 쳐요. 뭐, 그건 상관없어요. 그런데 같은 질문을 B 씨에게 했을 때 그가 고양이를 '죽을 만큼 귀여워'라고, 즉 A 씨와 완전히 똑같이 판단했다고 해도 70점을 매길 거라고는 장담 못 해요. 같은 판단이라도 명확한 기준이 정해져 있지 않으면 수치화할 때 각자의 진폭이 자유롭게 변경되고 마니까요. 그러니 아마 그 가설도 불가능해요."

내 말이 끝나자 오스가 오빠는 감탄한 듯 입을 다물고 말았다. 이야기를 옆길로 빠지게 하려고 순간적으로 꺼낸 말이었음에도 그에게는 상상 이상의 깊은 울림이 있었던 모양이다. 음. 다행이군. 정말 다행이야. 이걸로 한 건은 일단락됐다. 모두가 행복해지지 않았는가. 난 이야기를 매듭짓기 위해 자연스럽게 명언을 여기저기 끼워 넣으며 말했다.

"프랑스 작가 쥘 르나르가 이런 말을 했어요. 〈행복이란 행복을 찾는 일이다〉라고요. 그렇다면 매일 사람의 '행복'을 엿보는 오스가 오빠야말로 행복의 상징이 아닐까요. 〈행복은 행복 가운데 있는 게 아니라 오직 그것을 손에 넣는 과정 안에 있다〉라는 소설가 도스토옙스키의 말도 무시할 수 없어요. 어때요? 오빠가 생각한 것 이상으로 행복의 세계란 깊고도 넓은 것 같지 않나요?"

"……응." 그는 작게 고개를 끄덕이며 말했다. 내 말을 몇 번이나 음미하며 되새기는 것처럼.

솔직히 나로서도 기분이 나쁘지는 않았다. 사람의 가치관에 영향을 미친다는 건 어쩐지 명예로운 일이니까. 설령 그게 뭔가를 감추기 위한 서두였을지라도 말이다.

"넌 항상 그렇게 어려운 걸 생각하는 거야?" 오스가 오빠가 물었다.

"음, 글쎄요." 나는 조금 쑥스러워하며 말을 이었다. "어쨌든 독서를 통해 스스로 변화해간다는 걸 느끼니까요. 그래서 필연적으로 인생을 생각하는 갈대로 이끌어나가자고 마음에 새기며 살아가는 건지도 몰라요. 으하핫."

"흐음. 그런데 말이야. 손가락으로 책을 읽을 수 있는 네 능력에 관해 나도 의문이 하나 있는데 물어봐도 될까?"

나는 눈을 번쩍 뜨고 말했다. "그럼요. 뭔데요?"

"손가락으로 책을 읽을 수 있는데 어째서 일부러 책을 사서 평범하게 눈으로 읽으려는 거야?"

옳거니. 역시나 독서를 좋아하지 않는 사람이 가질법한 의문이다.

나는 검지를 세워서 지휘자의 지휘봉처럼 휙휙 흔들며 대답했다.

"오스가 오빠, 잘 들어봐요. 내가 존경하는 데라야마 슈지 선생이 이런 말을 했어요. 〈잊는 것 또한 사랑이라는 생각이 든다〉. 암기와 이해가 다르듯이 기억과 독서 역시 전혀 다른 행위예요. 예를 들어볼까요. 전쟁서사시인 헤이케 이야기의 서두를 알고 있나요?"

"응. 아마도……." 오스가 오빠는 쾌청한 하늘을 올려다보며 신중히 대답했다. "기원정사의 종소리는 제행무상을 일깨워주고 사라쌍수의 꽃 색깔은 성자필쇠의 이치를 나타낸다. 맞나?"

"흠. 그럼 그건 무슨 뜻이죠?"

"……글쎄, 잘 모르겠는데."

"그러니까요. 기억하고 있어도 이해하지 못하면 의미가 없죠. 암기만 해봤자 그건 단순히 주문일 뿐이지 인생을 풍요롭게 하는 '말'이 되진 않으니까요. 자기 안에 가만히 이야기를 집어넣고 기억의 체로 걸러낸 뒤에도 여전히 남는 말이야말로 독서에서 얻은 감동이라 부를 수 있어요. 그 체에서 걸러진 말들은 결코 버려진 게 아니라 사랑받아서 자기 몸을 통과해가는 거예요. 그런 식으로 스스로 성장해 나갈 수 있게 도와주는 게 독서의 이점이죠. 그런데 손가락으로 읽어버리면 그런 즐거움이 깨져버리거든요. 그건 단순히 암기일 뿐 독서라고는 할 수 없으니까요. 무슨 말인지 알겠어요?"

"그렇군……."

"게다가!" 대화 주제가 내 분야다 보니 그만 열을 올리고 만다. "중요한 건 '속도 감각'이에요. 텔레비전이나 영화와 달리 독서는 당사자가 이해의 속도를 자유롭게 조절할 수 있잖아요. 느긋하게 읽고 싶은 사람은 천천히, 서둘러 읽고 싶은 사람은 빨리. 난 그런 식으로 시간의 흐름을 책과 공유하는 독서의 '과정'에서 오는 즐거움도 소중히 여기고 있으니까요. '독서는 옛사람의 이야기니까 상대의 성격과 말투를 상상하면서 최적의 페이스로 읽는 것이 좋다'라고 삿짱이 말했었죠."

"사, 삿짱?" 오스가 오빠가 끼어들었다.

"네, 삿짱이요." 나는 가슴을 폈다.

"누군데? 유명인인가. '무슨 대처'라는 사람*?"

"'마거릿 대처'를 그렇게 부르는 사람이 대체 어디 있어요?" 나는 기가 막혀서 말했다. "삿짱은 나의 영원한 스승이자 친구라고요. 바지런한 일본인이죠."

"흐음." 오스가 오빠는 내심 흥미로운 듯 관심을 보였다. "대체 어떤 사람이길래?"

오호. 삿짱에게 흥미를 보이다니 안목이 있네. 나는 대번에 마음속 서랍 안에서 삿짱에 관한 기억을 꺼내 정리해서 하나의 체계로 재구성했다.

마침 큰길에서 신호등을 기다려야 했다. 매미가 잠시 시끄럽게 울었다.

"사실 내게 독서의 훌륭함을 가르쳐준 장본인이 바로 삿짱이에요. 그러니 삿짱이 없었다면 지금의 난 존재하지 않았을 거라

---

\* 영국 최초의 여성 수상 마거릿 대처의 일본식 발음이 '삿차'로, '삿짱'과 비슷함

해도 과언이 아니에요. 말하자면 '노 삿짱, 노 논짱'인 셈이죠."

"그래서 어떤 사람이냐니까?" 오스가 오빠가 재차 물었다. 아무래도 빨리 결론이 듣고 싶은 모양이었다.

"삿짱은 나보다 두 살 위인 언니였어요. 처음 만난 건 5년 전이었죠." 거기까지 말하고 보니 지금부터 내가 하려는 이야기가 분량이 많다는 걸 깨달았다. 일단 나는 확인차 물었다. "이야기가 좀 긴데, 괜찮겠어요?"

오스가 오빠는 휴대폰으로 시간을 확인한 뒤 말했다. "상관없어. 아직 시간도 있고 레종전자 본사까지 거리도 있으니까."

나는 고개를 끄덕이고 이야기를 시작했다. 삿짱의 이야기는 두세 마디로 끝날 만큼 간단하지 않다. 그건 분명 기독교인이 그리스도에 관해 이야기할 때나 전철 마니아가 야간열차에 관해 이야기할 때와 닮았다. 그만큼 삿짱은 내게 중요한 존재이기에 잘 다듬어지지 않은 어중간한 표현이나 말로 간단히 이야기해서는 안 된다.

나는 가능한 한 신중하게 이야기를 풀어나갔다. 최대한 내가 느끼는 감정을 고스란히 말로 표현하면서. "당시 난 초등학교 5학년이었어요. 그때는 매일 날이 저물 무렵까지 여기저기로 신나게 놀러 다녔죠. 당연히 혼자는 아니었어요. 같은 학교 남자애들 몇 명이랑 어울렸죠. 상점가에 가서 뭘 사 먹거나 제방에 나가서 메뚜기랑 도롱뇽을 잡기도 하고, 또 어떤 날은 피구를 하며 놀았어요. 내 입으로 말하기도 그렇지만, 그야말로 그때의 난 요즘 애들답지 않게 건전하고 건강한 아이였다고 자부해요.

어떤 의미에서는 초등학생다운 바람직한 자세였죠. 뭐, 어쨌든 늘 정해진 네다섯 명의 무리끼리 어울리며 온 동네를 배회하곤 했어요.

당시 우리가 놀던 코스의 '루틴' 중 한 곳이 근처 공원이었어요. 테니스코트의 한 면 크기쯤 되는 유난히 자그마한 공원이었는데 우리한테 딱 좋은 아지트였죠. 무엇보다도 메뚜기가 잘 잡혔거든요. 그것도 풀무치랑 섬서구메뚜기가요. 흉포하고 흔해빠진 송장메뚜기는 없었어요. 그래서 우리는 상당히 자주 그 공원에 얼굴을 내밀었죠. 일주일에 적어도 세 번은 갔을걸요.

그 공원에는 늘 삿짱이 있었어요. 삿짱은 주말과 비 오는 날만 빼고 구석에 있는 벤치에 앉아 묵묵히 책을 읽고 있었어요. 공원 근처에 있던 유명한 사립 여자중학교의 교복을 입고서 양장본의 문예서를 읽고 있었죠. 인문교양서나 문고본을 읽을 때도 있었지만, 대개는 역시 문예서였어요. 당시의 나와는 완전히 딴 세상에 사는 사람이나 마찬가지였죠. 한 명은 흙투성이의 건강한 꼬마 소녀, 다른 한 명은 교복 차림의 문학소녀. 당시 내가 아직 어린 티가 나는 초등학생이긴 했지만, 삿짱은 중학생치고 상당히 어른스러웠어요. 물론 화장기 때문이라거나 그런 건 아니었어요. 순수하게 어른스러운 차분함 같은 게 느껴졌거든요. 책장을 넘기는 손가락, 머리를 쓸어 올릴 때 보이던 귀, 무심하게 시선을 움직일 때의 표정. 모든 게 어른스러움 그 자체였어요. 당연히 우린 매일 공원에 나타나는 그 수수께끼 같은 중학생의 존재에 대해 잘 알고 있었지만, 누구도 그녀에게 말을 걸 생각은 하지 않았어요. 어린애인 우리로서도 다른 세계에 사는 사람이라는 걸 피부로 느끼고 있었거든요. 설령 동일한 시간에 같은 공원에 있더라도 우리가 느끼는 시간의 감각은 전혀 별개라는 걸요. 그런 까닭에 우리는 긴 시간 동안 기묘한 거리감이 있는 이상한 사이였어요. 아는 얼굴인데 지인은 아닌, 그런 관계였죠.

그러던 어느 날, 난 큰맘 먹고 말을 걸어보기로 했어요. 사소한 **사건이 있었거든요.** 그 내용에 관해서는 적당히 넘어가 주세요. 당시의 난, 매일 **남자애들과 어울려서 놀던 쾌활한 5학년 여자애**였으니까요. 촌스럽게 그 이상 질문하는 건 참아주세요. 어쨌든 사건이 있었는데 상담 상대로서 삿짱은, 물론 그때는 이름도 몰랐지만, 더할 나위 없는 적임자로 느껴졌어요.

그래서 과감히 말을 걸어보기로 했죠. 당연히 그때만큼은 혼자 공원에 갔어요. 나는 곧장 그 중학생에게 다가가 잠깐 이야기 좀 할 수 있냐고 물었어요. 불시에 일어난 일에 삿짱은 당황한 듯한 표정이었죠. 아마 내가 말을 걸 거라고는 예상조차 하지 못했을 거예요. 그런데도 삿짱은 즉각 책을 덮고 내 상담을 들어줬어요. 삿짱이 물었죠. '왜 내게 말을 건 거야?' 그래서 난 달리 상담할만한 사람이 없었다고 대답했어요. 거짓말은 아니었어요. 정말이었거든요. 물론 부모님과는 제대로 풍부한 '커뮤니케이션'을 하고 있었고 결코 사이가 나쁘지도 않았어요. 그런데 막상 그런 상황이 되고 보니 오히려 부모님과의 상담은 피하고 싶은 거예요. 너무 가까워서 어쩐지 두려웠다고나 할까요. 그런 이유로 샷짱에게 상담을 했는데 그 충고는 조금 의외였어요. 당시 샷짱은 내게 이렇게 말했죠. '〈모든 양서를 읽는 일은 과거의 사람과 대화를 나누는 것과 같다〉고 데카르트는 말했어. 그러니 만약 뭔가 방황하고 있을 때 책을 펼쳐보면 도움이 될 거야. 거기에는 매우 소중한 인생 교훈과 상담 상대가 있을 테니까.' 아마 한 글자 한 구절도 거의 틀리지 않을 거예요. 샷짱의 말은 내 안에서 가장 중요한 메모리에 저장되어 있으니까요. 샷짱의 가느다란 손가락부터 상냥하게 움직이던 입술 모양까지 전부 기억해요. 솔직히 당시의 내게 그 발언 자체는 효력이 그리 크진 않았어요. 하지만 내 마음은 한없이 크게 흔들렸죠. 지금 생각하면 샷짱이 풍기던 분위기와 당시의 타이밍이 한몫했던 것 같아요. 무슨 말인지 알겠어요? 모든 '시추에이션'이 기가막힐 만큼 내게 딱 들어맞았던 거예요. 몸이 떨릴 정도였어요. 그리고 난 눈을 떴죠. 이렇게 되고 싶다고 생각했어요. 나는 이 사람처럼 되고 싶다. 사소한 사건 따위에 동요하지 않는, 듬직한 여자 어른이 되고 싶다고 생각하게 되었죠.

그날 이후, 늘 어울리던 무리에서 벗어나 매일같이 샷짱이 있는 곳으로 놀러 갔어요. 이번에는 어느 책을 읽으면 좋을까요? 저 책은 재미있나요? 어떻게 해야 머리가 좋아질까요? 어떻게 하면 좀 더 즐거운 나날을 보낼 수 있을까요? 질문이 끊이지 않았죠. 기관총처럼 쏟아내는 내 질문에도 샷짱은 매번 어떤 위인이나 문학작품의 명언을 인용하면서 내게 적확한 어드바이스를 해줬어요. 그때마다 감동하고 매료당한 나는 순식간에 수수께끼의 중학생이던 삿짱의 색으로 물들어갔죠. 이토록 멋진 사람을 만나다니, 꿈만 같았어요. 하루하루가 도약해나가는 개인교습이나 마찬가지였죠. 강렬하면서도 유익한 최고의 나날이었죠. 하루 중에서 삿짱과 이야기하는 시간이 난 가장 좋았어요.

하지만 좋은 만남의 결말이 대개 그러하듯 이별은 갑작스레 찾아왔어요. 삿짱과 만난 지 딱 1년이 지난, 초등학교 6학년 여름방학 전의 일이었어요. 어쩐지 삿짱의 분위기가 평소와 다르다는 걸 느끼고 무슨 일이 있는지 물어봤죠. 그랬더니 삿짱답지 않게 동요하면서 머뭇머뭇 이야기를 이어가는 거예요. 정말 삿짱답지 않았어요. 몇 번이나 앞뒤로 말을 흐렸지만, 이야기의 핵심은 실로 간단했죠. 전학을 가게 되었다는 거였어요. 아버지의 직장 사정 때문이라고 했어요. 갑작스러운 이별에 난 터무니없을 만큼 울면서 슬퍼했어요. 당연하죠. 당시의 난 어쨌든 아직 초등학생이었으니까. 소중한 존재와 이별하는 일은 익숙하지 않았어요. 부끄러움도 체면도 잊은 채 난 삿짱 앞에서 엉엉 울부짖었어요. 데라야마 슈지 선생이 그랬죠. 〈눈물은 인간이 만든 가장 작은 바다〉라고. 정말 난 그 공원에 바다를 만들었어요. 얼마간 시간이 지나자 눈물은 가라앉았고, 조금씩 난 우리의 이별을 받아들이려고 노력했어요. 아이라고 해서 울고만 있어서는 안 된다고 판단한 거겠죠. 마음을 바꾼 나는 일단 곧장 집으로 돌아갔어요. 삿짱과의 우정, 또는 사제 간 인연의 증거로 '학 세 마리'를 접어 선물했어요."

"학 세 마리?" 상당히 오랜만에 오스가 오빠가 되물었다.

나는 고개를 끄덕였다. "네. 학 천 마리를 혼자서, 그것도 단시간에 접을 수는 없으니까 세 마리에서 멈추기로 한 거예요. 확실히 겉보기에 화려함은 약간 부족했지만 샷짱은 기뻐해 줬던 것 같아요. 그녀는 학 세 마리가 구겨지지 않도록 조심히 손에 든 채 돌아갔어요. 그 이후로 한 번도 샷짱과 만나지 못했어요. 어느 학교로 전학 가는지 묻는 걸 깜빡 잊어버렸거든요. 샷짱의 주소를 묻지 않은 걸 그 뒤로 몇 번이나 후회했는지 몰라요. 뒤늦게 후회해봤자 아무 소용없지만요. 이것 또한 운명이라며 깨끗이 받아들일 수밖에요. '슈하리*'의 정신처럼 언젠가는 결국 샷짱이라는 껍질을 벗고 스스로 도약해야만 했으니까요."

여기까지 말한 뒤 샷짱에 관해 뭔가 푸념 섞인 말을 하지 않았는지 스스로 자문했다. 음, 일단 괜찮은 것 같군. 내 나름대로 샷짱과 얽힌 이야기를 고스란히 잘 전달한 것 같았다. 난 고개를 끄덕인 뒤 말했다.

"이야기는 여기까지예요. 들어줘서 고마워요."

정신을 차리니 눈앞에 거대한 요새 같은 빌딩이 우뚝 솟아 있었다. 전면 통유리로 된 근미래 느낌의 외관에 반짝반짝 빛나는 은색 간판. 그 위에 새겨진 '주식회사 레종전자'라는 글자. 그 건물은 빌딩 숲 안에서 적절한 조화를 이루면서도 다소 이질적인 존재감을 드러냈다. 여름 햇살이 유리 벽면에 선명하게 반사되고 있었다.

---

\* 역사적인 것을 지키고, 기존의 것을 파괴하고, 과거와 현재에서 벗어나 새로운 것을 창조한다는 옛말

"여기가 맞아?" 오스가 오빠의 질문에 나는 힘차게 고개를 끄덕여 보였다.

"네. 여기에서 가방을 준대요. 틀림없어요."

나는 그의 쓴웃음을 보고서야 실수를 깨닫고 혀를 찼다. 그러고 나서 입을 삐죽 내밀었다. 젠장. 꼭 마지막에 일을 그르친다니까.

삿짱을 따라가려면 한참 멀었다.

입구를 통과해 안으로 들어가니 접수처에서 굉장한 미인 두 사람이 우리를 향해 깍듯이 인사했다. 까만 대리석 바닥이 아름답게 죽 이어져 있고 접수대 뒤로 설치된 액정 패널에서는 선명한 색깔의 프로모션용 비디오를 상영 중이었다. 최신형 텔레비전의 광고 영상이었다. 과학적 기술력과 문화적 장엄함이 훌륭하게 배합된 내부였다. 불필요한 장식은 일절 없는 넓은 공간 안에, 중후한 기둥과 하늘 높이 치솟은 천장이 시선을 사로잡았다. 만약 이 넓은 로비 안에서 큰 목소리를 낸다면 족히 3분 정도는 반향이 되어 울릴 것 같았다. 아무것도 두지 않는 사치스러운 공간 사용법에서 어쩐지 레종전자의 재력이 느껴졌다. 역시 천하의 레종전자다. 내가 편의점에서 과자를 사 먹듯 참가자에게 가방을 선물해주는 게 틀림없었다.

나는 접수처 여직원에게 다가가 말했다.

"모니터에 참가하러 왔는데요."

접수처 여직원은 45도 기울기의 모범답안 같은 인사를 재차 건넸다. "감사합니다. 성함을 여쭤봐도 될까요?"

"사에구사예요. 사에구사 논입니다."

접수처 여직원은 잠시 기다려달라고 말한 뒤 손 가까이에 있는 터치패널을 조작했다. 아무래도 예약 목록을 보고 있는 듯했다. 잠시 후 접수처 여직원은 고개를 들었다.

"'사에구사' 님이시군요. 기다리고 있었습니다. 왼쪽 전방으로 보이는 제1미디어홀로 가주시면 됩니다."

"알겠어요. 저기…… 잠깐 질문이랄까, 확인할 게 있는데요. 정말 가방을 주시는 건가요?"

접수처 여직원은 미소 지었다. "네. 물론입니다. 이탈리아 유명 디자이너 '부자르도* 씨'가 당사를 위해 제작한, 진짜 가죽으로 만든 핸드백을 모든 분께 선물해드리고 있습니다."

"후훗. 감사합니다."

크크크. 마음속에서 웃음이 멈추지 않았다. 인터넷 화면상으로 봤을 때 그 가방은 디자인이 꽤 귀여웠을 뿐만 아니라 실용성도 풍부해 보였다. 머릿속에서는 벌써 어느 주머니에 어떤 소지품을 넣을지를 고민하며 김칫국부터 마시고 있었다. 가방아, 잽싸게 내게 오렴.

"역시나 모니터에 참가한다고 해서 딱히 힌트를 얻을 것 같지는 않은데." 오스가 오빠가 하나 마나 한 말을 또 꺼냈다.

"무슨 말을 하는 거예요! 진짜 중요한 힌트가 하나둘 나타날 거라니까요! 틀림없어요. 그것도 획획 하고 말이에요."

---

\* 이탈리아어로 거짓말쟁이라는 뜻

"그럼 좋겠지만."

흥. 오스가 오빠가 불만을 말하고 싶어 하는 건 뭐, 병아리 눈물만큼은 이해가 된다. 그래도 그렇지, 이제 와서 계속 미련을 가질 필요도 없을 텐데. 참 미적지근한 사람이다.

나는 앞장서서 제1미디어홀을 향해 커다란 보폭으로 척척 걸어갔다. 그 공간 또한 레종전자의 이름에 부끄럽지 않을 만큼 압권이었다. 정면에 설치된 큼지막한 프로젝터가 짙은 갈색 책상을 호를 그리듯 둘러싸고 있었다. 무슨 마이크 같기도 헤드폰 같기도 한 괴상한 장식이 모든 명찰에 빠짐없이 달려 있었다. 어쩌면 동시통역 같은 하이테크 기능이 있는 건지도 모른다. 의자는 접이식의 폭신폭신한 제품이었다. 홀 안의 어슴푸레한 조명은 어쩐지 비밀조직의 회의실을 연상시켰다.

홀 내에는 이미 커플 10팀 정도가 시끌벅적 모여 있었다. 필요 이상으로 서로의 몸에 밀착한 채 귓가에 뭔가를 속삭이고는 함께 웃고 있다. 아무래도 그들에게는 내가 비밀조직의 회의실 같다고 표현한 이 어슴푸레한 분위기가 에로틱한 연출로만 보이는 모양이었다. 무심코 나는 적대적인 시선을 던졌다. 찌리릿.

우리는 적당히 빈자리를 찾아 앉았다. 푹신푹신한 의자가 풀썩하며 나를 기분 좋게 감쌌다.

"오늘 당사의 모니터링에 와주셔서 진심으로 감사합니다. 곧 시작할 예정이오니 그대로 자리에서 기다려주시길 바랍니다."

프로젝터 옆에 서 있던 또 한 명의 엄청난 미인이 말했다. 아무래도 레종전자에는 미인이 남아도는 모양이다. 현재까지 미인의 비율은 두말할 필요도 없이 100퍼센트다. 레종전자, 정말 수상쩍은 기업이네.

그런 생각을 하는 사이, 어둑했던 조명이 한층 어두워지더니 홀 안이 암흑에 휩싸였다. 그와 동시에 프로젝터에서 강한 빛이 쏟아지며 무언가 형상이 드러났다.

주식회사 레종전자 신제품 모니터 겸 사내 견학회

흐음. 드디어 시작인 모양이군. 어차피 가방을 받기 전까지는 지루한 시간일 테지만.

정중한 인사를 시작으로 프레젠테이션을 시작한 이는 새로 등장한 또 다른 미인 사원이었다. 눈앞에 연이어 모습을 드러내는 미인군단에, 웅성대는 십 대 후반에서 이십 대 초반의 커플들.

나는 콧방귀를 뀌며 푹신푹신한 의자에 몸을 맡겼다.

삿짱. 난 지금 굉장히 어울리지 않는 곳에 와있어요.

# 아오이 시즈하

경전철을 타고 신바시에 가서 전철로 갈아탄 뒤 가마타에서 내렸다. 그리고 현재는 두 번째로 환승한 열차 안. 우리는 자료에 적혀 있던 덴엔초후 1번가로 향하고 있었다.

열차는 내가 통학할 때 이용하는 전철보다도 약간 더 자그마한 크기로 공간이 살짝 콤팩트했다. 차창으로 흘러가는 풍경은 도쿄 치고는 상당히 차분하고 한산한 주택가가 대부분이었다. 도심에 가까우면서도 떠들썩한 분위기가 아니어서 무척 살기 좋은 곳이란 느낌이 들었다. 전철에서 바라보는 것뿐이지만.

에자키는 문에 기댄 채 팔짱을 끼고 있었다. 그리고 지루하다는 듯 자기 발쪽으로 시선을 떨어뜨렸다. 뭔가를 깊이 생각하는 것 같기도 하고 반대로 아무런 생각도 하고 있지 않은 것처럼도 보였다.

우리는 호텔을 나와 전철을 두 번 갈아타고 도보로 몇 분간 이동하면서 이미 40분이 넘는 시간을 함께하고 있었다. 하지만 우리 사이에 대화다운 대화는 거의 없었다. 에자키는 조금 말을 걸기 힘든 분위기인데다가 나 역시 그런 상황을 극복하면서까지 말을 걸 만큼 사교성 있는 성격은 아니었다. 무엇보다도 나는 남자와 단둘이 있는 환경에 익숙하지 않았다. 에자키는 아무런 잘못도 없는데, 내 안에서 남자란 존재는 그저 '남자'라는 장르로 분류된 채 나도 모르게 '그 남자'와 동일시하고 만다. 남자는 누구나 '그 남자'처럼 행동하지 않을까. 혹여 그러지 않더라도 속으로는 '그 남자'와 같은 속셈을 몰래 품은 채 평소에는 그걸 표출하지 않으려 애쓰는 게 아닐까. 그런 식으로 제멋대로 생각하는 건 굉장히 무례하기 짝이 없다는 걸 알면서도 남자를 마주하게 되면 어쩐지 내심 살짝 방어태세가 되고 만다.

열차가 어느 역에 도착했을 때 에자키가 불쑥 입을 열었다. 드디어 긴 침묵이 종말을 알렸다.

"너, 3학년이지?"

오랜만의 질문에 순간 말을 잃었지만 나는 곧장 정신을 차린 뒤 대답했다.

"응. 벌써 고3이야."

"수험 준비는 안 해?" 에자키는 질문을 하면서도 결코 내 얼굴을 보지 않았다. 변함없이 자기 샌들을 바라보고 있었다.

"수시로 합격은 해놨어. 그리 유명하지 않은 자그마한 사립대학이지만."

"전공은?"

"일단 경제학. 딱히 굉장한 흥미가 있는 건 아니지만 역시 생활에 직결되잖아. 가장 실용적이지 않을까 해서."

나는 스스로도 놀랄 만큼 깔끔한 대답에 감탄하고 말았다. 결국 이 대답은 최근 몇 개월 동안 내가 어쩔 수 없이 준비해둔 유일하면서도 그럴싸한 외양이었으니까.

사실 그런 쪽으로는 진학하고 싶은 마음도 없고 경제학 쪽에 이렇다 할 전망을 가지고 있지도 않다. 그런데 목소리를 내어 그렇게 대답해오다 보니 습관적으로 그게 나의 본심이라며 말하고 다니게 되었다. 나 스스로 이렇게 말하고 있잖아. 그러니 틀림없어. 언젠가 그것이 진짜 본심이 될 날이 오겠지.

에자키는 내 대답에 별다른 반응을 보이지 않았다. 보여 주기 식의 대답이라는 걸 간파한 걸까. 아니면 일단 그 대답에 수긍한 건지도 모른다. 에자키의 감상이 어땠을지는 알 수 없었다.

"너, 피아노를 좋아하지?" 에자키는 말을 이었다. 뭔가의 껍질을 깨부순 것처럼 한번 부서진 침묵은 서서히 그 흔적을 지워 나갔다.

의심이 의심을 낳는다는 건 알면서도 어쩐지 질문 순서에 의도 같은 게 느껴져서 나도 모르게 에자키의 표정을 살폈다. 그건 마치 '경제학 말고 달리 하고 싶은 게 있을 텐데? 그게 피아노잖아?'라는 질문을 받은 듯한 착각을 느꼈기 때문이다. 그러나 여전히 에자키는 딱히 변함없는 표정으로 바닥을 바라보고 있었다. 당연하지 않은가. 어제 처음 만났을 뿐인 에자키가 내 과거를 알 리는 없으니까. 그의 질문에는 의도도 악의도 없다. 잠시만 생각해봐도 알 수 있지 않은가. 이렇게 일일이 동요하고 마는 내가 이상할 뿐이다.

최근 들어 약간 이상한 상황과 맞닥뜨리는 경우가 있었던 터라 사고의 톱니바퀴가 어긋나버린 모양이었다. 나는 마음을 가라앉히려고 오른손으로 머리를 쓸어 올리며 대답했다.

"응. 그런 편이야."

에자키는 다시 입을 다물어버렸다. 우리는 사라진 줄 알았던 침묵 속으로 다시 빨려들어 갔다. 이어폰의 노이즈캔슬링 된 세상에서 조금은 시끌벅적한 침묵으로.

목적지에 도착하자 우리는 가만히 전철에서 내렸다. 역의 편의점에서 지도를 사서 주소를 확인하며 목적지로 향했다. 역시 고급주택가로 이름 높은 동네여서인지 역 앞도 고요하고 차분한 분위기였다. 어느 길이든 인적은 드물었고 이따금 지나가는 사람들도 어쩐지 고상한 느낌이었다. 주름 하나 없는 옷차림에서 세련된 생활이 엿보였다.

에자키는 여러 차례 지도를 확인하면서도 대체로 헤매는 일 없이 척척 길을 선택해 나아갔다. 길모퉁이에서는 주저 없이 꺾었고 직진할 때는 좌우를 둘러보는 일도 없었다. 왠지 나른해 보이는 그 등이, 지금은 어딘가 믿음직스러웠다.

어쩌다 보니 나는 에자키와 둘이서 이곳에 오게 되었지만, 만에 하나 혼자 와야 했다면 역시 상당히 불안했을 테지. 앞장서 걸어가는 에자키의 존재가 크게 느껴졌다.

나는 그에게서 세 걸음 뒤로 떨어져 걸었다.

어느 정도 역에서 멀어지니 기분 탓인지 주변에 늘어선 집들의 규모가 점점 커져 갔다. 가격 따위는 가늠하기도 힘든 커다란 저택이 이어져 있을 뿐만 아니라, 검게 칠해진 튼튼한 울타리에 둘러싸여 있거나, 고급 차가 잠자고 있을 광경이 쉽사리 상상되는 거대하고 엄중한 셔터가 내려져 있었다. 어쨌든 그곳은 그야말로 부유층의 영역이었다. 우리 집도 2층짜리 단독주택이긴 하지만 이 동네에 사는 사람과 비교하면 그건 '집'이라 부르기도 민망했다. 말 그대로 토끼우리가 따로 없었다.

역에서 십 분쯤 걸었을 때 나는 물어봤다. **"이제 다 온 건가?"** 에자키가 지도를 보는 횟수가 늘어난 기분이 들었기 때문이다.

"응." 에자키는 지도를 보며 말했다. "아마 저 모퉁이를 돌면 바로 앞에 있을 거야."

목적지가 코앞이라는 사실에 발걸음이 조금 가벼워지는 느낌이었다. 우리는 '모퉁이를 돌면 바로 앞'으로 향했다.

과연 그곳에는 누가 살고 있을까. 나는 여기까지 와서야 그런 의문이 들었다. 동네 분위기로 봐서는 분명 커다란 고급주택에 널따란 정원이 딸려있고 벤츠 따위가 주차되어 있겠지. 그 집에는 누가 사는 걸까. 우리의 '무엇을' 알고 있는 사람일까, 아니면 (맥이 빠지긴 하지만) 아무것도 모르는 전혀 상관없는 사람이 살고 있을까. 몇 가지 가정을 해보면서 모퉁이를 돌았다.

나의 예상은 모두 보기 좋게 빗나갔다. 너무 확연해서 반론의 여지도 없었다.

"정말 여기야?" 엉겁결에 나는 묻고 말았다.

"틀림없어." 그렇게 말하며 에자키가 지도를 건네줬다.

확실히 몇 번이나 지도를 읽어봐도 그의 말대로 호텔 자료에 적혀 있던 주소는 여기 같았다.

도쿄 오타구 덴엔초후 시 1-2×.

새삼스레 목적지를 바라봤다.

그곳은 **공터였다.**

이 주변에서 공터는 이곳뿐으로, 목적지였던 이 주소만이 벌레를 먹은 듯 덜렁 빠져 있었다. 개인 소유라고 하기에는 상당히 광대한, 200평 정도의 토지였다. 잡초가 어지러이 자라난 황량한 땅에는 침입자를 막으려고 주위에 쳐둔 밧줄 말고는 특이점이 없었다. 정말 아무런 간판도 표지도 없었다. 허무하게도 공터일 뿐이었다.

기대했던 것이 존재하지 않았다는 점에서 어쩐지 도쿄 빅사이트를 방문했을 때와 상황이 비슷했다. 하지만 나는 생각했다. 어떤 의미에서는 이 공터의 발견이 하나의 전진일지도 모른다고.

어쨌든 아까 내가 예상했던 것처럼 여기에 누군가 살고 있었다 해도 그가 전혀 관계없는 인물이었을 경우에는 어차피 여기에 온 수확은 0이 되고 만다. 역시 그 주소는 엉터리였다고. 하지만 이곳에 아무것도 없다는 걸 확인하자 확연히 '이상하다'는 생각이 들었다. 아무것도 없어서 수상했다. 따라서 '예전에 이곳에는 뭐가 있었을지'를 밝히는 일이 우리에게 하나의 중요한 힌트가 될 것 같은 예감이 들었다. 명확하진 않지만, 암벽에 튀어나온 아주 자그마한 돌기처럼 미세한 실마리가 우리 앞에 얼굴을 내민 듯한 기분이었다. 에자키가 나와 같은 결론을 내린 듯 조용히 입을 열었다.

"주변에 사는 사람한테 물어볼까."

"맞다, 그게 좋겠어."

우리는 가까운 곳부터 차례로 몇 채쯤 집을 돌면서 인터폰을 눌러 봤다. 어느 인터폰이든 고성능이어서 부착된 카메라가 말 없이 우리를 정밀하게 관찰하고 있는 것 같았다. 성별과 나이, 복장에서부터 어쩌면 성격까지도. 그러나 아쉽게도 어느 집이든 응답이 없었다. 딩동 하는 벨소리는 어딘가 먼 세계의 아득한 공간을 진동시킬 뿐 우리에게는 어떤 대답도 돌아오지 않았다. 카메라 맞은편에 서서 집에 없는 척하는 건지, 아니면 정말로 집에 없는 건지는 알 수 없었다. 이만한 부자쯤 되면 인터폰에 응답할 때도 어떤 절차를 따라야 하는 건가. 그 정도로 단호한 무응답이었다. 거의 여덟 번째 집까지 인터폰을 눌러 봤지만 아무런 성과가 없었다.

다시 원래 장소로 되돌아온 우리는 둘이서 공터를 바라봤다.

그렇게 5분쯤 흘렀을까. 인적이 드문 이 거리에 한 여자가 모습을 드러냈다. 나이는 대략 사십 대(어쩌면 젊어 보이는 오십 대일 가능성도 있었다) 정도. 러닝용의 딱 붙는 검은색 긴팔 상의에 연한 핑크색 티셔츠 차림으로 템포가 빠른 워킹에 여념이 없었다. 머리에 선캡을 쓰고 트레이닝 바지를 입은 채 피부를 거의 드러내지 않은 모습이었다. 자외선 차단에 신경을 쓰는 것이리라. 미용과 건강에 집중하는 부잣집 사모님처럼 보였다.

"저기, 실례합니다." 나는 즉시 말을 걸었다. 모처럼 발견한 동네 사람이다. 놓칠 수 없었다.

여자는 힘찬 워킹을 멈추고 이쪽을 쳐다봤다. "뭐죠?"

여자의 시선과 몸짓은 결코 불쾌해 보이지 않았다. 눈을 커다랗게 뜨고 주름이 적은 얼굴로 자연스러운 미소를 짓고 있었다. 호의적인 느낌이라 살짝 안심했다.

"저기…… 운동하시는 중에 죄송해요. 잠깐 시간 괜찮으세요?"

**"네, 괜찮아요. 수상한 권유만 아니라면.** 얼마 전에는 무슨 세제를 사달라는 권유를 받았는데 세 시간이나 붙잡혀 있었다니까. 그러니 그런 거라면 참아줘요. 땀이 마르면 몸도 식어버리니까." 여자는 농담처럼 말했다.

나는 웃었다. "그러셨군요. 저희는 그런 게 아니에요. 그냥 좀 여쭤볼 게 있어서요."

"그래, 해봐요."

"여기 땅 말인데요." 나는 공터를 가리키며 말을 이었다. "예전에 이곳에 뭐가 있었는지 아세요?"

"아, 여기 말이군요." 여자는 자못 '자주 있는 질문'이라는 듯한 표정이었다. "여기에서 화재가 있었죠."

"화재요?"

"그래요. 최근에 화재 현장 본 적 있으려나? 화재가 나면 꽤 멀리서 바라봐도 상당한 열기가 느껴져요. 불꽃이 정말이지 굉장하다니까. 얼마나 놀랐는지. 좀 책임감 없는 말이긴 한데, 나중을 위해서라도 그런 건 한 번쯤 봐두는 게 좋아요. 인생관이 바뀌거든."

"그렇군요." 나는 맞장구를 쳤다. "그 집엔 누가 살았나요?"

"그게 말이지……." 여자는 주먹을 이마에 붙이고 생각에 잠겼다. "잠깐만 기다려줄래요? 지금 얼른 기억을 더듬어 볼 테니까."

그러더니 여자는 성씨 몇 개를 시험 삼아 중얼거리면서 그 어감을 토대로 정답을 찾고 있었다. 상당히 심각하고 진지하게.

어쨌든 하나를 물으면 열을 대답해 줄 것 같은 싹싹한 분위기를 지닌 분이어서 다행이라고 생각했다. 모처럼 말을 걸었는데 상대가 매정한 태도를 보인다면 기분이 좋지 않을 테니까.

"음…… 잠시만. 좀만 더 기다려 봐요." 여자의 회상은 점점 깊어졌다. "미후네 씨…… 아냐, 아닌데. 좀 달라. 뭐였더라. 역시나 오십이 넘으면 건망증이 심해져서 말이죠. 나도 참 한심하다니까……. 미후네가 아니라…… 맞다."

여자는 밀림 속에서 파랑새와 기적적인 조우라도 한 것처럼 활짝 갠 미소를 지으며 손가락을 힘껏 튕겼다.

"완벽하게 생각났어! 맞아, 구로사와 씨예요. 구, 로, 사, 와 씨. 틀림없어요. 문패를 몇 번이나 봤으니까. 틀림없이 구로사와 씨예요."

구로사와. 구로사와.

나는 기억 속에서 구로사와라는 인물을 찾아봤다.

구로사와. 구로사와.

나는 잠시 그 이름을 주문처럼 머릿속에서 되풀이했다.

구로사와, 구로사와, 구로사와.

그러나 딱히 짐작 가는 곳은 없었다. 대신 아무런 맥락도 없이 내 머릿속에서는 작게 피아노 음이 울리기 시작했다. 튀어오르듯이 흐르는, 무척이나 맑은 저음의 아르페지오였다.

# 오스가 슌

"이쪽이 5층의 자료 보관실입니다."

정장 차림의 레종전자 여사원은 버스안내원처럼 오른손을 내밀었다. 눈앞의 문은 마치 금고처럼 크고 견고해 보였고, 어쩐지 조작하기 까다로워 보이는 터치패널식 기계가 딸려있었다. 아마 거기에 비밀번호 같은 것을 입력해야만 문이 열리겠지. 정맥 인식이나 망막 인식 같은 한층 고도의 보안장치가 있을지도 모른다. 아무래도 일본 굴지의 전자기기 브랜드의 자료 보관실이니까.

모니터링 참가자인 우리는 처음 입실했던 제1미디어홀에서 간단한 기업의 역사라든가 주력상품에 관한 설명 따위를 들었다. 미리 녹음해둔 것처럼 여사원들은 막힘없이 유창하게 프레젠테이션을 했다. 흥미는 거의 없었지만 열심히 듣다보니 나름 재미있었다(그중 제약회사를 매수하여 근년에는 제약사업에까지 몰두하고 있다는 내용은 의외의 사실이었다). 그 후 간단한 설문지에 답한 뒤('하루 중 얼마나 당사의 제품을 사용하고 있습니까?' 같은 간단한 질문이었다) 최신식 디지털카메라의 모니터링을 했다. 기계에는 젬병이어서 잘 몰랐는데 디지털카메라의 표정 인식 기능에 관한 테스트였던 모양이다. 다양한 표정을 지으라고 시키더니 그때마다 사진을 찍어대는 통에 조금 부끄럽기도 했다. 어쩐지 논의 표정도 굳은 것 같았다. 주변 커플과의 온도 차 때문인지도 모르지만 어쨌든 내게는(아마 논에게도) 그리 즐거운 시간은 아니었다. 그 뒤 사내 견학이 시작되었다. 우리는 보안용 자동 개찰구 같은 곳을 지나 엘리베이터를 타고 3층의 회의실 공간을 견학했다. 깨끗한 통유리로 된 회의실이 몇 개나 마련되어 있었고 일요일인데도 실제로 회의 중인 방도 있었다. 나이가 지긋한 베테랑 사원으로 보이는 남자와 젊어 보이는 여사원이 담소를 나누며 회의하는 모습이 유리 너머로 보였다. "보시는 바와 같이 가정적이고 편안한 분위기의 권위적이지 않은 사풍이야말로 당사의 선진적인 상품 개발에 한 역할을 하고 있습니다." 틈틈이 소개해주는 여사원의 대사가 좀 작위적이라고 느껴질 만큼 완벽했다.

다소 비판적인 시선은 접어두기로 하고, 회의실 견학을 마친 우리는 이제 5층에 있는 자료 보관실을 견학하게 되었다.

"이곳 5층 공간 대부분을 차지하고 있는 자료 보관실은 당사의 핵심 시설이라고 할 수 있습니다. 현재 당사에서는 고객 정보를 시작으로 대부분의 기밀 정보를 이 자료 보관실에 서면으로 보관하고 있습니다."

여전히 여사원의 말에는 막힘이 없었다. 이런 말투를 청산유수라고 하는 걸까. 비교하기에 그리 적당하지 않지만, 곧잘 말문이 막히곤 하는 야요이와는 딴판이었다.

"저기, 잠깐 물어볼 게 있는데요." 설명을 듣던 무리 가운데한 남자가 손을 들고 여자에게 질문을 했다. "전부 디지털화하는 편이 공간도 필요 없어서 편리할 것 같은데 어째서 자료 보관실 같은 걸 만든 거죠?"

남자는 말을 마친 뒤 살짝 의기양양한 표정을 지었다. 옆에있던 여자 친구가 남자를 슬며시 존경의 시선으로 바라봤다. 'ㅇㅇ는 굉장해'라는 듯한 표정을 한 채 약간 끈적끈적한 느낌이담긴 시선을 서로 주고받았다. 사이가 좋아 보여서 다행이네. 그런데 기분 탓일까. 어쩐지 논이 작게 혀를 찬 듯한 느낌이었다.

질문을 받은 여사원은 눈을 감고 천천히 고개를 끄덕였다.

"확실히 정보의 디지털화는 현대 사회의 상식입니다. 어느 기업이든 가장 중요한 과제라고 해도 과언이 아니겠죠. 그러나 정보의 디지털화는 상당히 많은 위험을 내포하고 있습니다. 예를들어 간단한 점부터 말씀드리면 정보의 파손입니다. 아무리 뛰어난 최고의 시스템 엔지니어라 해도 한번 파손돼버린 데이터를 복원해낼 수 없습니다. 말하자면 그건, 죽은 생물을 되살리는 것과 같은 작업입니다. 한편, 종이매체의 경우 정보관리체제에 만전을 기하기만 하면 데이터가 파손될 위험은 없습니다. 정보는 늘 일정한 품질을 유지한 채 보존되니까요. 두 번째로, 정보를 디지털화하여 보존할 경우 우리는 늘 크래킹과 싸워야만

한다는 것입니다. 간략히 말씀드리면 정보 유출의 가능성이 있습니다. 정보를 디지털화해서 온라인상에 보존해둔다는 건, 어떤 의미에서는 공동의 사물함에 중요기밀을 보관해두는 것과 마찬가지입니다. 설령 만전을 기한다 해도 디지털 크래킹은 나날이 진보와 변혁을 이뤄가고 있습니다. 우리는 그 기세로부터 정보를 보호하기 위한 최선의 수단으로서 아날로그 보관이라는 길을 선택한 겁니다."

말이 끝나자 여자는 다시 정중하게 인사했다. 질문을 했던 남자는 좀 전의 의기양양했던 표정은 사라지고 어딘가 불편한 듯한 얼굴이었다(자세히 살펴보니 등 뒤의 숫자가 '42'였다. 여자친구는 '41.' 기분 탓일까. 지금 여기에 있는 커플들의 수치는 어쩐지 다들 낮았다). 기분 탓이라 믿고 싶은 게 하나 더 있었는데, 내 옆에 있던 논이 "무식하면 잠자코 있을 것이지"라며 냉소 섞인 표정으로 퍼붓는 독설을 들은 것만 같았다. 절실히 기분 탓이라 믿고 싶다.

다음으로 우리는 7층 사무실로 자리를 옮겼다. 사무실 내부는 굉장히 청결해서 노동환경으로는 그야말로 쾌적해 보였다. 각자 깔끔한 개별 책상과 컴퓨터를 소유하고 있었고 친절하게도 모두 파티션으로 자리가 나뉘어 있었다.

나도 어른이 되면 이런 곳에서 일하는 샐러리맨이 되는 걸까. 아니다, 그런 건 에자키처럼 고학력의 인간들이겠지. 그렇다면 나는 좀 더 자그마한 회사에서 일하게 될까. 어찌 됐든 지금의 나로서는 상상이 가지 않았다.

평화로워 보이는 사무실을 견학하는데 갑자기 "아얏!" 하는 소리가 어디선가 들려왔다. 대체 무슨 일이 벌어진 건가 싶어 천천히 옆으로 고개를 돌리니, 어째선지 레종의 여사원과 논이 바닥에 나동그라져 있었다. 웬지 드라마에서 자주 나올법한 장면처럼 여사원이 들고 있던 파일들이 땅에 흩어지며 경미한 참사가 벌어진 상태였다. 서로 부딪혔나. 사내 견학 도중에 어쩌다 이런 사고가 일어난 거지.

"괘, 괜찮으세요?" 여사원은 부딪힌 머리를 오른손으로 누르며 논에게 물었다.

"네, 괜찮아요." 논도 대답과 함께 손사레를 치며 무사하다는 걸 어필했다.

나는 논에게 손을 내밀어 일으켜 세워주었다. 논은 힘없이 내 오른손을 붙잡은 채 느릿느릿 몸을 일으켰다. 어쩐지 논은 천천히 어깨를 들썩이며 숨 가빠하는 것처럼 보였다. 마치 달리기를 마친 사람처럼 입으로 거칠게 숨을 몰아쉬고 있었다. 못 말려. 내가 잠깐 한눈판 사이, 뭔가에 흥분해서 사내를 마구 뛰어다니기라도 한 건가. 성가신 여자애다. 역시 독서보다 곤충 수집 쪽이 잘 어울린다.

"어쩌다 부딪힌 거야?" 나는 논에게 물어봤다.

"기회라고 생각했어요." 논은 도통 영문 모를 소리를 했다.

우리는 넘어졌던 여사원과 함께 바닥에 흩어져 있던 서류를 긁어모은 뒤 다시 한번 사과했다. 내가 사과하는 것도 어쩐지 이상한 구도였지만 나는 논의 '남자친구'로 온 것이니 이러는 게 일단 예의일지도 모른다.

가방에 탐을 내더니, 모니터링에 참가한 한 남자를 향해 가차 없는 말을 쏟아내고, 급기야는 무의미하게 사내를 뛰어 돌아다 니는 모습이라니. 정말 대단한 사고뭉치가 따로 없다. 분명 그런 논의 상대역을 맡은 내 등 뒤에는 40대의 수치가 떠 있을 게 틀 림없다.

모든 이벤트가 끝나자 우리는 다시 제1미디어홀에 모였다. 그 리고 마지막의 마지막으로 한 번 더 사소한 설문조사가 있다는 말을 들었다. 오전 11시 반. 여기에 와서 대략 두 시간이 지난 상태였다. 상당히 알찬 두 시간이었다. 조금 피곤하긴 했지만 근 미래풍 건물과 상품을 구경할 수 있었고 견학과 설명회도 꽤 흥 미로웠다. 뭐, 일단 이건 이것대로 즐거웠던 것 같다. 결국 아무 런 힌트도 얻지 못하고 끝났으니 주객이 바뀌긴 했지만.

잠시 후 마지막 설문지가 전달되었다.

"이 설문지는 '커플마다 한 장'씩만 작성해주시면 됩니다. 오 늘 내사해주신 두 분 중 한 분께서 작성해주시기 바랍니다."

나는 표지를 넘기고 설문지에 답하기 시작했다. 그런데 오늘 처음 답했던 설문지와는 조금 다른 성질의 질문들로 구성되어 있었다.

• 현재의 연인과는 얼마나 교제하셨습니까?

나는 머리를 긁적였다. 굉장히 대답하기 어려운 질문이었다. 어쩔 수 없이 '1년 반'이라고 거짓으로 표시했다. 잘 모르지만 이 정도면 무난하겠지. 그런데 산 하나를 넘었더니 다시 내 앞에는 커다란 산들이 줄지어 기다리고 있었다.

- 성관계 빈도는 어느 정도입니까?

A: 거의 매일

B: 이틀에 한 번

C: 일주일에 한두 번

D: 달마다 한두 번

E: 그 이하

나는 한숨을 내쉬었다.

- 한 번 성관계를 가질 때 평균 사정 횟수는 어느 정도입니까?

A: 1회

B: 2회

C: 3~4회

D: 5회 이상

나는 연필로 종이를 톡톡 두드리면서 가능한 한 마음을 비우려 했다. 조금이라도 어떤 생각을 하려고 하면 의문과 수치심이 솟구치며 내 원래 모습을 유지할 수 없을 것만 같았다. 이 질문은 대체 뭘까. 어째서 이런 걸 묻는 거지. 어느 부분이 가치가 있는 걸까. 아는 게 없어서 이상하게 답해버리면 어쩐다.

나는 질문에 거의 답하지 않은 채 설문지를 덮은 뒤 연필을 그 위에 가만히 올려놓았다. 문득 주변을 둘러보니 커플 대부분은 저마다 활짝 웃으며 설문지에 즐겁게 답변하고 있었다. 흠. 이게 어른의 세계란 건가.

"답변은 끝냈어요?" 논이 물었다.

무심코 나는 동요하고 말았다. "응? 아니…… 아직. 좀 쉬고 있달까, 뭐랄까……."

"미적지근한 성격은 여전하네요. 그럼 내가 작성할게요."

그러더니 논은 날렵하게 설문지와 연필을 빼앗아 곧장 답변을 시작했다. 당연히 얼마 지나지 않아 논 역시 내가 머뭇거렸던 질문에 도달했다. 상당히 대답하기 어려운 질문. 나는 얼굴이 빨개지지 않았는지 주의하면서 가능한 한 가벼운 목소리로 말했다.

"그…… 적당히 대답해줘. 너무 신경 쓰지 말고."

"이해했어요."

그러자 논은 묵묵히 하지만 재빨리 설문지에 답을 달기 시작했다. 연필은 사각사각 건조한 소리를 내며 차례로 선택지에 동그라미를 그려 나갔다. 어쨌든 살았다. 이런 외설스러운 질문에 대한 답을 여자에게 몽땅 맡겨버리다니. 지극히 매너 없는 행동이라 생각하면서도 거기까지 신경 쓸 여력은 없었다. 논이 답변해주기만 한다면 상당히 고마운 일이다. 거절하지 말고 받아들이자. 나는 재빨리 움직이는 논의 손을 들여다봤다.

• 성관계 빈도는 어느 정도입니까?

Ⓐ: 거의 매일

B: 이틀에 한 번

C: 일주일에 한두 번

D: 달마다 한두 번

E: 그 이하


• 한 번 성관계를 가질 때 평균 사정 횟수는 어느 정도입니까?

A: 1회

B: 2회

C: 3~4회

Ⓓ: 5회 이상

으아아아악.


"자……잠깐만, 논?"

"왜요?" 논은 손을 쉬지 않고 되물었다.

"아니, 미안하지만 말이야. 분명히 난 '적당히 대답'해두라고 말한 것 같은데. 그…… 조금만 생각을 하고서 답을, 응?"

"네? 뭐가요?"

"아니 그게. 그렇게 답을 해버리면 왠지 내가 너무 그…… 뭐라고 해야 할까. 좀 파워풀한 것 같달까."

"네?"

"그러니까 조금만 상식적으로 생각을 해달랄까."

"하아, 진짜!" 논은 소리가 날 만큼 힘껏 연필을 내려놓았다.

"뭐예요. 정말 미적지근한 사람이네. 그 유명한 시인 괴테가 이런 말을 했어요. 〈그게 영혼의 솟구침이라면 어찌하여 말을 꾸미는가〉라고요. 오스가 오빠, 하고 싶은 말이 있으면 확실하게 구체적으로 말해주세요. 쓸데없는 수사나 접속사는 빼버리고 날것의 언어 그대로 말을 전달해야 하는 거라고요. 두 유 언더스탠드?"

논의 웅변 앞에서 나는 힘없이 고개를 끄덕였다. "네……네. 알겠습니다."

"오케이."

논은 다시 설문지 작업에 돌입했다.


"오늘 귀한 시간을 내어 자사의 모니터에 참가해주셔서 진심으로 감사했습니다. 오늘 준비한 프로그램은 여기까지입니다."

사원이 홀 안을 돌며 모두의 설문지를 회수하자 드디어 기나긴 오전이 끝났다. 나는 안도의 한숨을 내쉬었다. 솔직히 좀 피곤했다.

"그럼 지금부터 오늘 참가해 주신 답례로 이탈리아제 핸드백과 그 밖의 몇 가지 사은품을 증정해드리려 합니다."

"기다리고 있었어요!" 논의 눈에 생기가 돌아왔다.

긴 시간과 노력을 할애해서 손에 넣은 게 겨우 가방뿐이라니 좀 수지가 안 맞는 기분도 들었지만, 이제 와서 아쉬워해봤자 별도리가 없다. 그저 이곳에는 우리에 관한 힌트가 아무것도 없었을 뿐이다. 하지만 그건 그것대로 하나의 수확이었다고 긍정적으로 받아들이기로 했다.

잠시 후, 여사원이 모두의 자리를 돌며 각 커플에게 갈색 핸드백을 건넸다. 우리 차례가 되어 가방을 받자마자 논은 손으로 가죽을 슥슥 문지르며 만족스러운 미소를 지었다. 기쁘다니 다행이네.

그러나 그 가방을 본 순간 나는 컴퓨터 화면상에서 봤을 때처럼 어떤 기시감을 느꼈다. 역시 실물을 봐도 이 가방을 어딘가에서 본 적이 있는 것 같았다. 그러다 기억이 되살아났다.

맞다, 옆집 다나카 씨 부인이 들고 다니던 가방이다. 야요이에게 티켓을 받았던 그 날, 남편 다나카 씨가 연립주택 복도에 꼼짝없이 선 채 어깨에 걸치고 있던, 부인이 싸우면서 남편에게 던졌다는 그 가방이 틀림없다. 그래, 맞았어.

마음속에 찝찝하게 남아 있던 하나의 감정이 해소되자 조금 마음이 편해졌다. 어쨌든 기시감의 정체를 기억해냈으니까.

논은 얼추 가방의 메탈 장식이며 이음매를 다 만져본 뒤 드디어 그 내부를 살펴보기 시작했다. 태양 두 개 정도를 합친 것처럼 엄청나게 눈부신 미소를 지으면서, 정말이지 즐거워 미치겠다는 표정으로.

가방 안에는 A4 크기의 어떤 책자와 포장지에 쌓인 예쁜 동그라미 형태의 빨간 사탕이 두 개 들어있었다.

"가방 안에는 당사의 팸플릿과 요즘 유럽에서 은밀히 화제가 되고 있는 사탕을 함께 넣었습니다. 커플마다 사탕을 두 개씩 넣어드렸습니다. 남녀가 그 사탕을 한 알씩 먹으면 두 사람에게 행복이 찾아온다는 전설이 있답니다. 상당히 귀한 사탕이니 괜찮으시면 이번 기회에 꼭 드셔보시길 바랍니다."

그렇군. 어쩐지 자주 들어본 듯한 문구가 붙은 사탕이다. 우리는 그렇다 쳐도 여기에 와 있는 다른 커플들이라면 적잖이 마음이 끌릴 만한 사탕 카피 문구다. 회의장을 둘러보니 역시나 커플 대부분이 그 사탕을 두말없이 입에 넣고 서로를 바라보며 싱글벙글 웃고 있었다.

"오스가 오빠. 난 사탕 필요 없으니까 혼자 다 먹어도 돼요." 논은 여전히 가방에 정신이 팔린 채 말했다.

"괜찮으면 먹지 그래? 어쩌면 맛있을지도 모르잖아." 나는 말했다.

"아뇨, 됐어요. 사탕은 질색이거든요. 맛도 없고 입안이 피투성이가 돼서 얼얼해지기 일쑤니까. 게다가 오스가 오빠랑 영원한 행복을 함께 나누게 되는 것도 내키지 않아서요."

"아…… 그래."

어쩐지 마지막에는 가볍게 모욕당한 듯한 기분이 들었지만, 뭐, 상관없다.

하지만 사실 나도 딱히 사탕을 먹을 기분은 아닌 데다 원래 사탕을 좋아하는 편도 아니라서 어떻게 처리해야 할지 난감했다. 일단 나는 사탕을 주머니에 아무렇게나 쑤셔 넣었다. 어쩌면 언젠가 이 사탕을 누군가와 함께 먹으며 크게 웃을 날이 오지 않을까. 행복이 찾아올지도 모른다고 서로 속삭이면서. 솔직히 그런 취향은 아니지만.

사탕과 함께 들어 있던 팸플릿은 아까 들었던 설명과 거의 내용이 비슷했다. 사업 내용, 역사, 자본금, 제품, 사원 수, 사무실 소재지 등등. 일단 레종전자의 모니터에 참가했다는 증거로 이 팸플릿을 가져가는 것도 나쁘지 않을 듯했다. 팔랑팔랑 넘기면서 내용을 살펴본 뒤 나는 다시 표지로 시선을 떨어뜨렸다. 거기에는 딱 어울리는 묵직한 글씨로 'Raison'이라는 회사 로고가 들어가 있었고 그 아래에는 'Being alive as a Human'이라는 문구가 적혀 있었다.

'**빙 얼라이브 앳 자 휴먼**이네요. 오스가 오빠, 텔레비전 광고도 안 봐요? 기업의 캐치프레이즈잖아요.'

어젯밤 논이 말했던 게 이거였나.

Being alive as a Human.

무슨 뜻일까. 영어가 약한(그렇다고 특출하게 잘하는 과목도 없지만) 나로선 잘 알 수 없었다. 어쨌든 분명 멋진 의미가 포함되어 있겠지.

회장 밖으로 나오니 태양이 거의 정오에 가까운 최대 출력의 열기를 내뿜으며 여름을 상기시켰다. 그런데도 오랜만에 마시는 바깥 공기는 어쩐지 상쾌하기까지 했다. 나는 크게 심호흡을 하고 기지개를 켰다.

논은 가방을 소중하다는 듯 껴안은 채 감출 수 없는 웃음을 어렴풋이 내비치고 있었다. 눈독 들였던 가방의 감촉이 상당히 마음에 든 모양이었다.

"이야, 정말이지 귀중한 경험을 했네요." 논은 무척이나 뚱딴

지같은 말을 했다.

"뭐, 수확은 없었지만." 나는 말했다.

"그게 무슨 말이에요. 제대로 수확이 있었죠."

나는 한숨을 내쉬었다. 가방을 손에 넣었으니 논이야 만족할지 모르지만 결국 우리는 한 발도 전진하지 못한 셈이다. 현재 상황의 단서와 관련해서는 아무런 '수확'이 없었다.

"에자키랑 아오이 누나라도 뭔가 실마리를 잡았으면 좋겠는데." 나는 혼잣말처럼 중얼거렸다. 아침에 나오기 전, 두 사람의 등을 봤는데 에자키는 '54'였고 아오이 누나는 '56'이었다. 둘 다 그럭저럭 좋은 하루를 보낼 게 틀림없다.

"전화해볼까요?" 논은 재빨리 휴대폰을 꺼내 전화를 걸었다. "어제 아오이 언니랑 번호를 교환해뒀거든요……. 아, 여보세요?"

아오이 누나가 전화를 받은 모양이다.

나는 주머니 안의 사탕이 여름 더위에 녹지는 않을지 걱정스러웠다. 지금 벌어지는 이 희한한 일들이 마무리된 뒤 이왕이면 야요이와 함께 이 사탕을 먹고 싶다는, 그런 들뜬 생각을 하면서.

# 에자키 준이치로

"정말이지 엄청난 화재였지. 주위가 소란스러워졌을 땐 이미 불길이 어마어마하게 치솟는 중이었어요. 순식간에 전부 잿더미가 돼버렸으니까." 워킹 중이던 중년의 여자는 어쩐지 떠벌리듯이 말했다.

그건 그렇고 참 잘도 떠들어대는 인간이다. 한 가지 질문을 하면 묻지도 않은 정보가 서너 개는 튀어나온다. 마치 엉성하게 만들어놓은 복주머니 같다.

"그 '구로사와 씨'라는 분은 어떤 사람이었나요? 만난 적은 있으세요?" 아오이 시즈하가 물었다.

내심 아오이 시즈하가 함께여서 다행이라고 생각했다. 솔직히 나는 처음 만나는 인간과, 하물며 이런 수다쟁이와 이렇게까지 부드럽고 우호적으로 대화를 이끌어 갈 자신은 없었다. 지금 이렇게 아오이 시즈하가 대화를 도맡아줘서 굉장히 고마웠다. 옆에서 난 그저 두 사람의 대화를 철저히 듣고만 있었다.

여자가 말했다.

"아쉽게도 만난 적은 없어요. 소문으로는 아마 사십 대쯤 되는 남자에 중학생 정도의 딸이 있다고 했었지. 부인을 봤다는 정보는 없었는데……. 미안하네, 어쨌든 기억이 좀 불확실해서 자신은 없어요. 저 집은 부자연스러울 만큼 늘 조용했지. 사람이 안 산다고 했어도 놀라지 않았을 거예요. 항상 조용하고 사람이나 차가 전혀 드나들지 않았으니까."

"화재로 부상자가 있었나요?"

"글쎄, 모르겠네요. 근처긴 해도 소문만 무성했으니까. 그게, 저 집에 사는 사람이 좀 '위험한' 일에 종사하는데 누군가 불을 질러서 일가 전원이 타 죽었다는 말도 있었고, 또 그게 아니라 그건 그저 사고여서 다친 사람은 한 명도 없었다는 얘기도 있었고. 어쨌든 제멋대로 소문만 많았어요. 그래서 난 어떤 게 진짜고 뭐가 거짓말이었는지 잘 모르겠네. 여하튼 적어도 여기가 빈터인 채로 남아 있으니 구로사와 씨가 이사는 안 했다는 건가, 아니면……. 대체 뭐가 뭔지 모르겠네요."

구로사와라는 이름에 대해서는 조금도 짚이는 바가 없었다. 희미하게라도 그 이름을 들어본 기억조차 없다. 애초에 내 교우 관계는 극단적으로 좁으니 후보로 꼽을 만한 인물들은 열손가락 안에 들 정도인데 적어도 그중에 그 이름은 없었다.

"화재가 언제쯤 일어났는지 기억하세요?"

"여름이었어요, 확실히. 왜 기억하냐면 '여름인데도 이렇게 잘

타는구나'라면서 기막혀했으니까. 그런 말 있잖아요? 겨울엔 건조하니까 잘 탄다고들 하잖아요. 그러니 여름에 벌어진 화재가 신기할 수밖에."

"몇 년 전 여름일까요?"

"음, 그게…… 3년 전이었나 4년 전이었나. 미안하지만 좀 자신이 없네요. 하지만 아들이 아직 집에 있을 때였으니까 아마 그쯤일 거예요. 3~4년 전의 7월인가 8월쯤. 아마 그 언저리였어요." 그 지점에서 여자는 뭐라도 기억해낸 듯 얼굴이 밝아졌다. "맞다, 그거 알아요? 화재 현장 처리를 누가 하는지? 난 진짜 놀랐다니까요. 글쎄, 그런 처리는 경찰이나 소방관이 할 것 같잖아요? 제멋대로의 상상이지만. 근데 그게 아닌 거예요. 그렇게 붕괴된 건물의 잔해 처리 같은 건 그걸 전문으로 하는 청소업자가 있지 뭐예요. 화재라든가 자살한 사체를 처리한다든가, 그런 일을 전문으로 하는 청소업자 말이에요. 글쎄, 화재 다음 날쯤에 줄줄이 와서 전부 깨끗하게 정리하고 갔다니까요. 정말 압권이었지. 불필요한 건 쓰레기로 단번에 처리하는 거예요. 필요해 보이는 건 정성스레 싸서 보관하고 말이죠. 진짜 몰랐다니까요. 그런 사람들이 있다는 걸."

아오이 시즈하는 미소 지은 채 여자의 이야기에 고개를 끄덕였다. 그러자 여자도 만족한 듯 얼굴에 깊은 주름을 지으며 방긋 웃었다. '어때, 이 이야기. 놀랍지?'라는 듯한 표정으로.

여자와 헤어진 뒤 우리는(그 뒤로도 여자는 아오이 시즈하에

게 끈질기게 이런저런 자잘한 이야기를 풀어놓았다) 누가 먼저
랄 것도 없이 역으로 발걸음을 옮기기 시작했다.

"넌 '구로사와'라는 지인이 있어?"

"없어." 나는 대답했다.

그 말투로 봐서 아오이 시즈하에게도 '구로사와'에 관해 짚이
는 점은 없어 보였다. 지금 상황을 보니 아무래도 도움이 될 만
한 정보를 얻는 일은 수포로 돌아간 듯했다. 하지만 이 '구로사
와'라는 존재를 깊이 조사해볼 필요는 있었다. 자료에 적힌 주소
를 통해 어떻게든 뽑아낸 유일한 실마리다. 대체 누가 우리에게
**평범하지 않은 능력**을 줬으며, **다가올 그날에** 협력하라고 말을
걸었던 걸까. 어째서 그 대상이 아무런 관계도 없는 우리 네 명
일까. 너무 막연하기만 한 이 과제 앞에 '구로사와'라는 그림자
가 자그맣게 모습을 드러냈다.

한 번 와본 덕분에 이제 길을 알기 때문인지 아오이 시즈하는
아까보다는 좀 더 가까이에서 걷고 있었다. 옆에 바짝 붙지는
않았지만, 반보 뒤에서 나보다 조금 좁은 보폭으로 걷고 있다.
폴로셔츠와 청바지에 샌들 차림인 나는 그렇다 치더라도 연한
색의 원피스를 입은 아오이 시즈하는 아무런 이질감도 없이 이
동네에 녹아들고 있었다. 굳이 따지자면 좀 전에 만난 수다쟁이
워킹녀보다 아오이 시즈하 쪽이 좀 더 이 동네 주민으로 보였다.
쭉 직진 방향으로 걷고 있는 아오이 시즈하의 옆얼굴은, 마치 빈
틈없이 쌓인 첫눈처럼 무척이나 결백하고 순진무구해 보였다.

어제 사에구사 논이 했던 질문이 떠올랐다. '지금까지 언니가 망

가뜨린 것 중에서 가장 큰 건 뭐였어요? 아니면 가장 굉장한 것.'

아오이 시즈하는 주저하면서도 '사람'이라고 대답했다.

미묘한 대화를 나눌 때나 그 표정을 봤을 때 해당 발언은 거짓말 같지 않았지만, 그녀가 사람을 망가뜨릴 만한 인간이라고도 생각할 수 없었다. 어쩌다 보니 사람을 제 손으로 어떻게 해버릴 법한, 그런 위태로운 균형에서 살아가는 여자로는 보이지 않았다.

나는 과감히 물어봤다. 아오이 시즈하라는 인간의 가장 아픈 부분을 일직선으로 찌르는 질문이라는 걸 알면서.

"너 말이야, 뭐 좀 물어봐도 돼?"

"뭘?" 그녀는 순진한 얼굴로 되물었다.

"왜 사람을 망가뜨렸어?"

예상대로 아오이 시즈하의 표정이 굳어졌다. 짓다 만 부드러운 미소가 갈 곳을 잃은 채 허공을 헤맸다. 곤란한 것 같기도 하고, 웃고 있는 것 같기도 하고, 울고 싶은 것 같기도 하면서 의기소침한 것 같기도 한, 그런 혼탁한 표정이 미처 완성되지 못한 채 굳어버렸다. 나는 말을 이었다.

"아직 만난 지 얼마 되진 않았지만, 난 네가 충동적으로 사람을 어떻게 해버릴 만한 히스테릭한 여자로는 안 보여. 말하기 거북하면 딱히 대답하지 않아도 상관없어. 그냥 물어본 것뿐이니까."

그렇게 말하면서도 나는 내심 아오이 시즈하가 십중팔구 입을 열거라 예상하고 있었다. 다시 말해 모두 털어놓으리라는 사실을 알고 있었다. 그건 오늘의 예언으로 확정된 사항이었다.

아오이 시즈하는 굳었던 얼굴을 의식적으로 서서히 풀고 나서야 말을 꺼냈다.

"넌…… 내가 정말 '사람을 망가뜨렸다'고 생각해?"

"몰라. 그래서 묻는 거야."

그녀는 급조한 듯 어색한 미소를 짓더니 작게 한숨을 내쉬었다.

"난 있지, 이 이야기를 처음부터 끝까지 그대로 누군가에게 **솔직히** 이야기한 적이 한 번도 없어. 이야기를 시작하려면 아무래도 내 마음속에 있는 '레버'에 관해서도 말을 꺼내야 했으니까. 그래서 늘 핵심을 피해 왔어. 나의 평범하지 않은 점을 이야기하지 않아도 되도록, 군데군데 내용을 바꿔가면서. 그래도 이야기가 통하도록 어느 정도 편곡을 하면서." 아오이 시즈하는 하늘을 한번 응시한 뒤 내 얼굴을 바라봤다. "조금 이야기가 길어질지도 모르니까 어딘가 앉을 만한 곳을 찾지 않을래?"

나는 말없이 고개를 끄덕였다.


도중에 운 좋게 자그마한 공원을 발견한 우리는 그곳의 벤치에 앉기로 했다. 공원에는 아이 몇몇과 그 엄마들만 있어서 기본적으로는 한산했다. 모래밭에서 장난을 치는 아이가 셋, 그 옆에 서서 이야기를 나누는 엄마들이 셋이 있었다. 어디서나 볼 수 있는 평화로운 한낮의 풍경 같았다. 한가로운 공원의 조용한 시간이었다.

강렬한 햇빛에 땀이 배어날 듯한 여름 더위 속에서 굳이 밖에 앉아 대화하는 게 내키지 않았지만 적당한 건물이 보이지 않아 어쩔 수 없었다. 다행히 우리가 앉은 벤치는 때마침 나뭇가지의 그림자가 드리워져 있어서 조금은 시원했다.

아오이 시즈하는 벤치에 충분히 익숙해진 뒤에야 천천히 입을 열었다.

"사건이 일어난 건 지금부터 딱 2년 전이지만 이 이야기를 제대로 하려면 좀 더 전으로 거슬러 올라가야 해." 그녀는 왼손으로 머리를 넘겼다. 예쁜 모양의 귀가 살짝 드러났다. "2년 전 봄에 지금 다니는 가나가와현립 고등학교에 입학했는데 처음에 난 좀처럼 친구가 생기지 않았어. 딱히 따돌림을 당했다든가 사건건 무시당했다든가 그런 건 아니었어. 아무래도 스스럼없이 반 아이들을 대하는 게 어려웠지. 말을 걸 계기랄까, 화제랄까. 난 그런 걸 찾는 게 지나치게 서툴렀어. 게다가 매일 같이 피아노 레슨이 있어서 가능하면 서둘러 집에 돌아가야 했기 때문에 더욱 아이들과 친해질 수 없었지. 보통 여고생들은 친구들끼리 방과 후에 어딘가 놀러 가고는 하잖아? 함께 케이크를 먹으러 가거나 옷이나 잡화를 구경하거나 노래방에 가거나. 다들 그런 식으로 어울리면서 평소보다 더욱 친밀해지는 거니까. 그런데 모처럼 누군가 마음을 써주며 그런 권유를 해줘도 난 전부거절해야만 했어. **그러니 그런 친구를 만드는데 뒤처질 수밖에.** 그렇지만 사교성이 떨어진다는 식으로 내게 시비를 거는 애는 없었어. 기본적으로 다들 따뜻하게 대해주었지만 역시 선을 넘는 우정 같은 걸 만들 수는 없었지. 반에서 난 어느새 피해나 이득도 주지 않는 차분한 여자애라는 포지션을 확립하고 말았어. 피아노를 배우고 있는 게 그나마 특징인 어정쩡한 존재가 돼버렸지."

나는 묵묵히 이야기에 귀 기울였다.

"그런데 입학하고 나서 한 달쯤 지난 어느 날, 내게도 드디어 자신 있게 '친구'라고 부를 만한 존재가 생겼어. '지카'라는 여자 애였어. 정말 나와는 대조적이어서 밝고 사교성도 있고 낯가림도 없는 건강한 여자애였지. 교칙과 상관없이 머리는 갈색으로 물들이고 얼굴에는 잔뜩 화장을 하는 애였어. 기다란 속눈썹을 붙이고 아이섀도와 번쩍이는 립글로스를 바르고 밝게 볼터치도 했지. 게다가 휴대폰에는 늘 주렁주렁 스트랩을 한 다발 달고 다녔어. 어쨌든 그야말로 요즘 잘나가는 여고생 같은 느낌이었어. 평소에 나조차도 멋대로 그 애가 나랑은 사는 세계가 다르단 생각을 할 정도였으니까. 그런 머나먼 세계에 사는 애라고 여겼던 지카가 어느 날 내게 이렇게 말을 걸어온 거야. '넌 피아노를 잘 친다면서?' 수업이 끝나고 느닷없이, 마치 친한 친구에게 말을 거는 것처럼 자연스러웠지. 깜짝 놀란 나머지 처음에는 무슨 말을 들은 건지, 왜 말을 걸었는지 전혀 이해할 수 없었어. 분명 난 멍한 표정을 하고 있었을 거야. 그랬더니 지카가 생기 넘치는 얼굴로 말하는 거야. '나, 피아노 치고 싶은데 가르쳐줄래?' 그게 계기였지.

그 이후, 시간이 있을 때마다 나는 지카에게 피아노를 가르쳐줬어. 이상했어. 몇 시간 전까지는 내가 선생님께 피아노를 배웠는데 다시 몇 시간 뒤에는 내가 선생님이 되어 지카에게 피아노를 가르쳐준다는 게……. 어쨌든 내 유일한 특징인 피아노를 활용해서 지카와 친구가 될 수 있었어. 그건 여러 의미에서 기쁜 일이었지. 어쩐지 자신이 인정받은 듯한 기분이 들었거든. 주변에서는 지카가 계속 피아노 같은 걸 배울 리 없다며 웃었지만, 그 애는 정말 성실하게 내 레슨을 들어줬어. 어떤 용무가 있든 나를 최우선으로 생각해줬고 레슨을 받을 때도 무척 진지했지. 처음에는 '도'의 건반이 어디고 '레'의 건반이 어딘지 같은 기초부터 시작했는데, 마지막에는 지카가 연주하고 싶어 했던 「엘리제를 위하여」를 칠 수 있게 됐어. 곡의 연주를 완성했을 때 지카는 눈물을 흘리며 기뻐해 줬어. **나도 그만 펑펑 울고 말았지.** 그런 식으로 함께하는 시간이 쌓였고 그 과정에서 우린 서로의 호흡이 척척 맞는다는 걸 깨달았어. 뭐랄까, '파장' 같은 거랄까. 대화의 타이밍부터 기분이 오르락내리락하는 파동이나 시간의 감각 같은, 그런 여러 부분이 우리 사이에서 완벽하게 어우러졌지. 정말 의외였어. 겉으로 봤을 때는 분위기부터 성격까지 전혀 다른 두 사람인데, 이토록 대조적인 상대와 의기투합할 줄은 서로 몰랐던 거지. 하지만 마치 어딘가 머나먼 장소에서 만들어진 나사가 우연히 꼭 들어맞는 것처럼 우린 정말 잘 맞았어. 내게 없는 걸 지카는 전부 가지고 있었고, 아마 나 역시도 지카에게 부족한 부분을 보충해주는 존재였을 거라고 생각해. 피아노 레슨의 짬을 내서 우린 자주 둘이서 여기저기 놀러 갔어. 지카가 추천하는 케이크가게에 가보거나 피아노 콘서트에 가거나 도쿄에 가서 옷 구경을 하기도 했지. 어쨌든 우리는 단기간에 굉장한 속도로 서로를 이해하고 친밀한 시간을 보내며 상대를 소중히 여기게 됐어. 누가 봐도 우린 좀 안 어울렸던 모양이야. 함께 길을 걷고 있으면 모르는 사람이 거듭 쳐다보는 일도 있었으니까. 하지만 우린 서로를 진심으로 이해하고 있었어. '단짝'이라는 말이 어울릴 만큼.

그렇게 지카를 잘 이해하게 되면서 차츰 결점도 보이기 시작했지. 이런 말은 별로 안 하고 싶지만, 과거 연애담을 들어보면 정말이지 지카는 남자 보는 눈이 없었어. 삶에 있어서 뭔가 우선순위를 매겨야만 한다면 그 애는 망설이지 않고 연애를 첫 번째나 두 번째로 뽑을 만큼 '사랑'이라는 걸 중요시하고 있었는데, 언제나 좋아하게 된 남자 때문에 어김없이 울곤 했지. 지카는 말이야, 저속한 표현을 쓰자면 '얼굴만 밝히는 애'였어. 하지만 지카의 명예를 위해 조금 옹호하자면, 아마 그건 '잘생기면 누구든 좋다'가 아니라 오히려 '잘생기면 성격도 좋아 보인다'는 마법 같은 무언가가 있었던 것 같아. 그게 무슨 차이냐고 묻는다면 할 말이 없지만, 어쨌든 지카는 남자의 얼굴 때문에 연애를 시작해버리는 타입이었어. 그리고 참 신기하게도 지카가 좋아한 남자는 정말 저질인 인간들뿐이었어. 예전 남자친구는 아무렇지 않게 바람을 피웠고, 또 그 전 남자친구한테는 매일 같이 돈을 뜯겼다는 말을 했으니까. 중학생이나 고등학생이 그런 경험을 한다는 게 난 도통 상상조차 되지 않았지만 틀림없는 사실이었어. 지카는 그런 남자들한테 메트로놈처럼 휙휙 휘둘렸지.

그러다 지카가 당시에 진심으로 사랑했던 '한 남자'가 있었어. 이게 지카에게도 내게도 악몽의 시작이었지. '그 남자'는 지카가 아르바이트를 하던 노래방의 단골손님이었던 모양이야. 나이는 열아홉에 키가 크고 콧대가 높고 이목구비가 또렷해서, 어쨌든 엄청 잘생겼다고 지카가 열변을 토했지. 노래방에서 그 남자가 있는 방 앞을 지나가면 섹시하고 능숙한 목소리의 노래가 들려온다는 거야. 지카는 금세 그 남자의 전부를 좋아하게 됐어. 문 너머로 들려오는 노래부터 잘 알지도 못하는 남자의 성격과 옷 입는 센스, 함께 놀러 오는 그 남자의 주변 사람들까지 정말 그 남자의 모든 것을. 그러다 지카는 기어이 그 남자랑 데이트하게 됐어. 어떻게 해서 데이트가 성사된 건지 나로선 알 수 없었지만, 암튼 지카는 해냈다며 굉장히 기뻐했지. 데이트 날이 다가오자 당일에는 뭘 입어야 하고 어떤 식으로 행동하면 좋을지, 또 그 남자가 어디로 데려가 줄지에 대해 지카는 웃는 얼굴로 이야기했어. 순정만화의 주인공처럼 정말 천진난만하게 말이야. 세간에서는 그렇게 화려하고 가벼워 보이는 여자애에 대한 이미지가 그리 긍정적이지 않겠지만, 나한테는 오히려 훨씬 순수하고 솔직해서 생기가 넘쳐 보였어.

그렇게 지카는 그 남자와 여러 차례 데이트하면서 멋지게 애인의 포지션을 얻었지. 지카가 데이트하느라 바빠진 탓에 피아노 레슨 시간도 자연히 뜸해지면서 우리가 함께 보내는 시간은 꽤 줄어들었어. 그래도 난 지카의 연애를 응원하는 쪽이었어. 이번에야말로 좋은 사람과 인연을 맺게 되길 바랐지. 딱 한 번 나도 지카의 남자친구를 만난 적이 있었어. 어쩌다 보니 지카가 자기 남자친구를 소개해주겠다고 해서 셋이 가까운 카페에서 만났어. 확실히 지카 말대로 남자의 외모는 무척 훌륭했어. 배우가 직업이라고 말해도 얼떨결에 납득해버릴 정도였으니까. 사실 남자는 프리터*일 뿐이었지만. 아마 이런저런 사정이 있어서 고등학교를 중퇴한 뒤 주유소에서 일주일에 세 번 정도 일하고 있다던가. 벌이가 시원찮아서 생활비 대부분을 부모님에게 타서 쓴다고 했어. 그것만으로 판단하는 건 실례인데다가 너무 제멋대로긴 하지만, 어쩐지 역시나 예감이 좋지 않았어. 지카가 사랑 때문에 이 남자에게 끌려다니는 게 아닌지 걱정됐어. 하지만 지카는 매일 즐거워 보였고, 웃으면서 연애담을 들려줬기 때문에 난 괜한 걱정이었다며 곧 마음을 고쳐먹었지. 어쨌든 모든 게 잘 되어가고 있다고 믿었어.

그런데 어느 날 갑자기, 정말 아무런 전조나 예감도 없이 지카는 스스로 목숨을 끊었어. 자기 방에서 목을 맸지. 난 정말 뭐가 뭔지 영문을 알 수 없었어. 자살할만한 심증 같은 게 전혀 없었으니까. 항상 활기차 보였고 그럴 만한 이변도 없었거든. 마지막 인사도 없었지. 뭔가 부자연스러운 낌새 같은 건 전혀 눈치채지 못했어. 대체 지카가 왜 자살해야 했을까. 지카를 그렇게 만든 건 뭐지? 나도, 지카의 가족도, 학교 친구들도, 그 누구도 몰랐어."

아오이 시즈하는 뭔가가 진정되기를 기다리는 것처럼 잠시 틈을 뒀다.

---

\* 일정한 직업을 갖지 않고 아르바이트로 생계를 이어가는 사람

"하지만…… 얼마 지나지 않아 이유를 알게 됐어. 경찰의 이런저런 조사를 통해서 자살하기 몇 시간 전에 지카가 병원에 다녀왔다는 걸 알게 된 거야. 그것도 **산부인과에.** 그 뒤로는 모든 게 줄줄이 밝혀졌지. 지카는 임신 여부를 확인하러 병원에 간 거였대. 결과는 양성. 의심할 여지도 없이 '그 남자'의 아이를 가진 거였어. 아마 생리가 안 나오니까 불안해서 남몰래 혼자 병원에 간 거겠지. 주변의 그 누구도 지카가 병원에 간 사실이나 지카의 방 쓰레기통에 버려진 임신테스트기에 대해 몰랐으니까.

지카의 부모님은 꽤 엄한 분들이었어. 딸이 염색하고 다닌 것도 잘 모르고 계셨던 모양이야. 무조건 공부에만 집중하고 학생답게 처신해야 한다고 믿는, 꽤 고지식하고 고풍스러운 집안이었어. 지카를 보면 결코 그런 부모님 밑에서 컸을 거라고는 상상이 안 됐지. 어쨌든 지카의 부모님은 상당히 엄격해서 도리에 어긋나는 일을 하는 건 절대 용서하지 않는 분들이었어. 지금 생각하면 지카가 염색을 하고 화려하게 꾸미고 다녔던 건, 어쩌면 그런 부모님을 향한 반항이었을지도 몰라. 그런 딱딱한 분위기에서 벗어나고 싶다는 간절한 바람이 표출된 게 아닐까 싶어. 이제는 물어볼 방법도 없지만.

어쨌든 그런 연유로 지카는 임신 사실을 알았을 때 선택지가 없었을 거야. **낳을 수도 없고 낳지 않을 수도 없었겠지.** 임신 중절 수술이라는 비도덕적인 짓을 지카의 부모님은 절대 용서하지 않았을 테고, 그렇다고 고등학교 1학년 여자애가 출산한다는 건 더욱 용서받을 수 없었을 거야. 선택할 수 있는 길이 없었어. 그 사실을 누구보다도 지카 본인이 잘 알고 있었겠지. 그래서 병원을 나오자마자 지카는 그 길로 잡화점으로 가서 두꺼운 밧줄을 산 뒤 그대로 자살해버린 거야. 불과 세 시간도 채 안 돼서.

난 절망 같은 말로는 부족할 만큼 절망했어. 지카는 정말 내게 둘도 없는 유일한 단짝이었고 아무런 마음의 준비조차 하지 못했으니까. 왜 지카는 그 누구와도 상담하지 않았던 걸까. 어째서 지카의 부모님은 그 애를 좀 더 너그럽게 대해주지 못한 걸까. 그 남자는 어쩌자고 지카에게 그런 짓을 한 걸까. 하필이면 왜 그런 남자를 좋아하게 된 거야. 내게는 왜 아무런 말도 해주지 않았던 건지. 솔직히 누구에게 화를 내야 할지 전혀 알 수 없었어. 모든 상황이 서서히 지카를 나쁜 방향으로 몰아간 나머지, 그 미묘한 기운에 떠밀려 그 아이는 절벽 아래로 떨어지고 만 거야. 나는 너무 분해서 견딜 수 없었어. 며칠이고 집 안에 틀어박혀 있었어. 식욕도 없었지. 그런데도 피아노만큼은 손에서 놓지 않았어. 아니, 그게 아냐. **피아노를 치지 않고는 견딜 수 없었다**는 게 맞는 말이겠지. 그림을 그리거나 시를 짓는 것과 비슷해. 피아노를 치는 동안에는 가장 편안하게 감정을 분출할 수 있거든. 분노면 분노, 증오면 증오, 사랑이면 사랑. 모든 게 깨끗한 소리가 되어 내 안에서 씻겨 내려가지. 그래서 피아노를 치지 않으면 내가 어떻게 되어버릴 것만 같았어. 때로는 연주가 과격해서 피아노가 **부서져 버릴 지경에 이르기도 했어.** 혼란한 마음에서 비롯된 흥분이 제멋대로 레버를 맞은편으로 쓰러뜨릴 것만 같았거든. 그래서 난 그런 마음속 혼란을 잠재우기 위해서라도 신중하고 대담하게 매일 매일 피아노를 연주해야 했어. 아무런 생각도 들지 않도록.

그로부터 며칠 뒤 지카의 장례식이 있었어. 고등학생의 너무 이른 죽음이기도 했지만, 그것 이상으로 지카에게는 친구가 무척 많았기 때문에 장례식장은 조문객으로 넘쳐났지. 초등학교와 중학교와 고등학교의 동급생부터 교사, 친척, 아르바이트처의 동료까지. 다들 울면서 지카의 죽음을 슬퍼했어. 그 애의 죽음을 한탄하는 많은 사람을 보면서 또다시 눈물이 쏟아졌어. 이토록 사랑받는 아이였는데, 이렇게나 필요한 사람이었는데. 지카는 목숨을 끊고 말았어. 정말 견딜 수 없었지. 지카의 '그 남자'도 그곳에 와 있었어. 프리터라고는 생각할 수 없을 만큼 말끔한 정장을 걸치고 있더라. 남자는 엄숙한 분위기에 맞추려는 듯이 나름대로 얌전한 표정을 하고 있었지만, 사실 그건 당사자라고는 생각할 수 없을 만큼 시치미 떼는 얼굴이었어. 마치 텔레비전에서 아프리카 분쟁을 보고 있는 것처럼 멀찌감치 서서 살짝 마음 아파하는 듯한 모습이었지. 나 말고는 지카의 애인 얼굴을 아는 사람이 거의 없었어. 그러니 대부분 저 인간이 지카의 애인이라는 걸 알아차리지 못했지. 난 그 남자에게 뭐라도 한 마디 퍼부어주고 싶었는데 도저히 아무런 말도 떠오르지 않는 거야. 무슨 말을 해야 할지 알 수 없었지. 화를 내야 할지 욕을 퍼부어야 할지. 욕을 퍼붓는다면 어떻게 말해야 할까. 도저히 모르겠더라. 남자의 얼굴을 보고 있으니 그저 분하고 또 분해서 말문이 막혀 있는데……. 그런데 놀랍게도 남자가 내게로 가까이 다가오는 거야. 대체 지금 무슨 일이 일어나고 있는 건지 짐작도 할 수 없었어. 남자는 가까이 오더니 이렇게 말했어. 지카의 친구였지? 예전에 만난 적 있잖아. 지카에게 피아노를 가르쳐준 애. 대체 이 남자가 어떤 심경으로 나한테 말을 걸었는지 알 수가 없어서 일단 살짝 고개를 끄덕였어. 그랬더니 남자가 슬며시 미소를 짓고는 휴대폰 번호를 알려달라는 거야. 지카에 대해 할 이야기가 있다고 했어. 난 남자를 용서할 수 없었고 그가 증오스러웠어. 이 남자만 없었다면, 지카가 이 남자만 만나지 않았더라면. 그런 생각에 남자의 따귀라도 때리고 싶은 기분이었어. 하지만 그런 마음 이상으로 이 남자가 내게 뭘 전하려는 건지 궁금했어. 지금 생각하면 내가 참 경솔했다는 생각이 들지만, 당시의 나로서는 어쩔 수 없이 남자와 번호를 교환했어. 남자는 조만간 연락하겠다는 말만 남기고 다시 사람들 틈으로 사라져 갔지.

그로부터 며칠 뒤 남자에게서 연락이 왔어. '오늘 오후 8시에 후지사와역으로 와줄래?' 딱 오늘처럼 무더운 여름날이었어. 나는 잠깐 나갔다 온다고 말한 뒤 집을 나섰지. 지카네 만큼은 아니어도 우리 집 역시 통금 시간이 있어서 밤 8시에 외출하는 건 쉽지 않았지만, 곧 돌아오겠다고 말하며 어떻게든 집을 나왔어. 시간에 맞춰 역으로 갔더니 잿빛 탱크톱에 편안한 반바지를 입은 남자가 웃는 얼굴로 날 맞이했어. 장례식 때는 뺐던 은색

귀걸이를 다시 차고 있더라. 어쩐지 무척 싫은 느낌이 들었지. 인사도 하는 둥 마는 둥 내가 곧장 본론을 꺼냈더니 남자는 이 죽거리며 진지하게 받아주지 않는 거야. 그러더니 잠깐 자리를 옮기자면서 터벅터벅 걷기 시작했어. 의심스러웠지만 일단 남자를 따라갔어. 어느 정도 인적이 드문 길까지 간 뒤에야 남자가 입을 열었어. 그 말은 너무도 예상 밖의 내용이어서 나는 내 귀를 의심했지. 남자는 대체로 이런 말을 했던 것 같아. '지카는 죽었어. 그러니 남겨진 우리가 열심히 살아가야만 해. 그런 의미에서 나랑 사귀지 않을래?' 온몸의 힘이 공기 중으로 전부 빠져나가 버려서 그대로 쪼그라들 것 같은 착각을 느꼈어. 무슨 말을 하는 거지? 하고 싶은 말이 대체 뭔지 전혀 알 수 없었지. 그래서 난 무슨 뜻이냐고 되물었어. 남자는 여전히 변함없는 태도로 이렇게 말했어. '우리가 서로 손을 맞잡고 살아갈 지카도 가장 바라고 있을걸.' 마치 그게 이 세상에서 가장 옳은 의견이라도 되는 것처럼. 그때 난 깨달았어. 내 안에 머물러 있던 분노와 증오가 이미 커질 대로 커졌다는 걸. 조용하지만 분명히, 뭔가 곧 터질 것만 같았어. 그런데도 난 남자의 말을 순전히 농담이라고만 생각했어. 뭔가 반전이 있을 거라 믿으며 마지막으로, 정말 마지막으로 물었어. 진짜 그렇게 생각하는 거냐고. 그랬더니 남자는 껄껄 웃으면서 머리에 손을 대고 이렇게 말했어. '미안, 미안. 농담이야 농담. 실은 말이야, 난 그냥 네가 좀 신경 쓰여서. 그리고 어쩐지 피아노를 잘 치는 애랑 사귀어보고 싶었거든.'

알고 보니 병원에서 임신 판정을 받은 후 지카가 남자에게 전화를 걸었대. 임신한 것 같은데 어떻게 하냐며 남자에게 상담한 거였어. 분명 지카는 의지하는 심정이었을 거야. 부모님에게 털어놓을 수도 없으니 뚜렷한 해결책이 떠오르지 않았겠지. 그래도 어쩌면 남자친구가 뭔가 생각지도 못한 좋은 제안을 해줄지도 모른다고. 그 전화는 절망의 나락에 떨어진 지카에게 한 가닥 희망이나 마찬가지였을 거야. 하지만 남자는 마치 사용이 끝난 칫솔을 버리듯이 간단히 지카를 차버렸대. '그럼, 헤어지자. 아직 젊은데 아이 같은 건 필요 없어.' 그 말에 대체 지카가 얼마나 상처를 입었을지 난 헤아릴 수조차 없어. 하지만 지카는 그 말을 받아들인 뒤 조용히 목을 맸어. '그 남자'의 확실한 **결정타**에 의해서. 그것만으로도 이미 충분할 만큼 난 분노와 불쾌감에 휩싸였지만, 거듭 또 하나의 진실을 알게 됐지. '나, 피아노를 잘 치는 애와 사귀어보고 싶었거든.' 결국 그런 거였어. 이 남자가 '피아노를 잘 치는 애를 좋아한다'고 말해서 지카는 피아노를 배우려고 했던 거야. 그토록 저질에다 최악인 남자의 마음을 얻기 위해 지카는 필사적으로 매일 피아노 연습을 했어. 절대 불가능할 거라는 주변의 말을 들어가면서까지. 악보도 못 읽던 지카가 손가락 통증도 감수하면서 맹훈련을 거듭한 끝에 단 몇 주 만에 한 곡을 연주할 수 있게 된 것도, 전부 이 남자가 자기를 돌아보게 하기 위해서였어. 지카는 정말 즐거운 듯이 피아노를 쳤어. 한 소절을 기억할 때마다 해냈다면서 무척 기뻐하며 나랑 하이파이브를 했지. 여덟 소절을 연주할 수 있게 되자 함게 케이크를 먹으며 축하했어. 악보를 외워서 연주할 수 있게 됐을 때는 기뻐서 서로 껴안으며 거의 한 시간 동안 같이 울었어. 지카는 최선을 다했어. 정말이지 뒤도 돌아보지 않은 채 열심히 했어. 좋아하는 사람에게 사랑받기 위해서. 그렇게나 올곧고 순수한 마음으로 노력했던 거야. 그런데 그 남자는…… 그랬는데.

게다가 그 남자가 왜 피아노를 잘 치는 애와 사귀어보고 싶어했는지 알아? 솔직히 입에 올리고 싶지도 않을 만큼 저질스러운 이유 때문이었어. '손가락에 재주가 있는 애는 그걸 잘할 것 같잖아.' 정말 진심으로 그 남자는 썩어 있었어. 이런 인간 말종이 세상에 존재한다는 사실에, 난 말할 필요도 없는 슬픔조차 느꼈어. 따지고 보면 슬픔 같은 거라기보다 훨씬 커다랗고 시커먼 분노와 증오가 완전히 날 뒤덮었지.

못을 박듯이 남자가 말했어. '지금 호텔에 안 갈래?' 처음부터 분명히 그럴 작정이었던 거야. 그렇지 않으면 저녁 8시에 불러낼 리가 없잖아. 내가 아무 말 없이 내내 서 있었더니 더는 못 기다리고 남자가 다짜고짜 내 팔을 세게 잡아끌었어. 남자는 압도적인 악력으로 내 왼팔을 힘껏 조였지. 바이스로 조이는 것처럼 굉장히 폭력적이고 강한 힘이었어. 지카는 남자의 '이 손'에 더럽혀지고 살해당했어. 그토록 친절하고 밝고 항상 올곧았던 여자애를, 이 거만하고 무능한 남자의 팔이 더럽힌 거야.

그 순간, 내 안의 모든 게 튕겨 나가 버렸어. 한계의 최대치까지 팽팽해져 있던 두툼한 고무 같은 게 굉장한 소리를 내며 펑 터져버렸지.

나는 마음속 레버를 맞은편으로 쓰러뜨렸어. 격해진 상태였는데도 가까스로 레버를 정중앙 부근에서 멈출 수 있었던 건 불행 중 다행이었을지도 몰라. 마치 콘센트를 빼버린 컴퓨터처럼 남자는 갑자기 모든 동력을 잃고 그 자리에 쓰러졌어. 더 이상 남자는 '저질스러운 인간'도, '지카의 남자친구'도, '부모에게 얹혀사는 인간'도 아닌, 고깃덩이에 불과했어. 무겁고 커다란, 그저 무의미하게 누워있을 뿐인 고깃덩어리. 그렇게 난 사람을 망가뜨렸어. 이 손으로 한 남자를 식물인간으로 만들어버린 거야. 이야기가 꽤 길어져버렸지만 이게 사건의 전말이자 모든 내용이야."

아오이 시즈하는 모든 말을 토해낸 뒤 정색하듯이 쓸쓸한 얼굴이 되었다.

나는 그녀의 이야기를 머릿속으로 몇 번이나 되풀이하며 곱씹었다. 이야기에 등장한 몇몇 인간의 감정을 가능한 한 말끔히 재현해내려 노력하면서. 그러나 결코 쉬운 작업은 아니었다. 남자에게 사랑받기 위해 매일 노력하는 여자의 마음도, 그런 여자를 공기놀이하듯 가지고 노는 남자의 마음도 도저히 이해할 수 없었다. 무심코 나는 여름 하늘을 올려다보며 거기에서 대답을 찾으려 했다. 물론 거기에는 아무것도 없었다. 걸음보다는 완만한 속도로 적란운이 저 멀리 하늘을 부유하고 있을 뿐.

다만 나는 이 이야기에서 아오이 시즈하의 심경만큼은 유일하게 공감할 수 있었다. 공교롭게도 나 역시 '단짝'이라 부를 만한 존재가 없었다. 대체 단짝이란 어떤 존재이며 그런 상대에게는 내 속을 어디까지 보여 줄 수 있는 걸까. 그게 잘 이해되지 않왔다. 그러나 주변 사정을 하나하나 헤아려 나가니 아오이 시즈하가 사람을 망가뜨리게 된 경위에 한해서는 대강 납득이 갔다. 거기에는 자못 인간다운 동기뿐만 아니라 생동감마저 존재하고 있었다.

어느새 공원은 텅 비어있었다. 매미 울음소리는 멈췄고 벤치에 드리운 그림자는 적잖이 짙어졌다. 어디선가 흘러온 구름 때문인지 아니면 일시적인 건지 태양이 모습을 가린 상태였다.

"그 후에는 어떻게 됐는데?" 나는 물었다.

아오이 시즈하는 눈을 감은 채 대답했다. "일이 벌어진 직후에는 굉장히 당황했지. 남자를 망가뜨리면 내 마음도 조금은 나아질 줄 알았는데 전혀 그렇지 않았어. 오히려 남자가 쓰러진 순간 내가 저지른 커다란 죄를 깨달았어. 내가 **사람에게 손을 대고 말았다**는 사실을. 분명 남자는 구제 불능에다 최악의 인간이었지. 언제 어떤 보복을 당한다 한들 불평할 수 없을 만큼 최악이었어. 하지만 어떤 이유에서라도 타인에게 위해를 가하는 일은 절대 해서는 안 되는 거잖아. 난 고작 열아홉 살인 인간의, 앞으로 60년에서 70년 정도는 될 방대한 미래를 빼앗아 버린 셈이니까. 어떤 식으로든 되돌릴 수 없는 소중한 미래를 모조리 쓸모없는 것으로 만들어버렸어. 그러니 당연히 난 벌을 받아 마땅해. 감옥에라도 들어가서 반성하며 후회와 참회의 나날을 보내야만 해. 오히려 그러고 싶다는 생각조차 들었어. 지카를 죽인 이 남자는 내게 벌을 받았으니 그를 망가뜨린 나도 법에 따라 벌을 받을 필요가 있는 거야. 물론 그건 어디까지나 인간이 설정한 법이라는 규정의 테두리 안에서지만, 그래도 일단 난 속죄를 할 수 있게 되는 거니까. 법이라는 토대에서 사람을 망가뜨린 벌을 정화할 수 있는 거야. 그런데 아무도 날 심판해주지 않았어. 남자를 망가뜨린 즉시, 난 경찰과 구급차를 불렀어. 그리고 상황을 설명하며 내가 이 남자에게 나쁜 짓을 했다고 정직하게 말했지. 그런데 아무도 믿어주지 않더라. 어쩌면 당연한 거겠지. 난 완전히 머리가 이상한 사람 취급을 받았어. 약간 상상속에 빠져서 자의식 과잉 상태인 여자애로 말이야. 물론 무죄로 방면됐지. 몇 가지 질문을 받고 대답을 억지로 강요당한 뒤 아무런 처벌도 받지 않은 채 그대로 귀가했어.

사건이 일어난 뒤 얼마간은 학교 주변에 불온한 공기나 소문이 떠돌아서 나도 좀 편치 않은 생활을 해야 했지만, 그런 건 곧장 어딘가로 사라져버렸다. 지카를 잃은 당시의 난, '피아노를 배우는 차분하고 무해한 여자애'로 되돌아가 버렸으니까. 소문의 소용돌이 안에 휘말려 있기에는 캐릭터가 좀 약했지. 좋든싫든.

그렇지만 주위에서 날 평소처럼 대한다고 해서 내가 일상으로 돌아올 적당한 구실은 되지 않았어. 거짓말이 아니라 난 '사람을 망가뜨린' 장본인이니까. 마땅히 벌을 받아야만 했어. 그래서 난 스스로에게 두 개의 벌을 내렸어. 하나는 '앞으로 절대 피아노를 연주하지 않을 것.' 타인이 봤을 때 그건 죄에 비해 그리 마땅하지 않은, 너무 가벼운 형벌처럼 생각될지도 몰라. 하지만 내게 있어 그건 정말이지 무엇보다도 고통스러운 일이야. 난 세

살 때 피아노를 시작해서 하루도 빠짐없이 피아노를 만지며 자랐어. 그건 내 피가 되고 살이 되며 날 이뤄온 가장 커다란 부품이나 마찬가지였지. 그런 내게서 피아노를 빼앗는다는 건 선풍기에서 팬을 제거하거나, 비행기에서 날개를 떼버리거나 꽃에서 꽃잎을 떼버리는 것만큼의 결핍과 무능을 초래하는 거야. 그래서 난 피아노를 포기하기로 결심했어. 나를 향한 최대의 형벌로써."

"두 번째 벌은 뭐야?" 내가 물었다.

"그건……." 아오이 시즈하는 벤치의 모서리를 바라보다가 다시 나를 쳐다봤다. "그건…… 첫 번째 형벌과 비교하면 별 거 아닌데다가 지금 딱히 그것 때문에 고생하는 것도 아니니까 묻지 말아줘."

나는 가만히 고개를 끄덕였다.

그녀의 이야기를 거기까지 들은 뒤 나는 문득 밥의 이야기가 떠올랐다. 「신세계로부터」를 들을 때 들려준 심벌즈 이야기. 곡 안에서 단 한 번밖에 울리지 않는 심벌즈의 이야기를. 분명 아오이 시즈하에게 '피아노'란 존재는 몇 번이든 두드리고 싶어지는 심벌즈 같은 것이었을 거라고 나는 생각했다. 그 정도로 피아노를 사랑했던 거라고.

나는 천천히 주머니에서 수첩을 꺼내 오늘의 페이지를 열고 이미 언급된 문장에 선을 그었다.

•이제 다 온 건가?

- ~~네, 괜찮아요. 수상한 권유만 아니라면.~~
- ~~그러니 그런 친구를 만드는데 뒤처질 수밖에.~~
- ~~나도 그만 펑펑 울고 말았지.~~
- 나, 이 애 알아.

오늘의 예언은 상당히 종잡을 수 없어서 거의 도움도 되지 않았다. 하긴, 예상할 수 있었다고 한들 일상을 좀 더 무미건조하게 만들기만 할 뿐이지만.

사실 어제부터 흘러가는 상황이 따분하지는 않았다. 이미 정해진 결말이 한층 식상한 결말을 키우듯, 지금까지의 불쾌할 만큼 완만하던 생활보다는 오히려 훨씬 활기 있어서 재미있기까지 했다. 뭐가 뭔지 모르니 좀 더 나았다. 내 상식이라는 테두리를 (비상식적인 밥보다도) 크게 벗어난 지금 상황이 꽤 좋았다. 방금 아오이 시즈하가 들려준 이야기도 마찬가지였다. 왜 그런지는 몰라도 거기에는 내가 모르는, 혹은 상상조차 할 수 없는 다른 차원의 세계가 펼쳐져 있었다. 지금 나는 그 이야기에 명확한 답을 내놓을 수는 없었다. 그녀는 어디까지나 본인이 가해자라는 사실을 강조하고 있었지만, 과연 그게 정답인지 오답인지 지금의 나로서는 모른다. 일단 나는 그녀의 이야기를 머릿속 보류 공간에 둔 채 앞으로 천천히 시간을 들여 답을 찾기로 했다.

- 나, 이 애 알아.

이 발언은 아오이 시즈하의 것일까. 그게 맞다면 그녀는 **어떤 애를 알고 있는** 걸까.

기억이 났다는 듯 매미가 다시 울기 시작했을 때 이에 호응하는 것처럼 전화벨이 울렸다. 당연히 내 전화는 아니었다. 난 휴대폰 자체가 없으니까.

  아오이 시즈하가 가방 안에서 휴대폰을 꺼내더니 말했다.

  "논한테서 왔네."

# 사에구사 논

"거긴 좀 어때요?"

훌륭하기까지 한 나의 성과를 재빨리 털어놓고 싶은 충동에 몸이 근질근질하면서도 우선 저쪽 상황을 물어봤다. 내 공을 과시하기만 해서는 안 된다. 일단 상대의 말을 들어본 뒤 전달할 것. 그게 핵심이다.

전화기 너머로 아오이 언니는 호텔 자료에 적혀 있던 주소에 뭐가 있었는지 친절하게 알려주었다.

기록되어 있던 덴엔초후 1번가는 그저 공터였을 뿐, 그곳에는 아무것도 없었다. 마침 지나가던 사람에게 물었더니 예전에 '구로사와'라는 사람이 살고 있었다고 했다. 소문으로는 한 중년 남성과 중학생 딸이 한 명. 아내가 있었는지는 불확실하다. 다만 그 집은 서너 해 전에 소실되고 말았다는 것.

"논, 혹시 지인 중에 구로사와 씨라는 분이 있을까?" 아오이 언니가 물었다.

"아쉽지만 없어요." 나는 말을 이었다. "오스가 오빠한테도 물어볼게요." 일단 전화를 보류 모드로 해둔 뒤 오스가 오빠에게 상황을 설명하고 '구로사와'라는 인물을 알고 있는지 물었다.

그는 고개를 갸웃거렸다. "몰라. 들어본 적도 없어."

나는 보류를 해제하고 아오이 언니에게 그 말을 전했다.

"그렇구나……. 그나저나 그쪽은 뭔가 수확이 있었어?"

앗싸, 드디어 물어봐 주는군. 나는 헛기침을 한번 크게 한 뒤 대답했다. "레종전자의 사원명부를 손에 넣었어요."

"뭐라고?" 화들짝 놀란 쪽은 전화기 너머의 아오이 언니가 아니라 옆에 있던 오스가 오빠였다. 이런, 내 엑설런트한 묘기를 놓친 모양이군. 이 몸이 뻔뻔스레 가방에 정신이 팔려서 얌전히 모니터링에만 집중하고 있었으리라 생각했다면 큰 오산이다.

"왜 그런 거짓말을 하는 거야?" 오스가 오빠가 어이없는 표정으로 물었다.

"거짓말이라니, 그런 말이 어딨어요! 난 감쪽같이 사원명부를 훔쳐 왔다고요." 전화는 뒷전으로 한 채 나는 그를 상대했다.

"아니…… 근데 실제로 손에 넣은 건 아무것도 없잖아."

"아하하. 특별히 물리적인 수확만이 유익한 건 아니죠. 난 이 머릿속에 레종전자와 연결된 16만 3,446명이라는 모든 사원의 정보에다 플러스알파까지 슬쩍 챙겨왔다 이 말씀이에요."

"무슨 말이야?"

"내가 봤거든요. 견학하고 있는데, 어리바리한 말단 여사원이 소중한 듯이 두꺼운 사원명부를 겨드랑이에 낀 채 지나가는 모습을요. 그 순간 난 씨름선수도 치를 떨 만한 '논짱 태클'을 걸었어요. 아나나 다를까, 어리바리한 말단 사원이 그만 사원명부를 툭 떨어뜨렸죠. 거기에 손가락을 대고 슥슥 읽은 거예요. 오스가 오빠가 얼이 빠져서 눈치채지 못했나 보네요."

"전혀 몰랐어. 누구라도 눈치 못 챌 것 같단 생각이 드는데……."

이 오빠가 알아챘을 턱이 없지. 당시에 난 듀크 도고*도 기가 찰 만큼 날렵한 스나이퍼로 변신했으니까.

"오스가 오빠, 누누이 말했잖아요. 이 모니터에 참가하는 것이야말로 우리에게 최대의 힌트가 될 거라고요."

"거의 우연일 뿐인 것 같은데." 그는 여전히 답답한 소리를 했다.

나는 다시 헛기침한 뒤 그를 향해 검지를 세웠다. "〈우연은 준비되어 있지 않은 자를 돕지 않는다.〉 화학자 파스퇴르가 한 말이에요."

잠시 방치했던 휴대폰을 귀에 대고 나는 말했다.

"아, 죄송해요. 잠깐 상대 좀 해주느라. 이제 괜찮아요."

"정말 레종전자의 사원명부를 훔친 건가?" 수화기 너머로 들려온 건 남자 목소리였다. 어느새 에자키 오빠가 전화를 바꿔받은 모양이었다.

---

\* 사이토 다카오가 그린 성인 만화 《고르고13》에 나오는 주인공으로, 초일류 스나이퍼

나는 가슴을 름늠히 펴고 대답했다. "네, 그럼요." 이 당당함이 두 사람에게 전달되지 않는 게 아쉬웠다.

"그럼 레종전자 사원 중에 '구로사와'라는 인간이 있나?"

오, 맞다. 그런 발상이 있었군. 나는 급히 레종전자의 사원명부 중에 구로사와라는 인물을 검색해 봤다.

"음, 그게 말이죠. 전국에 서른다섯 명 있어요."

"도쿄 내의 사원 중에는?"

"그 경우에는 열네 명이에요."

"남자만이라면?"

"아홉 명이요."

"연령대를 사십 대에서 오십 대로 좁히면?"

"……그러면 최근 몇 년 안에 퇴사한 사람을 포함해도 단 세 명이에요."

"그 사람들 주소나 전화번호는 알아?" 에자키 오빠의 질문 속도가 예사롭지 않아서 그만 혀까지 꼬일 지경이었다. 그런데도 어떻게든 지지 않으려고 목소리에 자신감을 더하며 나는 대답을 이어갔다.

"네, 당연하죠. 어쨌든 사원명부니까요. 주소, 이름, 나이, 전화번호, 직위, 사원 번호, 모든 걸 볼 수 있어요."

"그럼 그쪽을 살펴봐 주지 않겠어?"

"오호." 나는 무심코 코를 잡았다. "그 사람들을 방문해보라는 뜻인가요?"

"할 수 있는 일이 고작 그 정도니까."

지당하신 말씀이죠. 나는 아오이 언니를 재차 바꿔 달라고 말한 뒤 인사하고 전화를 끊었다.

나는 새로운 가방 안에 휴대폰을 넣고 휙 고개를 돌려 오스가 오빠를 바라봤다.

"오빠, 레종전자의 구로사와 씨 세 사람을 찾아가는 여행을 시작해야겠네요."

"뭐라고?"

"그러니까, 도쿄 내에 사는 구로사와라는 이름의 레종전자 사원의 집을 하나하나 방문해야 한다는 뜻이에요."

"그렇군……." 오스가 오빠가 말했다. "근데 굳이 집까지 찾아갈 필요는 없잖아? 전화번호 알고 있지?"

"정확히 짚었어요. 물론 잽싸게 전화해서 그걸로 끝내버리면 좋은데, 사실 간단히 전화를 받아줄 것 같지 않은 분위기의 사람이 두 명쯤 섞여 있어요. 그러니 일단 기습 방송을 하듯이 쳐들어가 보자고요."

"대체 어떤 사람들인데?"

"이런, 오스가 오빠. 여유를 가져요. 그렇게나 곧바로 결론을 내놓으라니, 촌스럽잖아요. 수수께끼는 그대로 둔 채 우선 세 사람 중에서 가장 수월해 보이는 인물에게 연락을 취해 보기로 하죠. 가장 유력한 인물은 뒤로 미뤄두는 게 **이야기**의 철칙이니까요."

내가 말을 돌렸더니 그는 약간 불만인 듯한 얼굴로 입을 다물었다.

그러든 말든 나는 첫 번째 후보인 '구로사와 류노스케' 씨(57세)에게 전화를 걸었다. 우리를 둘러싼 일련의 사건에 관해 아마 이 사람은 아무런 정보나 힌트도 가지고 있지 않을 것이다. 분명하다. 이 사람은 다른 두 인물에 비해 약간 '존재감이 낮은 편'이었다. 만약 어떤 힌트를 가지고 있을 '구로사와 씨'가 레종전자의 사내에 있는 거라면 남은 두 사람 가운데 한쪽일 테지(어쩌면 둘 다). 그래도(아무런 수확이 없을 거라 예상하면서도) 일단 구로사와 류노스케 씨에게도 연락을 취해 볼 필요가 있었다. 무슨 일에든 자만하지 말고 성실히 임하는 자세야말로 앞으로 우리에게 적잖은 플러스가 될 테니까.

송신음이 네 번쯤 울렸을 때 수화기 드는 소리와 함께 구로사와 류노스케 씨의 아내인 듯한 여자의 목소리가 들려왔다.


우리는 시나가와에서 전철을 갈아타고 구로사와 류노스케 씨의 자택과 직장이 있는 이다바시역에서 내렸다. 여기서부터는 우리 집과도 가까웠다. 구로사와 류노스케 씨의 아내와 통화했을 때 남편은 현재 집 근처 시내에 있는 작은 공장에서 일하는 중이라고 했다.

햇볕이 쩡쩡한 콘크리트 정글을 헤치고 걷는 건 다소 힘들었지만, 실제 본인을 만나고 나서야 처음으로 알게 되는 정보도 있는 법이다. 말투, 눈동자의 움직임, 세세한 동작. 인간은 그러한 몸짓을 통해 파악할 수 있는 고차원적인 정보를 다분히 소유하고 있으니까. 고생한 만큼 얻어지는 정보도 많다. 그 유명한 사업가 스즈키 사부로스케도 이런 말을 했다. 〈조금이라도 많이 수고를 거듭했느냐의 차이에서 성공과 실패의 길이 갈린다〉고. 그러니 유력 인물은 아닐지라도 구로사와 류노스케 씨를 제대로 만나보기로 했다.

내가 손가락으로 읽은 사원명부에 따르면 구로사와 류노스케 씨라는 사람은 대학을 졸업하자마자 레종전자에 입사해 기술자로서 용접공장에 근무했던 모양이다. 그 후 몇 번인가 공장과 연구소의 인사이동을 거친 뒤, 긴 세월 이어진 레종전자 생활에 종지부를 찍고 7년 전 퇴사했다. 아내의 이야기에 따르면 현재는 이다바시의 자그마한 공장에서 그럭저럭 일하는 중이란다. 일요일에도 일을 쉬지 않는다니, 절로 숙연해진다.

전화 너머로 나는, 전직과 관련하여 구로사와 씨에게 신세를 진 사람이라면서 아내를 감쪽같이 속인 뒤 어찌어찌 그의 직장 주소를 손에 넣었다. 꼭 그에게 감사 인사를 드리고 싶다면서 할리우드 배우 못지않게 열연을 펼쳐가며 사기를 친 건 결코 칭찬받을 일은 아니다. 그렇다고 모든 사정을 설명하려니 너무 힘들뿐더러 타인을 설득하기에는 조금 신빙성이 떨어진다. 거짓말도 하나의 방편이니까.

우리는 아내가 알려준 주소에 의지하여 몇 번이나 길을 헤맨 끝에 구로사와 류노스케 씨가 근무하는 공장을 발견했다. 꾀죄죄한 흰색 외벽의 공장은 커다란 창고 같은 구도였다. 내부에는 용접용 기자재 몇 점이 정연하게 늘어서 있었고, 안에서는 남자 다섯이서 각자 작업에 한창이었다. 공장 외관부터 남자들의 찌든 작업복까지, 모든 아이템에서 자그마한 공장의 분위기가 자연스레 묻어났다.

몇몇은 눈을 보호하기 위한 마스크 같은 것을 쓰고 있어서 얼굴을 알아볼 수 없었다. 나는 과감하게 공장 안의 모두에게 들릴 만큼 큰 소리로 말을 걸어보았다.

"이 안에 구로사와 류노스케 씨 계시나요오오?!"

갑작스러운 고성에 가장 깜짝 놀란 사람은 역시나 오스가 오빠였다. 이렇게 바로 옆에서 소리를 지르고 있으니 당연한 일이다.

아니나 다를까, 공장 안의 사람들은 내 목소리가 들리는 쪽을 돌아보더니 자연스럽게 한 남자에게 시선을 던졌다. 남자는 용접용 기구를 정해진 위치로 일단 되돌려 놓은 뒤 우리를 향해 고개를 돌렸다.

"내가 구로사와 류노스케인데, 무슨 용건이지?"

구로사와 류노스케 씨는 볕에 보기 좋게 탄 거무스름한 아저씨였다. 숱은 빈약했으나 백발이 된 머리카락이 까만 피부와 격렬한 대비를 이루고 있었다. 긴 세월 기술자로 육체노동에 종사한 덕분인지 체격이 좋아서 운동선수로 보이기도 했다.

바라던 상대를 만났는데도 어쩐지 나는 뭘 물어봐야 할지 종잡을 수 없어서 잠시 할 말을 잃었다. 이런, 뭘 말해야 하나.

그때 오스가 오빠가 입을 열었다. "저기, 갑자기 찾아와서 죄송합니다. 실례지만 예전에 혹시 덴엔초후 1번가에 사신 적이 있나요?"

구로사와 류노스케 씨는 눈을 한번 휘둥그레 뜨는가 싶더니 곧이어 호탕하게 웃기 시작했다. 마치 고급 정종을 손에 넣은 산신령 같았다.

"아하하하. 그럴 수만 있다면야 그 동네에서 살아보고 싶구나."

흐음. 역시 이 남자는 상관없는 사람인가 보다. 그걸로 충분하다. 이젠 작별 인사를 해도 되겠지만 이대로 돌아가기에는 뭔가 미안한 기분이 들어서(그럴 거면 직접 만나러 온 의미가 없다) 내친김에 나는 질문을 던져 보았다.

"예전에 레종전자에서 근무하신 적이 있으시죠?"

구로사와 씨는 의외라는 듯한 표정을 했다. "그래, 맞아. 그랬었지. 어떻게 그런 걸 알고 있는 거지?"

"아니…… 그게, 레종전자에 대해 개인적으로 조사 비슷한 걸 좀 하고 있어서……"

"흐음. 뭔진 몰라도 젊은이가 고생이 많군." 구로사와 씨는 누런 치아를 살짝 드러냈다.

"구로사와 씨는 왜 레종전자를 그만두신 건가요?" 나는 물어봤다.

"글쎄, 뭐랄까. 그건…… 해고랑은 좀 다르지만 뭐, 비슷하긴 하지."

"어떻게 되신 건데요?"

구로사와 씨는 푸념조로 말했다. "그게, 어느 날 갑자기 직속 상사한테 이상한 질문을 받았지. 앞으로의 내 인생에 관한 질문이니 성실하게 대답하라는 거야. 그러더니 영문을 알 수 없는 질문을 몇 개쯤 하더군. 이제 내용은 기억도 안 나. 아마 '미래'

라든가 '아이에 대해서' 같은 시시한 질문이었어. 뭐, 그래도 난 나름대로 성실하게 대답했다고. 일단 내 본심을, 속마음을 그대로 보여 줬지. 그랬더니 말이야, 다음 날 댕강 목이 잘렸어…… 깜짝 놀랄 만큼 단박에. 그렇게나 납득이 안 가는 일도 없을걸."

"정말 그렇게…… 고작 그런 이유로 잘렸다는 말씀이세요?"

"그렇다니까. 뭐, 다만 그게 직접적인 원인이라고 딱 잘라 말할 수는 없겠지. 그렇다고 전혀 관계없다고 생각하는 것도 좀 바보 같다고나 할까. 그것 말고는 심증이 없었으니까. 물론 퇴직 후에 레종에서 여러 가지로 성의껏 편의를 봐주긴 했지. 거기에서 소개받은 회사가 여기 공장이니까. 어때? 꽤 느낌 좋은 공장이지? 난 마음에 들어. 그러니 딱히 목이 잘린 걸 마음에 두진 않아. 오히려 감사하다고 해야 할까. 어쨌든 이곳에서 일할 수 있게 되었으니 말이야."

구로사와 씨의 말에 거짓은 없어 보였다. 그는 정말 자랑스러운 표정으로 본인이 일하는 공장을 눈부신 듯 바라보고 있었다. 하지만 구로사와 씨의 경우와는 별개로 '이상한 질문을 받았다'던 좀 전의 이야기가 약간 걸렸다. 당시 레종전자에 무슨 일이 있었던 걸까.

"그 '이상한 질문'에 대해 여쭤봐도 될까요?"

구로사와 씨는 곤혹스러운 표정을 지었다. "아쉽게도 아무리 물어 봤자 더는 기억나는 게 없구나. 워낙 순식간에 일어난 일이니까. 어쨌든 당시 사내에는 살짝 수상한 공기가 떠다니고 있었어. 어쩐지 구리다고 해야 할까, 뭐랄까……. 나쁜 소문도 파

다했지. 윗선에서 위험한 사업에 착수하려고 한다든가, 신주쿠의 어느 낡은 건물에서 폭력조직과 결탁해 노름판을 벌이고 있다든가. 아무리 생각해도 거짓말로밖에 여겨지지 않는 소문이 태연하게 주위를 떠돌고 있었어. 정말 편치 않은 분위기였지. 게다가 수수께끼의 질문 공격에 해고까지 당했으니, 당시에는 나도 회사를 향한 불신감이 격화된 상태였어."

구로사와 씨는 눈살을 찌푸렸다.

"까놓고 얘기해서 남들이 보기엔 그럴싸해 보이지만, 사실 사내는 적당히 지내기 좋은 분위기였지. 꼰대라 불리는 늙은이들은 발언권도 없이 잔뜩 위축된 채 주변 분위기나 살피지, 젊은이들은 하나 같이 그저 상사의 의견에 복종하는 능력 없는 예스맨들이지. 내부 통제를 위해서는 '생각하는 사원'보다 '재빨리 움직이는 사원'이 필요하다고 말하면서 언제부턴가 고졸 출신의 애송이들만 채용하더군. 미안하지만 나로서는 최근 레종의 경영 방침을 이해할 수가 없어."

우리는 몇 마디 더 주고받은 뒤 구로사와 씨와 헤어졌다.


전혀 경계도 하지 않은 터라 이빨 빠진 호랑이 같은 캐릭터라고 얼핏 생각했는데, 뚜껑을 열어보니 구로사와 류노스케 씨에게 뜻밖의 정보를 얻을 수 있었다. 수수께끼의 질문과 의문의 해고. 거기다 나쁜 소문.

일반적으로 소비자가 봤을 때 레종전자라는 기업은 결코 이미지가 나쁘지 않았다. 아까 다녀온 시나가와 본사의 빌딩 입구가 상징하듯 깔끔하고 미래지향적이며 발전적인, 좀 더 저속한 표현을 쓰자면 '짱 멋진' 기업이라는 이미지조차 가지고 있었다. 그런데 이야기를 들어보니 내부에서는 자그마한 분쟁이 있었다고 했다. 나는 마음의 메모장에 이번 증언을 꾹꾹 눌러 기록해 뒀다.

구로사와 씨의 증언을 바탕으로 새삼 사원명부를 살펴보다가 문득 어떤 사실 하나를 깨달았다.

사원명부에는 좀 전의 구로사와 류노스케 씨처럼 현재 레종 전자에 근무하지 않더라도 은퇴 후 10년 이내의 사람에 관한 데이터가 상세히 기록되어 있었다. 어떤 법률상의 이유로 퇴사한 자의 개인정보까지 여러 해 보관해둬야만 하는 건지도 모른다. 예전에 육법전서를 손가락으로 읽은 적은 있지만 공교롭게도 내용이 너무 복잡하고 기이해서 여전히 이해할 수 없다. 어쨌든 은퇴 후 10년 이내의 사람이라면 현역 사원과 동일하게 그 데이터가 상세히 남아 있었다. 그런데 퇴사한 사람들을 머릿속으로 세어보니 구로사와 류노스케 씨처럼 '7년 전'에 퇴사한 이가 상당히 많았다. 다른 연도와는 비교가 되지 않았다. 전년도에 비해 12배이고 다음 연도와 비교해도 15배였다. 유독 두드러진다고 해도 과언이 아니었다. 누구든 어떤 이유로 퇴사했는지까지는 적혀 있지 않았지만, 구로사와 씨의 이야기에 비추어 봤을 때 다들 '해고' 비슷한 일을 당한 게 아닐까 싶었다. 사내에 불온한 공기가 떠다니기 시작하더니 수상쩍은 소문이 만연하는 가운데 돌연 수수께끼의 질문을 받고 정신을 차려보니 목이 날아가 있었다. 아쉽게도 애송이나 다름없는 나로서는 회사라는 거센 파도의 두려움이나 위력 같은 건 그저 상상에 맡길 수밖에 없지만, 어차피 세상은 그토록 위험한 기반 위에 성립된 걸지도 모른다. 정원에 자란 풀을 툭툭 뜯어버리듯 사람의 목도 슥슥 간단히 잘라버릴 수 있다는 건가. 나는 오스가 오빠에게 '7년 전'에 퇴사자들이 수상할 정도로 많았다는 사실을 말했다.

우리는 이다바시역 옆에 있는 쇼핑몰 벤치에 앉아 있었다.

"글쎄. 나도 잘 모르겠지만, 아까 만난 남자는 '덴엔초후에 살았던 구로사와 씨'는 아닌 듯하니 일단 나머지 둘 쪽을 먼저 찾아야 하지 않을까?"

그야 지당한 말씀. 이야기의 본질을 흐려서는 안 된다. 에자키 오빠와 아오이 언니가 밝혀낸 '수수께끼 공터'의 원래 주인이 레종전자 사원이라는 건 아직 밝혀지지 않았지만, 결코 상황이 나쁜 방향으로 흘러가는 것 같지는 않았다. 슈크림을 훔쳐 먹은 아이를 찾을 때는 입가에 크림이 묻은 녀석을 가장 먼저 의심해보는 정공법만큼이나 성실한 어프로치임이 틀림없다. 당분간은 이 방향으로 조사를 진행해야 할 것이다.

나는 새로이 결의를 다지며 오스가 오빠에게 말했다.

"이제 두 번째 구로사와 씨와 '어포인트먼트'를 잡아볼까요!"

"그런데 네 말대로라면 남은 둘은 좀 성가신 쪽 아니었어?"

"뭐, 성가시다고 하면 그렇긴 하겠죠. 실은 남은 두 사람은 중역이거든요. 그것도 **꽤 높은 위치**란 말이에요. 그렇다고 기가 꺾일 순 없죠. 한 명씩 착착 정리해나가자고요."

나는 재빨리 새로운 구로사와 씨의 전화번호를 휴대폰에 입력하기 시작했다. 솔직히 말해서 전화를 받을 가능성은 희박했다.

지금 전화 거는 상대는 레종전자의 자회사인 '멘톨제약'이라는 기업의 전 사장이다. 하긴, 이미 그는 사장 자리에서 물러났으니 현재는 레종전자 관계자는 아닌 듯했다. 이름은 '구로사와 유지' 씨. 나이는 55세. 아직 샐러리맨의 세계에서는 한창때라고도 할 수 있는 오십 대에 사장을 그만두다니, 대체 어떤 경위 때문인지 짐작하기 힘들었다. 그러나 주목해야 할 건 그게 아니다. 우연인지 몰라도 이 구로사와 유지 씨가 퇴사한 해 역시 '7년 전'이라는 사실이다. 이 점이 약간 걸렸다. 어찌 됐든 일단은 전화를 받을지가 가장 큰 관건이었다. 예전에 사장이었다면 분명 지금도 다망한 나날을 강요당하고 있을 게 틀림없다. 월월화수목금금 같은 하루하루를.

송신음이 몇 번 울렸을 때 익숙한 통신회사의 자동응답 목소리가 들려왔다.

"착신전환된 번호로 전화를 연결하고 있습니다."

착신전환이라니 어떻게 된 걸까. 구로사와 류노스케 씨가 받았던 수수께끼 같은 질문 공격에 대해 다시 생각하고 있는데, 맞은편에서 수화기 드는 소리가 들렸다.

"전화 주셔서 감사합니다. 블랑쉬입니다."

"헛?" 뭐, 뭐야 이건. 수화기 너머에서 전혀 예상치 못한 블랑쉬라는 인물이 등장했다. 당황하면서도 나는 말을 건넸다.

"저, 저기…… 구로사와 유지 씨 댁으로 전화를 걸었는데요……."

"그러셨습니까, 실례했습니다. 잠시만 기다려주십시오." 호텔 프런트처럼 철저하고 정중하며 차분한 남자 목소리였다. 일본어 발음이 너무 단정해서 외국인 같지가 않았다(그렇다면 '블랑쉬'는 코드네임 같은 걸까).

얼마 지나지 않아 전화기에서 다른 목소리가 들려왔다.

"네, 여보세요."

당황한 가운데 나는 물었다. "갑자기 전화 걸어서 정말 죄송한데요, 구로사와 유지 씨 맞으세요?"

그러자 남자가 놀란 목소리로 말했다. "맞아. 내가 '구로사와 유지'야." 남자의 목소리는 낮게 잠겨 있었다. "그런데 누구신지? 나한텐 당신처럼 젊은 여자 지인은 좀처럼 짐작 가는 이가 없는데."

"아, 그게, 전 이상한 사람은 아니고…… 레종전자에 대해 조사하고 있는 '사에구사'라고 하는데요."

"레종이라. 그리운 이름이군." 내 목소리를 삼킬 듯이 남자가 말했다. 무게감 있고 느긋한 말투였다. "그런데 무슨 용건이지?"

"저기…… 여러 가지 여쭤보고 싶은 게 있는데 지금 뵈러 가도 될까요?"

"흐음……." 구로사와 유지는 잠시 침묵했다. 앞으로의 일정을 생각하고 있는 걸까. "미안하지만 그건 좀 곤란하겠는데. 난 이미 아무런 관계도 없는 인간이야. 게다가 유감스럽게도 내겐 **그 회사가 좋지 않은 기억을 많이 남겨서 말이야.**"

깔끔하게 거절당했다. 하지만 간단히 물러설 수는 없었다. "그러시면 지금 전화로 두세 가지 정도 질문을 해도 될까요?"

"가능한 범위에서 대답해주지."

나는 작게 헛기침을 했다. "예전에 덴엔초후 1번가에 사신 적이 있으세요?"

"아니. 없어." 아무런 망설임도 없는 즉답이었다. 거짓말이라는 생각은 들지 않았다.

"그러시군요……. 그럼 레종전자에 대해 뭔가 알고 있는 이상한 소문 같은 건 없으세요?"

"있지. 그것도 아주 많이." 이번에도 즉답이었다.

암흑 속에서 한 줄기 광명을 본 듯한 기분에 초조한 목소리로 물었다. "그러면…… 그러시면 그걸 조금 가르쳐주실 수 있나요?"

구로사와 유지 씨는 웃었다. "그건 불가능해. 난 발뺌할 수 없는 패자니까. 고자질 같은 짓은 할 수 없지."

"패자요?" 질문도 제대로 듣지 않은 채 구로사와 씨는 말했다. "미안하지만 이야기는 여기까지로 해야겠군. 이쪽도 여러 가지로 바빠서 말이지." 그러고는 일방적으로 전화를 끊어버렸다.

수화기에서는 무정한 통화 종료음 소리만이 여운처럼 조용히 흘러나왔다.

"뭐래?" 오스가 오빠가 불안한 표정으로 물었다.

"그게…… 설명하기가 굉장히 어려운데 말이죠. 전말을 간단히 이야기하자면 구로사와 유지 씨에게 전화했더니 그게 착신전환이 되어서 블랑쉬 씨에게 연결됐다가 다시 블랑쉬 씨가 구로사와 유지 씨에게 연결해줬는데 급기야는 만남을 거절당했어요."

"하아……."

"뭐, 결국 이런 거죠. 구로사와 유지 씨는 '덴엔초후에 사는 구로사와 씨'는 아니었어요."

"아쉽네." 오스가 오빠는 여전히 어딘가 굳은 표정으로 말했다. "뭐, 이제 마지막 한 사람에게 희망을 걸어볼 수밖에 없다는 뜻이군. 그럼 약속을 잡아보자. 중역이라는 마지막 구로사와 씨에게."

나는 한숨을 한번 내쉬었다. "미안하지만 여기까지예요. 이게 끝이라고요. 나도 냉정하게 생각해봤는데 마지막 사람은 역시 전화도 자택 방문도 불가능해요."

"왜?"

"마지막 구로사와 씨의 주소는 '도쿄도 미나토구 롯본기 6번가 10번지 ○호'거든요. 오스가 오빠, 거기는 말이죠. 부자 중에서도 부자, 이른바 킹 오브 부자가 모여 사는 타워예요. 전화는 커녕 무작정 찾아가는 것도 가당치 않아요. 그러니 오늘은 여기까지로 하고 우리의 아지트로 돌아가죠. 어쩌면 아오이 언니랑 에자키 오빠가 더 좋은 느낌의 정보를 물어올지도 모르잖아요."

마지막 인물은 '구로사와 고스케' 씨. 51세. 대학 졸업 후 즉시 레종전자에 입사. 영업사원 시절부터 도드라지는 승진을 거듭하더니 현재는 주식회사 레종전자의 대표이사 겸 사장.

높은 꼭대기에 사는 굉장히 대단한 사람.

일단 밑져야 본전이라는 마음으로 전화는 해봤으나 예상대로 연결되지 않았다. 들어본 적도 없는 통신회사의 자동응답만

이 들릴 뿐이었다. 무언가의 사정이 이러저러해서 고객의 전화가 어떻다는 멘트가 흘러나왔는데, 요약하자면 연결할 수 없다는 말이었다.

구로사와 류노스케 씨가 받았던 수수께끼 같은 질문 공격과 7년 전 감행된 대규모 해고, 정체를 알 수 없는 '블랑쉬'라는 코드네임과 의미심장한 분위기를 풍기는 자회사의 전 사장, 그리고 전화가 연결되지 않는 초호화 재벌. 대체 이 회사의 정체는 뭘까.

현재 상황은 도쿄 빅사이트에 모인 고등학생 네 사람이 레종전자라는 기업명과 자료에 적힌 주소에만 의존한 채 그날 들렸던 '목소리'에 '협력'하고 있다는, 나조차도 영문 모를 억지스러운 상황이다. 수수께끼를 좇으려 하면 그건 신기루처럼 멀어지면서 물에 담근 미역처럼 점점 부풀어 간다. 대체 어떻게 하라는 거지. 나는 전리품인 가방을 바라보면서 얼토당토않은 기분에 시달렸다.

여유롭게 집에서 책이나 읽고 싶은데.

# 아오이 시즈하

이곳은 조금 전의 구로사와 저택이 있던 공터에서 그리 멀지 않은 동네 도서관이다. 안에는 학생처럼 보이는 남자 한 명과 나이가 지긋한 남자 한 명뿐이어서 도서관은 한산했다. 여름 볕이 건물 밖을 둘러싼 초목을 따라서 커다란 창을 통해 아름답게 들이치고 있었다.

나는 에자키와 둘이서 커다란 책상을 마음대로 차지한 채 묵묵히 과거 신문을 살펴보고 있었다. 지극히 조용한 도서관 안에서 신문 넘기는 소리가 미안하리만치 큰 소음을 만들어냈다.

논과 통화를 마친 뒤 우리는 패밀리레스토랑에서 간단히 점심을 먹었다. 여전히 우리 사이에서 활발한 대화는 찾아볼 수 없었지만 어쩐지 서로의 거리는 가까워진 기분이었다. 물론 내가 멋대로 그렇게 느끼는 것뿐인지도 모른다. 사실이든 아니든 나는 어둡게 정체된 길고 고통스러운 내 과거를 에자키에게 털어놓은 뒤 조금은 속이 후련해졌다. 지난 2년 동안 그 누구에게도 이야기할 수 없었던 기억을, 나처럼(엄밀히 말하면 '같은' 건아니지만) 평범하지 않은 능력을 지닌 사람과 공유할 수 있었으니까. 마음이 가벼워질 수밖에.

패밀리레스토랑을 나온 우리는 지도에 의지해 가장 가까운도서관으로 향했다. 어쩌면 '구로사와 씨'의 화재 사건을 다룬신문 기사가 있을지도 모른다는 생각에서였다. 신문의 일면까지는 아니어도 지역 신문이라면 작게 기사가 실려 있지 않을까.

아까 만났던 여자의 말에 따르면 화재는 3년 전쯤, 어쩌면 4년 전 여름에 일어났다. 그래서 나는 3년 전 6월 이후의 기사를, 에자키는 4년 전 6월 이후의 기사를 각각 맡아 신문을 찾아보기로 했다. 하루라도 놓치는 날이 없도록 신문을 꼼꼼히 훑는 작업은 생각 이상으로 힘들었다. 수없이 종이를 넘기다 보니어느새 오른손가락은 잉크로 새까매지고 끊임없는 마찰로 얼얼해져 갔다. 그러나 우리는 각자 맡은 연도의 신문을 묵묵히 훑어나갔다.


"찾았다."

신문을 찾아본 지 세 시간쯤 지났을 무렵이었을까. 에자키가신문에 시선을 고정한 채 불쑥 그렇게 말했다.

"정말?"

"응. 틀림없이 이 기사야."

나는 허둥지둥 일어나 에자키의 등 뒤로 가서 그 신문 기사를 들여다봤다.

예상대로 비교적 자그마한 기사였다.

'주택 화재로 15세 여중생 사망. 도쿄 오타구'라는 제목이 시선을 끌었다. 나는 그대로 본문을 읽어 나갔다.

오타구 덴엔초후 시 1번가에서 31일 오후 10시경, 구로사와 고스케 씨(47세) 자택에서 화재가 발생해 철골 구조의 이층집 630평방미터가 전소하였고 화재 현장에서 장녀 구로사와 사쓰키 씨(15세)의 사체가 발견되었다. 고스케 씨도 왼쪽 어깨에서 복부에 걸쳐 화상을 입고 중태에 빠져 현재 덴엔초후 중앙 병원에서 치료를 받고 있다. 화재가 발생 직후 인근 주민의 신고를 받고 출동한 소방차가 화재 발생 약 네 시간 만에 화재를 모두 진압하였다. 소방 당국은 1층 거실을 화재의 진원지로 보고 있지만 여전히 원인은 확정할 수 없다. 경찰은 고스케 씨의 건강이 회복되는 대로 자세한 경위를 조사할 방침이다.

화재 관련 기사는 이게 전부였고 기사 왼쪽에 작은 사진이 실려 있었다.

"이날 이후로 사흘 정도의 신문도 확인해봤는데 이 화재에 관한 기사는 더 이상 없었어." 에자키가 말했다. "그때 만난 여자 이야기로 봐서는 틀림없이 그 화재가 맞을 거야."

나는 사진 쪽으로 눈을 돌렸다. 거기에는 화재로 사망한 구로사와 사쓰키의 사진이 실려 있었다. 학교 증명사진을 그대로 실었는지 그녀는 교복을 입고 있었다. 웃음기 하나 없는 완벽한 무표정.

구로사와 사쓰키. 문득 나는 뭔가가 마음에 걸렸다.

구로사와라는 성만 들었을 때는 아무런 느낌도 없었는데 그 옆에 사쓰키라는 이름이 붙은 순간, 내게 의미 있는 것으로 바뀌었다. 그건 마치 평범한 멜로디 위에 극적인 코드 진행을 얹었을 때처럼 압도적인 변화였다.

구로사와 사쓰키. 구로사와 사쓰키……. 기억났다.

**"나, 이 애 알아."**

에자키가 눈썹을 움찔했다. "정말이야?"

나는 고개를 끄덕였다. 틀림없다. 새삼 사진을 바라보니 왜 지금껏 알아차리지 못했을까 싶을 만큼 내 기억의 중심에 자리 잡고 있던 얼굴이었다.

구로사와 사쓰키.

4년 전 피아노 콩쿠르에서 쇼팽의 「혁명」을 연주했던 여자애다. 마치 뭔가에 홀린 듯이 터무니없는 기량을 뽐내면서, 난폭해지는 일 없이 섬세하게 손가락을 움직이며 이제껏 본 적 없는 명연주를 보여 주었던 여자애였다.

우리는 서둘러 신문 기사를 복사한 뒤 도서관을 나왔다. 도서관 안에서 큰 소리는 낼 수 없으니까.


"그러니까 넌, 이 구로사와 사쓰키를 어디에서 알았는데?" 도서관을 나오자마자 에자키가 물었다. 일단 우리는 도서관 밖의 벤치에 앉았다.

"내가 중학교 2학년 때 참가한 피아노 콩쿠르에 출연했던 여자애였어. 내가 뒤에서 두 번째 순번으로 쇼팽의 「영웅」을 연주했고, 마지막 차례로 구로사와 사쓰키가 쇼팽의 「혁명」을 연주했어."

"그것뿐이야?"

"으……응."

확실히 그런 반응을 듣고 보니 **단지 그것뿐인 관계**다. 남들이 봤을 때 그건 우연일 뿐이어서 아무런 관계가 없다고 말해도 무방할 만한 인상을 줄지도 모른다. 그러나 이전에도 이후에도 같은 나이대의 피아노 연주 가운데 그녀만큼 내 마음을 요동치게 한 사람은 없었다.

어떤 의미에서 그녀는 특별하고 특수한 피아니스트였다. 조금 전까지만 해도 그 이름을 잊고 있었지만, 그녀의 「혁명」 연주만큼은 잊은 적이 없었다. 이름보다도 그 연주가 기억에 강렬히 남아 있는 진짜 피아니스트였다.

당시 내가 참가한 콩쿠르는 초등부, 중등부, 고등부, 대학부, 대학원 및 연구생부로 나뉘어 있었다. 그때 구로사와 사쓰키도 나와 같은 중학교 2학년이었다. 당연히 우리는 같은 부에서 서로 경쟁하게 되었다. 사실 콩쿠르가 시작되기 전까지 나는 그녀의 재능이라든가 특기인 음악은커녕 그 이름조차 몰랐다.

피아노의 세계에서도 중학생쯤 되면 어느 정도 이름이 알려진 아이가 생기기 마련이다. ××에 사는 ○○라는 애는 늘 콩쿠르에서 상위를 차지하고 있다든가, 올해 그 선생님 밑에 들어간 ○○은 실력이 출중하다든가. 국내에서는 규모가 큰 콩쿠르의 수가 한정되어 있어서 실력자는 특별히 이렇다 할 프로모션 활동을 하지 않아도 자연스레 이름이 알려지고 만다.

내 입으로 이런 말 하기가 좀 부끄럽지만, 나 역시 그러한 실력자 중 하나였다. 콩쿠르에서 여러 차례 상위권에 들었고 우승을 한 적도 적지 않았다.

담당 선생님이 나름대로 유명한 분이었던 덕분에 대회에 가면 나 또한 으레 관심을 받았다. "아오이 시즈하 씨죠?" 낯선 어른이나 애들이 말을 걸어오기도 했다. 그리고 나 역시 라이벌로 언급될 만큼 이름이 알려진 같은 나이대의 참가자에게 인사를 하러 다녀오기도 했다. 선생님들 사이에 형성된 미묘한 상하 관계도 영향이 있었을 것이다. 어쨌든 중학생이라도 피아노 세계에서는 그런 식의 폐쇄적인 커뮤니티 같은 게 형성된다.

그러나 '구로사와 사쓰키'는 전혀 그 이름을 들어본 적이 없었고 그때까지 그녀의 존재를 아는 이가 없었다. 구로사와 사쓰키의 선생님은 클래식 음악계의 실력파로서 국내에서도 훌륭한 강사로 알려져 있었지만, 그 선생님이 구로사와 사쓰키라는 학생을 가르치고 있었다는 사실을 (적어도 커뮤니티 내의 사람들은) 그날까지 아무도 몰랐다.

콩쿠르의 구성은 전반이 과제곡 연주이고 후반이 자유곡 연주였다. 과제곡은 체르니 연습곡 50번부터 임의의 세 곡을 골라 연주하는 과제로, 나는 그 당시 가장 자신 있던 세 곡을 골라 연주했다. 결과는 그런대로 괜찮았던 것 같다. 청중의 반응도 뜨거웠고 선생님의 평가도 좋았다.

한편 구로사와 사쓰키의 체르니 연주는 차마 눈뜨고 들어줄 수 없는 솜씨였다. 트릴부터 아르페지오까지 모든 음이 미숙했다. 다음 음을 연주하기까지 손가락이 공중에서 헤매며 머뭇거리다가 대부분 인접한 건반에 닿는 통에, 네 소절에 한 번씩은 의도치 않게 불협화음을 만들어냈다. 때로는 악보조차 무시하고 즉흥적으로 음을 만들어 연주하기도 했다. 악보를 전혀 외우지 않은 것이다. 이미 그 연주는 체르니 50번이라고 부를 수 없는, 그저 손가락 운동에 지나지 않았다. 정말 실례를 무릅쓰고 솔직히 말하자면, 그녀는 아직 콩쿠르에 나올만한 실력이 아닌 듯했다. 전반적인 대회장 내의 분위기도 비슷했다. 악보를 틀리지 않고 치는 것조차 불가능한 애를 콩쿠르에 내보냈냐는 듯 일제히 그녀에게 차가운 시선을 보냈다.

과제곡이 끝나자 프로그램은 자유곡으로 바뀌었다. 나는 쇼팽의 「영웅」 폴로네즈를 선곡했다. 원숙기의 걸작으로 장엄하고 고상하며 힘 있게 나아가는, 쇼팽이 애국심을 쏟아부은 작품이라 일컬어지는 명곡이다. 긴장하지 않았다면 거짓말이다. 하지만 타인의 연주를 들으면서 지지 않을 자신이 있었고 그만큼 연습량도 많았다. 나는 호흡을 가다듬고 단숨에 「영웅」을 연주해냈다. 대회장 안에서 박수갈채가 쏟아졌다. 나는 청중의 기립박수를 받고 만면의 미소로 화답했다. 그동안의 내 연주 가운데 다섯 손가락에 들 만큼 완벽했다는 생각이 들었다. 손가락이 저절로 다음 음을 고르면 난 그저 손가락 끝에 감정을 싣기만 하면 되었다. 필연적으로 음에 마음이 실리면서 중후함이 더해졌다. 어쨌든 내 생애 최고의 연주를 선보인 뒤 나는 진심으로 만족했다.

그런 가운데 다시 등장한 구로사와 사쓰키.

자유곡으로 그녀가 대체 뭘 연주할지 관객 전체가 주목했다. 당연히 호의적인 관심은 아니었다. 저 정도의 기량으로 훌륭한 연주는 불가능할 거라는, 모멸적이면서 비난으로 가득한 호기심의 눈빛이었다. 그러나 장 내 분위기에 아랑곳하지 않은 채 그녀가 소환한 곡은 쇼팽의 「혁명」이었다. 그 선곡에 대회장 내 관객 모두가 의문의 눈빛을 보냈다. 벌써 조소하는 사람조차 있었다.

수많은 쇼팽의 에튀드 중에서도 「혁명」은 발군의 지명도와 난이도를 자랑하는 명곡이었다. 왼손으로 갑자기 무너져 내릴 듯한 저음을 끊임없이 다변하며 연주를 이어가면, 거기에 대항하듯 오른손이 격렬하게 내리치듯 주장을 반복한다. 조금이라도 음이 틀리면 금세 멜로디가 탁해져서, 마치 카드 쌓기에 실패한 트럼프 타워처럼 한순간에 무너지고 만다. 그런 난곡이었다.

그 선곡에는 나 역시 고개를 갸우뚱할 수밖에 없었다. 체르니 에튀드도 연주해내지 못하면서 어쩌자고 쇼팽의 에튀드를 연주할 생각을 한 걸까. 전반의 과제곡을 통해 그녀의 연주 실력에는 치명적인 미숙함이 존재한다는 걸 확실히 알 수 있었다. 쇼팽을 잘 연주하리라고는 도저히 생각할 수 없었다.

그러나 그녀가 건반을 한 번 건드리자 일순간 대회장 내의 관객들은 얼어붙었다. 거기에는 아까까지의 망설임이나 어떠한 기술적인 미숙함도 존재하지 않았다. 구로사와 사쓰키는 마치 급류의 폭포를 춤을 추며 흘러가는 것처럼 「혁명」의 세계를 완주해냈다.

"거기에 있었던 건 연습이 부족한 여자애가 아니었어. 심지어 '구로사와 사쓰키'조차 없었지. 거기에 있었던 건 분명 '프레데리크 쇼팽'이었어. 틀림없는 작곡자 본인이었지. 모두가 그 애의 등에서 분노와 슬픔을 짊어진 프레데리크 쇼팽의 모습을 봤어." 나는 구로사와 사쓰키에 관한 기억을 에자키에게 털어놨다.

"그건 무슨 뜻이지?" 에자키가 물었다.

"일설에 의하면 「혁명」은 바르샤바 함락에 대한 쇼팽의 분노가 소용돌이치며 완성된 곡이라는 말이 있어. 강렬한 나머지, 그 정신이 깊이 담긴 쇼팽의 작품 중에서도 특히 메시지성이 강한 곡이라고 말이야. 고향 친구들의 죽음과 고국을 향한 슬픔을 한데 모아 완성한 곡을 그 아이의 등이 설득력 있게 들려주고 있는 것처럼 느껴졌어. 당시의 내게는."

"결국 우승한 쪽은 너였겠지?"

"맞아. 구로사와는 과제곡 연주를 망쳤으니까 어차피 상은 줄 수 없었겠지. 하지만 대회장 분위기는 완벽하게 그 애가 독차지했어. 어느 날 슈만이 쇼팽을 앞에 두고 이렇게 말했대. '다들 모자를 벗게. 이 친구는 천재라네.' 정말 나 역시 그런 심정이었어. 뭐, 스스로를 슈만에 비유하는 것도 주제넘지만. 어쨌든 그 애의 연주는 정말 압도적이었어. 그 애에게 상을 줘야 한다고 강력히 주장하고 싶어질 만큼."

에자키도 수긍한 듯 가만히 고개를 끄덕였다.

화재 현장에서 장녀 구로사와 사쓰키 씨(15세)의 사체가 발견되었다.

그랬던 그녀가 죽어버렸다. 물론 지카의 죽음과 비교해서 내가 느끼는 충격은 크지 않았지만, 진심으로 안타까웠다. 그 이후에도 그녀가 계속 연습을 이어갔다면 분명 훌륭한 피아니스트가 되었을 텐데. 그야말로 시대의 '혁명아'가 됐을지도 모른다. 그런데 화재로 세상을 떠났다니, 무척 마음이 쓰라렸다. 내가 피아노를 치지 않게(칠 수 없게) 된 지금, 단 한 명이라도 많은 사람이 훌륭한 연주를 세상에 남겨주는 게 단 하나의 간절한 바람이었는데.

"구로사와 사쓰키와 이야기해본 적은 있어?"

나는 고개를 저었다. "아니, 한 마디도 못 해봤어. 뭔가 이야기해보고 싶다는 생각은 했지만 금세 그 애는 모습을 감춰버렸어. 연주도 분위기도 정말 신비스러웠던 여자애였어."

에자키는 신문 복사본을 보고 있었다.

"에자키, 역시 너도 모르지? 구로사와 사쓰키, 혹은 그 아버지인 구로사와 고스케 씨 말이야."

"응. 전혀. 깜빡 잊은 것도 아냐. 확실히 모르는 사람이야."

에자키는 계속 신문 복사본을 쏘아봤다.

"너 말이야. 자신이 언제부터 물건을 망가뜨릴 수 있게 되었는지 기억해?"

지금까지의 흐름에서 다소 방향이 전환된 질문에 나는 고개를 끄덕였다. "응. 여름방학에 있었던 일인데 굉장히 인상적이었으니까. 슬슬 숙제를 마무리해야 된다고 생각하던 8월 첫째 날이었어. '4년 전 8월 1일.' 눈을 떴는데 마음속에 묵직한 레버가 생겨나 있었어."

그날의 나는 눈을 뜨자마자 내 몸의 이변을 알아차렸다. 아침에 일어났더니 침대 옆에서 사자가 잠들어 있는 모습을 발견한 것처럼 충격적이고 분명하게 이변을 깨달았다. 4년 전 8월 1일. 그 전날 한밤중에 나는 앞에서 말했던 '목소리'를 듣고 평범하지 않게 되었다.

에자키는 복사본에서 시선을 떼고 천천히 나를 바라봤다.

"나도 그래. 처음에 예언을 들은 건 '4년 전 8월 1일'이었어. 너랑 똑같이 여름방학 중에 일어난 일이니까 선명히 기억해. 일단 틀림없어."

에자키는 조금 전 그 복사본을 내게 건네주더니 날짜 부분을 검지로 두드리며 가리켰다. 나는 복사본을 받아들고 다시 기사를 눈으로 훑었다. 곧장 에자키의 의도를 알아차렸다. 그건 몸이 떨릴 만큼 운명적이면서도 명백한 인과관계를 증명하고 있었다.

"화재가 있었던 게 '4년 전 7월 31일'이야. 즉…… 우리가 '평범'하지 않게 된 전날 벌어진 일이지."

소름이 돋았다. 어딘가 아득한 곳에 존재하던 무의미한 점과 점이 소리를 내며 이어지고 있는 듯한 느낌이었다. 뭔가가 찰칵 아귀가 들어맞았다.

"그건……."

에자키는 고개를 옆으로 저었다. "어떤 뜻인지는 몰라. 다만, 우연의 일치라고 보기엔 힘들지."

새삼 나는 그녀의 연주를 떠올렸다. 정말 이상하리만치 완벽한 연주였다. 조금 전까지만 해도 무척이나 서툴렀던 왼손의 아르페지오를 갑자기 숙련된 움직임으로 화려하게 연주해내고 있었다. 그 연주뿐만 아니라 그녀 본인에게도 헤아릴 길이 없는 심연 같은 것이 존재하고 있다는 느낌을 받았다.

콩쿠르에서 열연한 본인의 연주는 기념 CD로 제작되어 연주회 후에 선물로 받는다. 여전히 나는 당시의 내 연주를 MP3플레이어에 넣어둔 채 이따금 그 시절을 회상하며 듣곤 한다. 그러나 지금은 내가 연주한 「영웅」 따위보다 구로사와 사쓰키가 연주했던 「혁명」을 다시 듣고 싶어서 견딜 수 없었다. 내 곡 대신에 구로사와 사쓰키의 「혁명」을 CD로 만들어 선물해주길 간절히 바랐다. 이번 사건과 관련하여 대답이 될 만한 무언가가, 당시 그녀의 연주 안에 잠들어 있을 것만 같았다. 쇼팽처럼 그녀의 감정이 음악에 표출되어 있어서 그때의 「혁명」을 들으면 우리도 의문을 해소할 수 있지 않을까. 하지만 그건 이루어질 수 없는 바람일 뿐이다. 구로사와 사쓰키는 이미 사라졌고 그녀의 「혁명」도 잃어버렸다.

나는 작게 한숨을 내쉬었다.

"쇼팽이라는 사람은 어떤 작곡가였지?"

"뭐?"

"그 구로사와 사쓰키는 마치 쇼팽 같았다면서. 그렇다면 그 쇼팽이란 인물은 어떤 사람이었는지 조금 궁금해서."

"그러네." 나는 말했다. "넌 클래식에 흥미가 있어?"

"아니, 전혀." 에자키는 흐려지기 시작한 하늘을 올려다보고 있었다. "굳이 말하자면 「신세계로부터」 밖에 몰라."

"드보르자크 말이지? 교향곡 제9번."

나는 쇼팽에 대해 알고 있는 걸 머릿속으로 정리했다.

"나도 그렇게 자세히는 몰라서 거창하게 이야기해줄 건 없어. 하지만 정말 그래……. 쇼팽에게 뭔가 특징이 있었다면 일단 그는 곡에 제목 붙이기를 싫어했어. 아까 말한 「혁명」도 쇼팽이 아니라 리스트가 붙인 제목이고, 「영웅」도 누군가 다른 사람이 붙인 거였으니까."

"왜 제목을 안 붙인 거지?"

"글쎄." 나는 말했다. "그건 본인에게 묻지 않는 한 몰라. 하지만 굳이 추측해 본다면 난 이렇게 생각해. 그가 '음에 의지해서 사상을 표현'하는 걸 깊이 추구했기 때문이 아닐까 싶어."

"무슨 뜻이야?"

"어떤 의미에서 쇼팽은 '단 하나의 수단만으로 의지를 표현해내는 게 예술'이라고 생각했던 게 아닐까. 예를 들어 '회화'로 자신의 테마를 표현할 때는 끝까지 '회화'만으로 의지를 표현해내야만 하고, '문장'일 경우에는 마지막까지 오직 '문장'으로 전달해야 해. 그게 본질적인 예술이라는 거야. 정말 어려운 일이지만 그걸 완수해내는 것이야말로 진짜 예술이자 참다운 '사상의 표현'이라고 생각했던 게 아닐까 싶어. 좀 더 알기 쉽게 이야기하자면⋯⋯." 나는 잠시 틈을 뒀다. "예를 들면 피카소의 작품 중에 「게르니카」라는 유명한 그림이 있잖아? 그건 스페인 내전을 그린 거라는데, 만약 그 작품의 제작 배경이나 제목을 몰랐다면 우리는 그 그림을 온전히 평가할 수 있을까? '흐음, 이건 아무리 봐도 스페인 내전을 그린 것 같네요'라면서 말이야. 아마 그건 불가능할 거야. 유명한 화가 '피카소'가 그걸 「게르니카」라는 제목으로 발표했기 때문에 그제야 우린 그림의 의미를 이해할 수 있었던 거야. 그렇다면 과연 그건 진짜 예술인 걸까? 그런 의문에 대해 쇼팽은 '아니'라고 답했던 게 아닐까 싶어. 물론 쇼팽은 피카소보다 훨씬 옛날 사람이지만."

에자키는 난해한 표정을 지으면서도 이야기를 이해하려고 애쓰는 것 같았다. 나는 계속 말을 이었다.

"결국 곡에 제목을 붙여버리면 청중에게 불필요한 정보를 주고 말아. 연습곡 10-12번이라는 개성 없는 작품에 「혁명」이라는 이름이 붙으면, 청중은 '이건 혁명을 테마로 한 곡이구나'라며 멋대로 판단을 내리게 돼. 좀 더 극단적으로 말하면 '지옥'을 이미지로 만든 곡에 「꽃밭」이라는 제목을 붙였다고 해 봐. 분명 청중은 멋대로 머릿속에 제각각 꽃밭을 떠올리고 말 거야. 그래서 쇼팽은 제목을 붙이기 싫었던 게 아닐까. 음악이라면 '음' 그 자체만으로 '사상을 표현'해야만 해. 음만으로 청중에게 사상을 전달할 수 있어야만 예술인 거지. 그게 쇼팽의 생각이 아니었을까. 어디까지나 내 추측이지만. 그래서 쇼팽은 제목을 붙이지 않았고 그러고 싶어 하지 않았겠지."

"즉, 구로사와 사쓰키는 '음에 의존한 사상의 표현'이 가능했다는 뜻?"

"맞아……. 적어도 난 그렇게 생각했어. 그 애가 뭘 짊어지고 있었고 무엇을 전하고 싶었는지, 거기에는 제목이 없었으니까 정확히는 몰랐어. 하지만 끔찍한 무언가가 충분히 전해졌지. 그 애의 의지가 고스란히 실린 음이 대회장 내에 울려 퍼졌어. 그건 예술이었고 쇼팽이었어."

구로사와 사쓰키.

그녀의 존재는 너무도 신비스럽고 예술적이고 인상적이었다. 4년이 지난 지금도 내 기억 속 공간에서 그녀는 확실한 영토를 차지하고 있었다. 그런 그녀가 화재로 죽은 뒤 나(우리)는 평범하지 않게 되었다. 거기에는 어떤 인과관계가 얽혀있는 걸까. 왜 그녀의 죽음이 우리에게 영향을 끼치게 된 걸까. 그 사실에 관해 잠시 생각해보았다. 하지만 대답은 알 수 없었다. 아무리 생각해도 알 수 있을 것 같지 않았다.

체르니를 제대로 연주해내지 못했던 구로사와 사쓰키. 문득 나는 쇼팽이 체르니를 평가했던 말이 떠올랐다.

〈(체르니는) 굉장히 좋은 사람이지만, 딱 그뿐입니다.〉

구로사와 사쓰키에게 있어 체르니는 **그저 연습곡**에 지나지 않았을지도 모른다.

# 오스가 슌

오후 6시. 우리 네 사람은 다시 호텔에 모였다.

오늘 각자 모은 정보를 공유하며 잠시 회의 비슷한 걸 열었다. 논과 나는 이다바시 공장에서 근무하던 구로사와 류노스케 씨, 전화로 연락을 취한 레종전자 자회사의 예전 사장이었던 구로사와 유지 씨, 그리고 끝내 연락이 닿지 않았던 레종전자의 현 대표이사장 구로사와 고스케 씨 이야기를 했다.

"구로사와 고스케?" 에자키가 미간에 주름을 모으며 말했다. "'구로사와 고스케'가 지금 레종전자 사장이라고?"

나는 고개를 끄덕였다. "응. 역시나 전화 연결은 되지 않았지만, 그 사람이 사장인 건 틀림없어. 팸플릿에도 적혀 있고."

그러자 에자키와 아오이 누나는 서로 시선을 맞추며 눈짓으로 뭔가 의견을 나누는 듯했다. 아무래도 짚히는 게 있는 모양이었다. 다음 순간, 아오이 누나가 가방 안에서 접힌 종이 한 장을 꺼내더니 에자키와 둘이 확인했다.

"실은 논이랑 통화한 후에 우린 도서관에 가서 과거 신문을 조사해봤어. 그 화재와 관련된 기사를 찾으려고. 아무튼 그래서 관련 기사를 찾았는데, 덴엔초후의 집에 살던 사람이 분명 '구로사와 고스케' 씨였어."

나는 눈을 크게 떴다. "정말이에요?"

"응. 다만, 레종전자의 구로사와 고스케 씨랑 덴엔초후의 구로사와 고스케 씨가 어쩌면 다른 인물일 가능성도 없진 않아."

"기사에 실린 구로사와 고스케는 몇 살이죠?" 논이 끼어들었다.

아오이 누나는 다시 지면으로 시선을 떨어뜨렸다. "그게……기사가 나온 4년 전 시점에서는 47세야."

논은 눈을 가늘게 뜨며 고개를 끄덕였다. "내가 가진 사원명부에 의하면 레종전자의 구로사와 고스케는 현재 51세예요. 적어도 연령상으로는 일치하네요."

그렇다면 역시나 두 사람은 동일 인물이라고 생각하는 게 자연스럽다. 애초에 우리가 빅사이트에 왔을 때부터 '레종전자'라는 기업명이 전면에 내세워져 있었으니 그 사장이 이번 사건에 연루되어 있다고 생각하는 건 지극히 당연하다. 거기다 호텔 자료에 적힌 주소가 구로사와 고스케가 예전에 살던 곳이라면 이미 대답은 나왔다고 해도 과언이 아니다. 레종전자 사장이자 4년 전 화재로 자택을 소실한 '구로사와 고스케'는 우리에 대해 뭔가 알고 있을 가능성이 있었다.

그제야 우리 주위로 흐릿한 윤곽선이 떠오르기 시작했다. 아직 전체의 절반도 보이지 않았지만, 드디어 그 파편 같은 게 우리 앞에 자그마한 그림자를 드리우기 시작했다.

"오스가와 논은 '구로사와 사쓰키'라는 사람에게 짐작 가는 거라도 있어?"

"구로사와 사쓰키요?" 나는 되물었다.

아오이 누나는 내 눈을 바라보며 고개를 끄덕였다. "구로사와 고스케 씨의 딸인데 4년 전에 화재로 죽었어. 혹시 두 사람은 만난 적 없어?"

나는 고개를 갸웃거렸다. 들어본 적이 없는 이름이다. 구로사와 사쓰키. 나는 머릿속에서 몇 번이나 그 이름을 굴려 본다. 뒤집기도 하고 옆으로 차보거나 뒤에서 들여다보기도 한다. 그러나 역시 짚이는 건 없었다. 애초에 구로사와라는 성부터 전혀 감이 오지 않았다.

마찬가지로 논도 고개를 옆으로 저었다. "나도 몰라요."

그러자 아오이 누나는 조금 아쉽다는 듯한 표정을 짓더니 자신이 구로사와 사쓰키와 알던 사이라고 밝히며 그 관계를 설명해주었다. 아오이 누나는 4년 전(잘 따져보니 화재가 일어나기 2주 전이었다고 한다) 피아노 콩쿠르에서 그 애를 만났다고 했다. 당시 구로사와 사쓰키의 기묘한 분위기는 지금도 아오이 누나의 기억에 선명히 살아 있다고.

아오이 누나는 우리가 여기에 모인 계기가 된 티켓을 다시 꺼냈다.

"그리고 보니 이 티켓에 쇼팽의 「영웅」과 「혁명」이라는 글자가 적혀 있는 것도 이해가 돼. 이번 일에 구로사와 사쓰키가 연관되어 있어서 티켓에도 이런 게 적혀 있었던 거라고 말이야."

나는 아오이 누나에게서 티켓을 받아 그 문구를 들여다봤다.

주요 연주 예정곡: 폴로네즈 제6번—작품번호 53 「영웅」
에튀드—작품번호 10-12 「혁명」

확실히 거기에는 4년 전 두 사람이 연주했다는 두 곡의 제목이 적혀 있었다. 나와 클래식 음악과의 관계는 딱 교토와 상파울루만큼 동떨어져 있는 까닭에 나는 이 두 곡이 어떤 음악인지 전혀 모른다. 쇼팽이라는 인물이 어떤 음악가였는지, 대체 어떤 사람인지조차 모른다.

그런데 어찌 된 일일까. 왜 아오이 누나만 구로사와 사쓰키라는 사람과 관계가 있는 걸까. 목소리가 부른 사람은 우리 네 명인데 본질적으로 연결되어있는 사람은 아오이 누나뿐이었다. 나도 에자키도 논도 구로사와 사쓰키를 모르고, 또 그 아버지인 레종전자 사장 구로사와 고스케에 대해서도 모른다. 어쩌면 우리는 그 관계성을 알아차리지 못하는 것뿐, 실은 구로사와라는 성을 지닌 두 사람과 어딘가에서 은밀히 연결되어있는 걸까. 어느 쪽이든 지금의 나로서는 짐작 가는 바가 없었다.

그런 생각을 하며 잠시 아오이 누나의 티켓을 바라보다가 문득 어느 문구를 토대로 한 가지 사실을 퍼뜩 깨달았다. 분명 그 문구는 내 티켓에도, 에자키와 논의 것에도 적혀 있었다. 하지만 지금껏 그 문구에 그다지 주목하지 않았었다. 나는 티켓에서 고개를 들고 모두에게 물어봤다.

"좀 걸리는 게 있는데. 우리에게 '시간 제한' 같은 게 있는 걸까?"

세 사람의 표정이 갈피를 잡을 수 없다는 듯 흐려졌다.

"그게 무슨 뜻이야?" 아오이 누나가 세 사람을 대표해서 내게 물었다.

"어쩐지 신경 쓰여서요." 나는 대답했다. "우리는 '협력'이라는 요청을 받았지만 그걸 언제까지 완수해야 하는지를 들은 적이 없으니까. 그런데 문득 티켓의 이 문구가 마음에 걸려서요."

나는 그렇게 말하며 손가락으로 그 부분을 가리키면서 모두에게 티켓을 보여 줬다. 그 글자는 정말 작았다.

※ 본권으로 5일 동안 숙박이 가능하지만 그 이상 머무는 건 불가능합니다. 설령, 손님 스스로 추가 요금을 지불한다 해도 5일 이상은 절대 이용할 수 없습니다.

"일부러 이런 걸 적어놨다는 건 어떤 의미에서는 이게 시간 제한이라는 뜻이 아닐까, 그런 생각이 갑자기 들었어요."

다들 호기심 가득한 눈빛으로 티켓의 문장을 잠시 바라본 뒤 천천히 고개를 들었다.

"결국, 이 5일 동안이 기한이라는 소린가?" 에자키가 말했다.

"모르겠지만…… 그런 식으로 생각할 수도 있지 않을까 싶어서."

에자키는 거기에 대해 깊이 생각하는 것처럼 소파에 파묻히듯 앉았다. 그리고 천장을 바라봤다. 에자키는 뇌세포가 활발하게 움직이는 소리가 들려오지 않을까 싶을 정도로 머리를 풀가

동해서 사유하고 있는 것처럼 보였다.

그때 아오이 누나가 갑자기 떠올랐다는 듯 나와 논에게 '평범'하지 않게 된 날짜가 언제였는지 물었다. 나와 논은 틀림없이 그 날짜는 '4년 전 8월 1일'이었다고 대답했다. 네 사람 모두 4년 전 8월 1일이었다. 그리고 아오이 누나는 다음의 사실을 추가로 알려주었다. 화재가 있던 날은 '4년 전 7월 31일', 즉 우리가 평범하지 않게 되기 전날이었다는 사실을.

무심코 나는 침을 꿀꺽 삼켰다.

덴엔초후 1번가. 주식회사 레종전자.

구로사와 사쓰키. 구로사와 고스케. 7월 31일의 화재와 8월 1일의 변화.

사건의 진상 위에 드리워있던 모자이크가 조금씩 희미해져 가는 걸 실감할 수 있었다. 한 방울씩 떨어지는 드립 커피처럼 정말이지 느린 변화였지만 분명히 전진하는 게 보였다. 천천히, 하지만 확실하게 앞으로 나아가고 있었다.

기한(일지도 모를) '5일' 동안에 '목소리'가 바라는 과제를 발견해내고 거기에 협력해야만 한다. 그렇지 않으면,

'협력을 거부한다면 당신은……'

뭔가 좋지 않은 일이 일어난다. 그럴지도 모른다. 가정일 뿐이라 답답하지만.

"맞다, 구로사와 사쓰키의 얼굴 사진 좀 봐줄래?" 아오이 누나가 말했다. "너희들도 이름은 들은 적이 없어도 얼굴을 보면 기억날지도 모르니까. 나도 얼굴을 보고서야 기억해냈거든."

아오이 누나는 접혀 있던 신문 복사본을 내밀었다. 분명 그럴 수 있다. 이름은 잊어버렸어도 얼굴만은 기억하는 일이 왕왕 있었다. 사진을 볼 이유는 충분했다.

나는 조심스레 종이를 펼쳐서 거기에 실린 사진을 들여다봤다.

사진으로도 잘 정돈되어 보이는 단정한 머리는 어깨보다 살짝 길게 뻗어 있어서 여자의 분위기에 차분함을 더했다. 카메라를 똑바로 바라보는 시선이 사진을 보는 사람을 꿰뚫어 보는 것 같았다. 그러나 그 시선만으로는 여자의 심경을 전혀 헤아릴 수 없었다. 그 표정은 훌륭할 만큼 완벽한 중립이어서 어느 감정에도 속해 있지 않았기 때문이다.

여자의 사진을 보며 나는 아주 잠깐 기시감에 사로잡힌 듯한 기분이었지만 곧 지나친 생각이었음을 깨달았다. 전혀 본 적이 없었다. 애초에 아오이 누나와 같은 나이라면 나보다 한 살 많다는 뜻이다. 연상의 여자 지인이라면 내 주변에는 다나카 씨 부인과 어제 막 만난 아오이 누나, 그리고 아르바이트하는 곳에서 알게 된 몇몇 선배를 제외하면 짚이는 데가 없었다. 어릴 적부터 현재에 이르기까지 변함없는 사실이다. 역시나 구로사와 사쓰키는 내게 초면이었다.

"나도 빨리 보여줘요." 논이 재촉했다.

성실하게 순서를 기다리고 있었던 모양이다. 나는 미안하다고 말한 뒤 논에게 신문 복사본을 건넸다. 종이를 받아든 논은 기대하던 만화 신간을 손에 넣은 것처럼 웃는 얼굴이 되었다.

그러나 다음 순간, 마치 현미경의 유리 덮개가 맥없이 깨져버린 것처럼 논의 표정에서 일순간 미소가 사라졌다. 사진에 시선을 못 박은 채 종이를 들고 있는 손을 조용히 떨기 시작했다. 논은 세 번이나 눈을 깜빡인 뒤에야 속삭이듯이 말했다. 말로 꺼내고 나서야 처음으로 사실을 확인한 것처럼.

"⋯⋯샷짱이다."

✦

2권에서 계속

**옮긴이 양지윤**

우연히 읽은 요시모토 바나나의 소설에 매료되어 번역가의 길로 들어섰다. 도서관 사서로 일하면서도 단골 동네 책방을 수시로 들락날락할 만큼 책과 책방을 좋아한다. 글밥 아카데미를 수료한 후 바른번역 소속 번역가로 활동하고 있다. 《앞으로의 책방 독본》, 《빨강 머리 앤이 가르쳐준 소중한 것》, 《여기는 커스터드, 특별한 도시락을 팝니다》, 《외모 대여점》 등을 우리말로 옮겼다.

# 누아르
# 레버넌트 1

**초판** 2023년 7월 19일 1쇄
**저자** 아사쿠라 아키나리
**옮긴이** 양지윤
**디자인** 전여원
**ISBN** 979-11-983859-1-8  03830

**출판사** 북플라자
**주소** 서울시 강남구 논현동 118-13 5층
**홈페이지** www.bookplaza.co.kr

영화 판권, 오탈자 제보 등 기타 문의사항은 book.plaza@hanmail.net으로 보내주세요. 잘못된 책은 구입하신 서점에서 교환해 드립니다.